U0898805

Collected Short Stories Volume 1

爱德华·巴纳德的堕落（下）

〔英国〕威廉·萨默塞特·毛姆 著
孔祥立 译

译林出版社

生活的真相

亨利 · 加内特有个习惯，下午离开商业区后，都要先到俱乐部打会儿桥牌，然后才回家吃饭。他是个不错的牌手，牌技精湛，总能把手中的一把牌发挥运用到最佳。他同时还是个输得起的玩家，获胜了，就把胜利归因于好运，而不是自己牌技好。牌桌上，他宽容有加，倘若搭档犯了错误，放心好了，他会为他开脱的。可这回不同，大伙儿听到他无端地发怒，尖刻地呵斥搭档，指责他的出牌太烂，真让人感到惊讶。更让人吃惊的是，他不仅自己犯了大错——一个你绝对想不到的低级错误，而当他的伙伴想回敬一下，给他指出来时，他蛮不讲理、火气十足，说自己的出牌完全没有问题。不过一起打牌的都是老朋友啦，谁也没把他的坏情绪当回事。亨利 · 加内特是名经纪人，一家著名公司的合伙人，一位牌友突然想到，是不是他感兴趣的股票出了啥问题。

“今天股市怎么样啊？”他问。

“股市暴涨，笨蛋都能赚钱。”

亨利 · 加内特的烦躁显然跟股市、股票没有关系，一定遇到了什么麻烦事，这是显而易见的。这是个健壮的家伙，身体素质极佳，手里的钱多得花不完，同时挚爱着自己的妻子，对孩子而言则是个称职的好父亲。他通常是个兴致颇高的人，打牌时大家常谈到的一些无聊话题，都会让他开怀大笑。不过今天，他坐在那里闷闷不乐，一声不吭，眉毛由于愤怒都拧在了一起，嘴角满是气呼呼的表情。过了片刻，为让绷紧的神经放松一下，一位牌友提到了一个大伙儿都熟悉的、亨利 · 加内特也乐意谈论的话题。

“你儿子现在怎么样啊，亨利？我看他在联赛中表现得不错嘛。”

亨利·加内特本来皱着的眉头更加阴沉了。

“比我预期的差多了。”

“他什么时候从蒙特回来呀？”

“昨晚回来了。”

“过得开心吗？”

“我看是开心，不过他丢人丢到家了。”

“嗯，怎么啦？”

“如果你们不介意的话，就别让我说了。”

三个男人好奇地打量他，亨利·加内特则绷着脸看着那张绿色的台面。

“对不起，老伙计，该你叫牌喽。”

几个人在紧张和沉默中继续打牌。加内特叫了牌，不过打得极糟糕，连输三墩，如此一来，整个人更是一声不吭了。又一轮比赛开始了，第二局，加内特否认自己有长牌。

“没长牌吗？”搭档问。

加内特有些气急败坏，根本没搭理他。该最后摊牌了，大家发现他有牌不跟，违反了规则，算是输了牌。对他这样的浮皮潦草，搭档再不说几句就不像话了。

“亨利，真见鬼，你到底怎么回事？”他说，“打个牌像傻瓜一样。”

加内特有些窘迫。自己输上一轮倒是无所谓，让他痛苦的是，他的心不在焉也让搭档跟着输了。他强打起精神说：

“还是别打了，我本想打上几轮平复一下心情的，不过实在静不下心来。说真的，我心情糟透了。”

大伙儿哄堂大笑起来。

“你不用说的，老伙计，大家都能看出来。”

加内特可怜巴巴地朝他们笑了笑。

“我遭遇的事情发生你们身上，你们肯定也会发作的。说真的，我现在真他妈尴尬，你们谁能给我一点儿建议的话，我将感激不尽。”

“咱们先喝一杯你再说吧。这里有王室法律顾问，有内政部官员，还有著名的外科医生，如果我们给不了你建议，就没人能给了。”

法律顾问站了起来，按铃让侍者过来。

“是我那个混蛋小子。”加内特开口道。

大伙儿点了饮料，很快端上来了。下面就是加内特给他们讲述的事情经过：

他所讲的那个孩子是他唯一的儿子，叫尼古拉斯，当然大家都昵称他尼基，今年十八岁了。他还有两个女儿，一个十六岁，一个十二岁。他竭力不表现出对儿子或女儿的偏爱，但内心里，他无疑对儿子的关爱更多些，这个似乎没有道理可讲，因为一般而论，父亲最喜欢的应当是女儿。对两个女儿，他一团和气，跟她们说说笑笑，态度随和，到了生日和圣诞节，就给她们买上一大堆的礼物；对儿子，他则溺爱有加——正是拿在手里怕掉了，含在嘴里怕化了。这个你不能怪他，有尼基这样一个儿子，哪个父母都会引以为豪的。他有六英尺两英寸高，动作敏捷，身体强健，肩宽腰细，身材挺拔、健美。还有一副迷人的面孔，跟他宽宽的肩膀非常相配：头发呈浅褐色，微微卷曲，两道浓眉下面是又长又黑的睫毛和蓝色的眼珠儿；嘴巴饱满、红润，皮肤光洁、呈棕褐色；开口一笑，露出整齐而洁白的牙齿。尼基并不扭捏，但一举一动尽显低调和谦虚，甚是招人喜爱。在社会交往中，他从容不迫，彬彬有礼，文静愉快。尼基的父母都是正派、健康而体面的人，他在良好的家庭环境中长大，读的是好学校，最后培养成了一个年轻人的楷模——这样魅力十足的小伙子并不多见。你能感觉到他的诚实、坦率和善良，正像他看上去的那样。他从来就没让父母担心过。幼儿时期，他很少生病，从不调皮捣蛋。少年时代，也没做过出格的事，学习成绩呱呱叫。在学校里他极受欢迎，担任了学生领袖和足球队队长，到毕业时已获得无数奖项。不仅如此，十四岁那年，尼基在草地网球上显露了其出人意料的天赋。对于这项运动，他的父亲不仅喜欢，还是个高手。当他发现尼基在这方面大有潜力可挖时,便开始着手培养他。假期里,他请来最好的职业选手来教他练球。到十六岁时，他已获得了若干个少年锦标赛的冠军了。现在把父亲击败乃小菜一碟，要不是出于对孩子的慈爱，这个老选手糟糕的表现真的没法让他上场挥拍,跟儿子对阵了。十八岁时,尼基上了剑桥大学,亨利·加内特踌躇满志，认为儿子在读书期间就能成为剑桥大学网球队的一名成员了。尼基具备成为一名伟大网球选手的所有条件。他个子高，臂展长，步子灵活，反应敏捷，能本能地判断球的落点，然后似乎不慌不忙就把球击回去了。他的发球凶狠有力，让对手感到别扭，难以招架。他的正手又低又远，落点刁钻，极具杀伤力。相比较而言，他的反手稍差，截击球缺乏章法，但在进入剑桥大学前的整个暑假，亨利 · 加内特请来全英国最好的教练来帮他改进这些不足。尽管没有向尼基提及，但加内特的内心深处有一个更大的抱负，他希望儿子能够参加温布尔登网球锦标赛，说不定还能进入国家队参加戴维斯杯的比赛哪。他似乎看到了儿子跳过球网，跟刚刚击败的美国冠军握手，然后走下场地，接受全场观众震耳欲聋的欢呼声，这时，他的喉咙似乎被什么大块的东西哽住了。

亨利 · 加内特是位勤奋的网球选手，是温布尔登网球锦标赛的常客，因而在网球界有众多朋友。一天晚上，在参加工商界的一次宴会时，他发现身边坐着的是网球界的一个朋友——布拉巴宗上校。他适时地跟他聊起了尼基，聊到他下赛季有没有机会代表剑桥大学参加比赛。

“你怎么不让他去参加明年的蒙特卡洛春季锦标赛呢？”上校突然问道。

“哦，参加这样的比赛，我觉得他水平还不够。他还没十九岁呢，去年十月才进的剑桥。就是去了，也没机会跟那些强手对垒。”

“当然，奥斯汀和冯 · 克拉姆那些人会轻松地击败他，但他也能赢上一两局。如果碰上些弱点儿的选手，赢上两三场比赛也不是没有可能。他从没跟一流选手交过手，这对他来说是个难得的锻炼机会。在那里学到的东西会比你安排他参加的那些海滨比赛多得多。”

"这个我从没想过，我不想让他中途辍学离开剑桥。我一直在教导他，网球只是个游戏，不能影响了学习。"

布拉巴宗上校问尼基学期结束的时间，加内特告诉了他。

"那没问题，他只需要耽搁三天时间就够了，这肯定是可以安排好的。我们的两位主力选手让我们感到失望，我们正发愁呢。我们要派一支最强大的队伍参加比赛，德国人、美国人也都是如此。"

"不妥不妥，老伙计。首先，尼基还不够优秀；其次呢，派一个小孩子到蒙特卡洛参加比赛，又没人照顾他，这个想法不合适。如果我能前去的话，还可以考虑一下，但我脱不了身呀。"

"我去的。我将担任英国队的不上场队长。我会照顾他的。"

"你太忙了，再说，这也不是你应当承担的义务，我不想这样做。说实话，尼基从没到过国外，他到了那里，我不会有片刻的安心的。"

话题就此打住了，不久，亨利·加内特回了家。布拉巴宗上校的话让他感到受宠若惊，忍不住把这件事告诉了妻子。

"真想不到，他会认为尼基这样优秀。他跟我说，他见过尼基打球，他的打球方式很不错。只要多加磨炼，就一定能成为一流的网球选手。老婆子，我们会看到这个孩子在温布尔登打半决赛的！"

让他吃惊的是，加内特夫人对这个建议并没有像他想象的那样坚决反对。

"不管怎样，尼基都十八岁了，从没捅过什么篓子，没理由认为这回到了那里就出差错嘛。"

"别忘了，还得考虑他的功课问题。到学期末了，再让他耽误课程，这会开一个很坏的先例。"

"就三天时间，有什么要紧？这样的好机会都不让他去，太不应该了。你把这件事告诉他，我敢肯定，他会高兴得蹦起来的。"

"咳，我才不会告诉他。我让他上剑桥可不只是去打球的。我知道这孩子很稳当，但故意用诱惑物来刺激他是很愚蠢的。他还太年轻，不能让他一个人去蒙特卡洛。”

“你是说他没机会跟那些一流球员对阵吗？不要这么肯定吧！”

亨利·加内特微微叹了口气。刚才在回家路上，他坐在车里突然想到，奥斯汀健康状况不明，冯·克拉姆则告了假，假如——当然只是说说而已，尼基能沾上这样的一点儿好运气，他将毫无疑问会入选剑桥大学网球队去打比赛了。不过，这肯定是无稽之谈。

“不行啊，亲爱的，我主意已定，不会更改的。”

加内特夫人没有吭声。但第二天她给尼基写信，把这件事告诉了他，并跟他讲，如果他希望征得父亲的同意去参加比赛的话该如何如何去做，换了她她就会那样做。一两天后，亨利·加内特收到了儿子的来信。在信中，他抑制不住自己的兴奋，说自己去找了导师和院长。导师也是一名网球选手，院长碰巧认识布拉巴宗上校，对于学期结束前离校他们都不反对，都认为去蒙特卡洛参加比赛是个难得的好机会，不应错过。他还说，去参加一下比赛也没什么坏处；如果这一次——仅就这一次，他父亲愿意让步的话，他老老实实地保证，下学期他会拼命搞好学习的。信写得很漂亮，在早餐桌上，加内特夫人看着丈夫读信，看到他脸上由晴转阴，但她仍泰然自若，不动声色。信读罢了，加内特把它丢给了妻子。

“我私下跟你说的事，你怎么都告诉尼基了？真让人搞不懂！你这人太差了！现在可好，你让他整个人都心神不安了！”

“对不起啊！我以为如果让他知道布拉巴宗上校对他如此欣赏，他会很开心的。我不明白，为什么只能给人们转告那些令人不快的议论呢？当然，我的意思已经表达得很清楚了，他不可能去的。”

“你真是让我进退两难。我不想让这个孩子觉得我是个扫兴的人，一个独断专行的人，如果说有什么事情让我憎恨，这个就是了。”

“哦，他绝不会这么想的。他可能认为你很愚蠢，不通情理，但我肯定他会懂得，你这样绝情只是为了他好。”

“老天！”亨利·加内特叫道。

他的妻子差点儿笑出声来。她知道这场战斗已经胜利了。哎哟，哎哟哟，让男人去做你要他们做的事，真是再简单不过啦！但为了面子，亨利·加内特在接下来的四十八个小时里仍坚持己见，然后呢，就妥协让步了。两周后，尼基回到了伦敦。第二天一早，他就要去蒙特卡洛了。吃完晚饭，加内特夫人和大女儿离开后，亨利借机对儿子叮嘱一番。

“你年龄还小，让你一个人去蒙特卡洛这种地方，我很不放心。”他接着说道，“既然要去，我只希望你凡事要多加留意。在你面前我不想扮演一个严父的角色，但有三件事我要特别警告你不要沾惹：一是赌博，不要赌钱；二是金钱，钱谁都不要借；三是女人，不要跟女人有任何瓜葛。如果你不沾惹这三样东西，你就不会倒霉，所以你要记好了。”

“好的，爸爸。”尼基笑眯眯地说道。

“我就跟你说这些。这个世道我是相当了解的，你要相信我的话，我的建议对你有好处。”

“我不会忘的，我保证。”

“这才是个好小子。现在我们上楼看看你妈妈和妹妹吧。”

在蒙特卡洛锦标赛上，尼基败在了奥斯汀和冯·克拉姆手下，但他的表现也不丢人。他出人意料地击败了一名西班牙选手，跟一名奥地利选手打得难解难分，这在任何人看来，都是难以想象之事。在混双比赛中，他进入了半决赛。他的魅力征服了每一个人，他自己也尽享比赛带给他的快乐。这是个前途无量的选手，他得到了人们普遍的认可。布拉巴宗上校告诉他，等他再长大一点，跟那些一流选手多加切磋，他就会成为父亲的骄傲了。锦标赛结束了，第二天，尼基就要飞回伦敦。在此之前，因为渴望在比赛中发挥出最佳水平，他生活得非常小心，滴酒不沾，烟抽得很少，每晚早早上床。但在蒙特卡洛的最后一个晚上，他觉得应该去了解一下这个城市的生活——关于这里的情况，他以前听到的太多太多了。官方为网球选手们举行了招待宴会。宴会结束后，尼基跟其他一些选手一起去了体育俱乐部。这样的地方他还是第一次来。蒙特卡洛是个非常拥挤的城市，俱乐部的各个房间都人满为患。以前除了在电影中，尼基还从未见过轮盘赌。现在，他迷迷糊糊地在第一张桌子前停下了。绿色的布料桌面上，乱七八糟地摊放着些大小不等的赌注筹码。赌台管理员猛地把轮盘转动起来，再轻轻一弹，把一个小白球掷入了轮盘里。似乎过了一万年，小球终于停下来了，又上来一名管理员，张开大大的双臂，带着冷漠的表情，把输者的筹码一股脑地拢了过去。

不久，尼基又溜达着来到叫“红与黑”的纸牌游戏那里，不过他搞不懂怎么个玩儿法，觉得有些无聊。他看到另一个房间里挤满了人，便踅了进去。一场巴卡拉纸牌大战正在进行，他立刻被那股紧张劲儿给攫住了。为保护玩家，专门安装了一根铜栏杆把他们跟蜂拥而来的看客分开。玩家围着赌桌坐下，每边九个人，发牌的人坐在中间，管理人跟他相对而坐。大额的钞票正在易手。发牌的人是希腊财团的成员，尼基看了他一眼，见他脸上漫无表情，目不转睛盯着桌面，但无论输赢都不动声色。这一幕让人感到恐怖、怪诞，但给人的印象太深了。尼基从小到大都是节省惯了的，看到有人为张纸牌就要掏出一千英镑，输了钱开个小玩笑，哈哈一笑了之，真是让人兴奋莫名。一个熟人向他走了过来。

“手气如何？”他问。

“我没玩儿。”

“还是你聪明，都是些堕落的玩意儿。走，去喝一杯吧。”

“好呀。”

饮酒时，尼基告诉朋友，他这是第一次到赌场来。

“哦，那你走前一定得小赌一把。不试试运气就离开蒙特卡洛，那是傻瓜！不管怎样，输个百儿八十英镑也没什么大不了的。”

“我觉得也没啥，不过，我父亲对这次来蒙特卡洛不怎么热心，有三件事他要我一定不要沾，其一就是赌钱。”

不过，尼基和朋友分手后，他又逛回到一张正在进行轮盘赌的桌子前。他站着看了一会儿，看到管理员把输者的钱拿过去，然后交给赢者。

真是令人心旌摇荡，这个没法否认。朋友说得对，不试上一把就离开蒙特卡洛，真是傻透了。这将是一种经历呀，在他这个年龄，你什么都得体验一下才行。他记得并没有向父亲保证不赌，只是说不会忘记他的建议。两者不完全是一回事，不是吗？他从口袋里掏出一张百元法郎的钞票，羞怯怯地压在了十八号筹码上。他选择这个号码，是因为他十八岁。他看着转盘转起来，心脏咚咚跳个不停。小白球像个搞恶作剧的小鬼，嗖嗖地转动着。转盘慢下来了，小白球也转得犹犹豫豫的，眼看着似乎要停下了，不料又滚动起来。最后，小白球终于停下来了，落进了十八号洞里——尼基看呆了，简直不敢相信自己的眼睛。一大堆的筹码都推到了他的面前，他双手哆哆嗦嗦地把钱扒了过来。看来，钱是不少啊！这时，他头脑已经迷糊，赌下一轮时根本没想到押什么赌注，事实上，他真的不想赌了，一次就够了。当小白球又一次落在十八号上时，他惊讶极了。这一次，十八号就一个筹码。

“哎呀！你又赢了。”旁边站着的一个人叫道。

“我赢了？我没下注啊！”

“不，你下过了。就是你上一轮的筹码。除非你要求收回来，否则，他们就以为这个筹码一直有效。这个你都不懂？”

又一堆的筹码交给了他。尼基开始头晕目眩起来。他数了数所赢的钱，足足七千法郎！他被一种奇怪的力量控制住了，他觉得自己真是聪明绝顶。这是最轻松的赚钱方式了，以前都没听说过。他坦率、迷人的脸上笑意盈盈，灿烂如花。这时，他炯炯有神的目光跟旁边站着的一位姑娘的目光相遇了。姑娘冲他莞尔一笑。

“你运气真好！”她说。

她讲的是英语，但带着异国腔调。

“简直让人难以相信。我第一次玩这个。”

“所以你能赢钱啊。能不能借我一千法郎呀？我的钱都输光了。半小时后我就还你。”

“好吧。”

她从他那一堆筹码里抽出一根红色的大筹码，说了声谢谢，然后转眼就不见了。这时，先前跟他说话的那个男子嘟囔道：

“你再也不会见到她了。”

尼基很懊恼。他父亲曾特别告诫他不要借钱给任何人。自己干了件多么大的蠢事，把钱借给了一个素昧平生的人！不过那一刻的真实情况是，他觉得自己对整个人类充满了爱意，这样一个要求他从未想过拒绝。再说那个大红筹码，他几乎想不到到底有什么价值。嗨，得啦，他不是还有六千法郎吗？他准备再试上一两次，如果不成，就回去好了。这一次，他把筹码压在了十六号上——这是他妹妹的年龄，但没赢。然后他又压了十二号——他小妹妹的年龄，还是没赢。接下来他胡乱试了几个不同的号码，仍然无一成功。太滑稽了，看起来他的赢钱秘诀不管用了。这时他想，他再试最后一次，然后就收手。这一次，他赢啦！不仅挽回了所有损失，还有剩余。一小时的时间，跌宕起伏，成败斗转，这种惊心动魄真是从未体验过。他看到自己获得的筹码口袋简直装不下了，他决心离开。他走到了兑换处。当看到两万法郎的纸币放在眼前时，他感到呼吸都出现了困难。他有生以来从来没有过这么多钱。他把钱装进了口袋准备离开，这时，跟他借一千法郎的那个姑娘向他走过来。

“我到处找你，”她说，“我担心你已经走了呢，正急得不得了。要不，你会把我想成什么人哪！这是还你的一千法郎，非常感谢你借钱给我。”

尼基的脸一下子变得绯红，惊讶地盯着她。真是错怪她了！他父亲说过，不要赌博，他赌了，还赚了两万法郎。他父亲还说，不要借钱给任何人。咳，他借了，还把一大笔钱借给了一个素未谋面的陌生人，不过她还回来了。事实上，他并不像他父亲想的那样傻：他有种本能的预感，他可以借钱给她，而且不会有什么问题。你瞧，他的本能没错吧？他吃惊的神情毫无遮拦，让这个长相小巧的女子有些忍俊不禁起来。

“你怎么了？”她问。

“说真的，我真没想到钱还能还回来。”

“你把我当什么人啦？你认为我是个贱女人吗？”

尼基的脸刷地红了，红到了鬈发的发梢处。

“没有，我当然不会这样想。”

“我看起来像吗？”

“一点儿不像。”

她的穿着很是娴静。一袭青衣，脖子上挂着一串金珠。朴素的上衣使她看上去整洁利索，身材纤细。她长着一张漂亮的小脸蛋儿，头发梳理得一丝不乱，另外上了妆，但不浓不淡，恰到好处。尼基觉得她顶多比自己大上三四岁。她冲他友好地笑了笑。

“我丈夫在摩洛哥的政府部门任职，我来蒙特卡洛已经几周了，因为他认为，我需要换换环境了。”

“我就要走了。”尼基说道，他实在找不到其他话题。

“要走了吗？”

“哦，明天我要早起床，然后坐飞机回伦敦。”

“当然了。锦标赛今天结束了嘛，不是吗？你知道，我看你的比赛了，看了两三次。”

“你看了？我不知道你为何要注意到我呢。”

“你打得漂亮呀！你穿上短裤很好看。”

尼基不是个傲慢的人，但这时他脑海中掠过的是，她借他一千法郎，或许只是为了想跟他结识而已。

“你去过尼克博克舞厅吗？”她问。

“没有，从没去过。”

“嗯，没去过那里，你怎么能离开蒙特卡洛呢？干吗不去跳一曲呢？实话说吧，我快饿死了，很想去那里吃点儿熏肉和鸡蛋。”

尼基记得父亲说过，不要跟女人有任何瓜葛，但这回不同呀。这是个娇小俏丽的女子，你只需看上一眼就会觉得，她完全是个正派的女人。

他估计，她丈夫是在相当于文官部的政府部门工作。尼基的父母有一些文官朋友。那些人和他们的太太们有时会到尼基家做客。跟这个女子相比，那些太太既不年轻，也不漂亮，但她跟她们一样贤淑高雅。现在既然赢了两万英镑，稍作娱乐也不是坏事。

“我愿意跟你前往，”他说，“不过，我待不了太久，希望你不要介意。我给宾馆留了纸条，让他们明早七点叫醒我。”

“你想几点离开就几点离开。”

尼基在尼克博克舞厅玩得很开心。他胃口大开，吃了熏肉和鸡蛋。两人一起分享了一瓶香槟，一起跳了舞。这个娇小的贵妇告诉他，他舞跳得很优美。他知道自己很会跳舞，当然跟她跳舞很轻松。她舞姿轻盈，翩翩如羽毛。他们的面颊贴在了一起，当两人的目光相遇时，他看到她笑意盈盈，他的心脏怦怦跳个不停。一个黑人女子用嘶哑的嗓音唱着一首色情歌曲。舞厅里挤满了人。

“有没有人告诉你你长得很帅啊？”她问。

“我没觉得。”他笑了，心想：“老天！我相信她看上我了。”

尼基不是傻瓜，当然知道经常有女人喜欢他。当她说这话的时候，他把她搂得更紧了些。她闭上了眼睛，嘴里轻轻发出了一声叹息声。

“我想，如果在大庭广众之下吻你的话，不是太好吧？”他问。

“那你觉得他们会怎样看我呢？”

夜色加深，尼基说他真的该走了。

“我也要走，”她说，“你顺路把我送回宾馆好吗？”

尼基付了账，所付钱数之多让他吃了一惊。不过他口袋里有一大把钱，他才不在乎呢。两人钻进了一辆出租车。她紧紧地偎依着他，他吻了她，她看起来很是喜欢。

“天哪！”他想，“不会发生什么事吧？”

她是个已婚女子，这没错，不过，她丈夫远在摩洛哥，而且她看起来真的爱上他了，完完全全爱上了他。他父亲的确告诫他不要跟女人有任何纠缠，但他又一次想到，他并没有答应呀，他只是说不会忘了他的建议——是哦，他没忘，这一刻还记着呢。但是具体情况具体分析啊。她是个可爱的小尤物，就像一盘菜一样端到了你的面前，这样的奇遇如果都错过了，那不是傻透了吗？到宾馆了，尼基付了车费。

“我要步行回去，”他说，“舞厅的空气太闷热，呼吸一下外面的空气对我有好处。”

“上楼坐一会儿吧，”她说，“我给你看看我儿子的照片。”

“哦，你有儿子吗？”尼基吃了一惊，问道。他感到有点沮丧。

“是的，一个很可爱的小男孩。”

尼基跟在她后面上了楼。他根本不想看她儿子的什么照片，不过出于礼节，他觉得还得装作像那回事。他担心自己丢丑了。他突然想到，她带她到楼上看照片，是想用一种巧妙的方式告诉他，他搞错了。他曾告诉她，他只有十八岁。

“我想她只是把我当成孩子了。”

他后悔在夜总会把那么多钱花在了香槟上。

不过，她根本没有给他看她儿子的照片。一进房间，她就向他转过身来，张开双臂搂住了他的脖子，把他整个嘴都吻住了。他有生以来从来没经历过如此激烈的热吻。

“宝贝。”她喃喃道。

在那一瞬间，父亲的话再一次掠过他的脑际，但随即消失了。

尼基是个睡眠不深的人，最轻微的声音都能把他从睡梦中惊醒。两三个小时后，他醒过来了。那一刻，他搞不清自己到底在哪里。房间里不是很黑，因为浴室的房门没有关，里面的灯还亮着。突然，他意识到，房间里有人在走动，于是他想起自己在哪里了。他看到了自己身材娇小的朋友。正要开口说话，但她奇怪的举止让他把话咽了下去。她走路蹑手蹑脚，仿佛怕吵醒他似的，有一两次她停下来，看了看床上的尼基。

他很纳闷她在寻找什么，不过，很快他就明白了。她走到他挂衣服的椅子边，然后又朝他的方向看了看。接下来，她就在那里等着。在尼基看来，时间过去了很久很久。房间里如此静寂、如此紧张，他似乎都能听到自己的心跳声。这时，她慢慢的、悄无声息地拿起了他的外套，把手伸进了里面的口袋，把尼基所赢的钱都掏了出来——那些令尼基倍感骄傲的漂亮大钞，都是一千法郎一张的！然后，她把外套又放回了椅子上，上面又放了些其他衣服，这样就看不出有人动过了。她手里拿着那把钞票，一动不动站在那里，过了很久很久。尼基压制住本能的冲动，没有跳起来把钱从她手里夺过来。一方面是因为发生的意外使他愣住了，另一方面是他意识到，他是在一家陌生的宾馆，身处一个陌生的国度，如果闹出事来，不知道会发生什么情况。她看了看他。他的眼睛半睁半合，他敢肯定，她认为他是睡着了。在周围一片静谧之中，她不会听不到他均匀的呼吸的。当她再次确定自己的行为没有惊醒他后，她极其小心地走到了房间的另一端。靠窗的小桌子上长着一盆富贵菊。尼基现在睁开了眼睛瞅着她。盆里栽花的土壤显然很蓬松，因为她抓住花茎一把就把花连根拔出了。她把纸币放在了花盆的底部，然后又把花放了回去。真是个绝妙的藏钱地方啊！在光艳艳的鲜花下面，谁能想到会别有洞天呢？她用手指把土压好了，然后，小心翼翼地不发出任何声音，慢慢地猫着腰走回来，钻进了被窝。

“心肝儿[①]。”她柔声喊道。

尼基的呼吸很平稳，像一个沉睡中的人。这个小巧玲珑的女人翻过身去，要睡觉了。尼基尽管纹丝不动，却思绪翻滚。目睹刚才的一幕，他怒火中烧，头脑中激烈地思忖：

“这个臭婊子！还说她的什么儿子，她在摩洛哥的丈夫，真他妈扯淡！她就是个烂贼，一点儿没错！拿我当笨蛋哇！如果认为这就把钱偷走了，想都别想。”

① 原文为法语。

这笔靠自己的聪明劲儿得来的钱怎么花，他已经打定了主意。他很早就想拥有一辆属于自己的汽车了。他觉得父亲不给自己买车，是太抠门。不管怎么说，一个小伙子谁愿意整天坐着家用汽车到处跑的。喏，现在他要给老头子一个教训：他要给自己买车了！花上两万法郎——大约两百英镑，就可以买一辆相当体面的二手车！他要把钱弄回来，不过这一刻，他不知道怎么办才好。他不想把事情闹大。在这里他人生地疏，对这个宾馆一无所知，而且这个烂女人很可能会有同伙。要公开打架他无所谓，谁来都行，但万一有人拿枪对着他，那就不太好玩喽。另外，他明智地想到，他没有证据证明这笔钱是他的。到了紧要关头，如果女人赌咒说钱是她的，他很可能会被带到警察局去。对此他感到束手无策。现在，这个小女人的呼吸变得均匀起来，尼基知道她睡着了。她这事干得漂亮，一定心定神安地进入了梦乡。看着她安然地做着美梦，而自己两眼圆睁地躺在那里，忧惧得要死，这让尼基气炸了肺。突然，他灵机一动，想到一个好主意。主意之妙使他差点儿从床上蹦下来立马行动，但他还是竭力控制住了自己。以其人之道还治其人之身。既然她把钱偷了去，自己可以再偷回来，彼此彼此嘛！他打定注意，一定要先按兵不动，等到那个女骗子完全睡熟了再动手。他等了很久很久。她一动不动，呼吸均匀，像个孩子。

“亲爱的。”他终于喊了一声。

没有回答，没有动弹。她睡得跟死人无异。尼基开始慢慢地行动，每动一下都停一停。最后悄无声息地下了床。他先是静静地站了一会儿，看看有没有把她惊醒。她的呼吸平稳如初。等着的时候，他仔细看了看房间里家具的位置，以免走过去时撞翻了椅子或桌子而发出声响。他走了几步，停下来，再走几步，又停下来。他的步子很轻，没发出任何声音。用了足足五分钟的时间，他才走到窗前，然后又等了一会儿。这时，床突然“吱呀”轻声响了一下，他吃了一惊，但女人只是翻了下身。尼基强令自己再等一等，他开始数数，一直数到一百。女人仍纹丝不动，睡得像根木头。他极其小心地抓住富贵菊的花茎，把它从花盆里轻轻地拔了出来。他把另一只手伸进盆里，当手指碰到纸币时，他的心脏狂跳不已。他用手抓住那些钱，慢慢地掏出来。然后，再把花放回盆里，这回轮到他小心地把土压紧了。做这一切时，他用一只眼睛一直睃着床上的那个女人。一切安然如故。又停顿了片刻后，他蹑手蹑脚走到挂衣服的椅子旁。把那卷钱放到外套的口袋里，然后开始穿衣服。他花了足足一刻钟才把衣服穿好，因为他不能弄出任何声响。尼基晚礼服的里面一直穿着一件质地柔软的衬衣，他为此感到庆幸，这样的衬衣穿起来，声音比那些粗硬的衬衣小多了。不过，房间里没有镜子，在系领带时，他遇到了些麻烦。但他聪明地想到，系不好有什么要紧呢？他整个人开始兴奋起来。现在，这件事更像是一场恶作剧了。最后，除了鞋子没穿，一切都穿戴整齐了。他手里提着鞋子，决定到走廊上再穿。现在他要穿过房间到门口去。他悄悄地走过去，声音极小，睡眠再浅的人也不可能被惊动。然而，房门必须要打开，他缓缓地转动钥匙。钥匙“咯吱”响了一下。

“谁啊？”

小个子女人倏地在床上坐了起来。尼基的心跳到了嗓子眼上。他竭力使自己保持镇静。

“是我。六点了，我该走了。我不想惊醒你。”

“哦，我忘了。”

她又躺回到枕头上。

“既然你醒了，我就穿上鞋子吧。”

他在床沿上坐下来，穿上了鞋。

“你出去时不要闹出动静。宾馆里的人不喜欢。啊，我太困了。”

“你再睡吧。”

“吻吻我再走。”尼基弯下腰吻了她一下。“你是个好小伙子，完美情人。一路顺风[①]！”

尼基走出了宾馆才感到安全了。此时天已破晓，天空没有一丝云影。

---

① 原文为法语。

海港里，游艇和渔船一动不动地停泊在静静的水面上。码头上，渔民正要开始一天的工作。街道上空无一人。尼基深深地吸了口早上清新的空气，感到头脑清醒、浑身舒展，不免有些得意。他双肩后仰，大步流星朝小山上走去，然后沿着赌场前面的花园往前走。沾满露珠的鲜花在明亮的晨曦中争奇斗艳，馥郁芬芳，沁人心脾。最后，他回到了自己的旅馆。这时，天已大亮。大厅里，脖子上缠着围巾、头上戴着贝雷帽的搬运工正在忙着打扫卫生。尼基回到自己的房间，洗了个热水澡。他躺在浴缸里，不无得意地想到，自己并不是像某些人认为的那样是个笨蛋。洗完澡，他活动了下身子，穿上衣服，打好行李，然后下楼吃早餐。他胃口相当不错，这是在欧洲大陆吃的最后一顿早饭了。他吃了葡萄柚，喝了粥，享用了熏肉和鸡蛋，用烤箱新烤的面包卷又脆又香，一放到嘴里就化了，此外还吃了橘子酱，喝了三杯咖啡。饭前就感觉很好，等吃饱喝足了，更是觉得妙不可言。吃罢饭，点上烟斗——尼基最近刚刚学会抽烟。然后，付了账，坐进了等着他的汽车，他们赶往戛纳另一端的机场了。到尼斯之前都是山路，路下面便是蔚蓝色的大海和海岸线。优美的景色令他不由地赞叹起来。他们从尼斯穿城而过。这个黎明中的城市令人感到愉快、友好。很快，他们开上了一条漫长的、笔直的滨海公路。尼基付了车费，没用他前天晚上挣的钱，而是用他父亲给的。在尼克博克吃饭时，他曾兑换过一张一千法郎的钞票，那个小个子女贼借的一千法郎也还给他了，这样他口袋里还有两千法郎的纸币。他想把钱拿出来再瞧瞧。钱差点儿没了，价值就等于翻了一番。尼基从屁股口袋里把钱掏出来——为了安全，当时穿衣服时，他把钱塞进了旅行服后面的口袋里。他把钱一张张数过了，突然发现很不对劲：钱应该是二十张才对，现在却有二十六张，真是让人想不通。他又数了两遍，一点儿没错，是两万六，不是两万，真是莫名其妙！他百思不得其解。他心里自问，是不是当时在体育俱乐部赢的钱没数清，不是呀！这个不会出错的，他清楚地记得，兑换处的工作人员把纸币分成四叠放在桌子上，每叠五张，他亲自数过的。突然间，他明白是怎么回事了。当时他一只手拔出富贵菊后，另一只手伸进了花盆，把里面所有的东西全掏出来了。花盆就是那个小贱妇的钱罐啊！他不但把自己的钱拿走了，连她的储蓄也一并取了出来。尼基坐在车里，向后靠了靠，哈哈大笑起来，有生以来从未听说过这等可笑之事。他想到早上那个女人醒来后——当然是在他走后，走到花盆边看昨晚用奇妙的手段弄到的钱，结果发现——钱没了，不仅如此，自己的老本也踪影全无，这时尼基笑得更开心了。就他而言，这事就这样了，他既不知道女人的名字，也不知道女人带他去的那家宾馆的名字，就是想还钱也还不了的。

“恶有恶报。”尼基道。

这就是亨利·加内特在桥牌桌上给朋友们讲的故事。前天晚上吃过晚饭，加内特的妻子和女儿回房休息后，尼基原原本本地讲给他听了。

“你们知道，最让我恼火的是他那副自鸣得意的样子，好像取得了什么大成就。你们不知道他讲完后跟我说的啥。他用天真烂漫的眼神看着我，说：‘你知道，爸爸，我忍不住想，你给我的建议有问题。你说不要赌钱，我赌了，而且赚了大钱；你说不要给人借钱，我借了，但我如数收回；你还说不要跟女人有交往，你看，我也这么干了，还赚了六千法郎。’”

三个伙伴哄堂大笑起来，但这没让亨利·加内特感到任何轻松。

“你们这些家伙当然可以笑，不过你们不知道，我有多尴尬！这孩子以前很仰慕我、尊敬我，把我的话当作福音书中的绝对真理。可现在，从他的眼神我能看出来，他把我当成废话连篇的老糊涂了，瞧不起我了。我跟他说，偶然的成功不具有普遍意义，但我的话不管用，他不认为自己是靠侥幸一时得手，而觉得全是自己的聪明带来的。这会毁了他的。”

“老伙计，你看起来真的有些傻，”一人说道，“谁能否认这个？没有吧？”

“我知道我傻，但这事让我不开心。太他妈不公平了！命运没权利开这样的玩笑。不管怎样，你得承认，我的建议是好的。”

“是很好。”

“这个孩子让我头疼，他应该吃些苦头，但他没有。你们都是见多识广的人，告诉我这个情况下我该怎么办。”

谁也说不出个办法来。

“唉，亨利，假如我是你的话，我就不会担心，”律师说道，“我相信一点：你儿子是天生幸运的人，从长远看，这比天生聪明或富贵都要好。”

舞男和舞女

酒吧里人头攒动。桑迪·威斯克喝了几杯鸡尾酒,开始感到有些饿了。他看了看表，本来约好九点半去吃晚餐的，现在已近十点——伊娃·巴雷特总是姗姗来迟。看来，能在十点半前吃上东西就算幸运了，他向酒吧侍者又要了杯鸡尾酒。就在这时，他看到一名男子朝酒吧走来。

“科特曼，你好哇，”他叫道，“来一杯吗？”

“来一杯也没啥，先生。”

科特曼是个长相帅气的家伙，或许有三十岁了，个子不高，但身材绝佳，跟他的年龄不太相称。穿的是得体的双排扣礼服夹克，只是腰部缩得有些过了，所戴的蝴蝶结又显得过大。黑色的鬈发又厚又密，柔顺光滑，从额头直直地向后梳去。一双大眼睛忽闪忽闪的，说话温文尔雅，带着一股伦敦腔。

“丝特拉好吗？”桑迪问。

“哦，她挺好。演出前她想休息一下，她说精神太疲惫了，需要放松放松。”

“仅仅为了一千英镑，我才不会去表演她那些特技。”

“我认为你不会的，除了她没人去做，不是说太高，我的意思是——那水只有五英尺深。”

“这是我见过的最令人倒胃口的把戏。”

科特曼呵呵笑了起来，他觉得这是句恭维话。丝特拉是他妻子，当然玩特技的是她，冒风险的也是她，他考虑的只是点火，而点火引发了观众的想象，是获得巨大成功的关键。丝特拉从六十英尺高的梯子顶端飞身跃入水箱。正如科特曼说的，水箱的水只有五英尺深。就在她起跳前的那一刻，他们在水面上倒上一层汽油，然后科特曼把油点燃了。火焰腾空而起，丝特拉纵身跃下。

“帕克·埃斯皮埃尔跟我说，这是赌场有史以来最大的看点。”桑迪道。

“我知道。他跟我讲过，他们今年七月份招待的就餐者的数量，往年一般八月份才能达到。你也是他跟我提起的。”

“好呀，希望你发大财！”

“哦，我不敢说一定发财。不过你看，我们已经签署了合同，当然，我们不知道大伙儿会不会喜欢，但埃斯皮奈尔先生正在跟我们预约下个月的演出。不妨跟你说吧，他给我们提供的条件是无比优厚的。嗨，今天早上，我还收到一名代理人的信件，说希望我们去多维尔演出。”

“那是我的老家。”桑迪说。

他朝科特曼点点头，然后离开了。伊娃·巴雷特跟其他一些客人热热闹闹地走了进来。她让他们在楼下等着。这是一次八人聚会。

“我知道会在这里找到你的，桑迪，”伊娃问，“我没迟到，是吧？”

“半小时而已。”

“问问他们喝什么鸡尾酒，我们就要吃饭了。”

他们在那里站着，酒吧里空荡荡的，因为人们都到露台上吃饭去了。帕克·埃斯皮埃尔正好经过，停下来跟伊娃·巴雷特握了握手。帕克·埃斯皮埃尔是个挣多少花多少的年轻人，现在靠为赌场安排各类演出谋生——这是赌场吸引赌徒的手段。查洛纳·巴雷特夫人是个美国寡妇，广有资财，不仅提供需要大把花钱的娱乐，还组织赌博。不管怎样，宴会和晚餐以及附带的卡巴莱歌舞表演只是诱惑年轻人把钱掏出来，输在桌面上。

“给我留桌子了吗，帕克？”伊娃·巴雷特问。

“最好的桌子。”帕克长着阿根廷人好看的黑眼睛，他对巴雷特夫人无穷的成熟魅力表达了钦仰之情——这也是生意中的一部分哇。“你看过丝特拉的表演吗？”

“当然看过，看了三次了。从没见过这么吓人的演出。”

“桑迪每晚都来。”

“我想看看她怎么玩儿完的。说不准哪个晚上她必然把自己的命给搭进去。如有可能，我可不想错过。”

帕克大笑起来。

“她的演出非常成功，我们打算跟她再续约一个月。我唯一的要求是，八月末之前，她得保住自己的小命。过了这个时间，她爱怎样就怎样。”

“哦，上帝！还要我每晚吃鲑鱼、烤鸡吃到八月底吗？”桑迪嚷道。

“你这混蛋，桑迪，”伊娃·巴雷特说，“走吧，我们吃饭去，我快饿死了。”

帕克·埃斯皮埃尔问侍者有没有看到科特曼，侍者说看到他跟威斯克先生喝酒了。

“哦，要是他再来这里的话，告诉他我想跟他说句话。”

巴雷特夫人在通往露台的楼梯顶端停了下来，以便让那个新闻界的小个子女人走上来，该女子面容憔悴，头发蓬乱，手里拿着个票据本。桑迪把客人们的名字小声地跟巴雷特夫人说了一遍。这是一次典型的里维埃拉聚会。客人中有一位英格兰勋爵及其夫人，两人都高挑清瘦，无论谁请他们吃饭——只要无需他们掏腰包，都乐意奉陪，半夜之前，两人免不了会烂醉如泥。有一个苏格兰女子和她的英格兰丈夫，女子枯瘦如柴，长着一副秘鲁面具般的面孔，似乎经受过一千年暴风雨的侵袭；丈夫是职业经纪人，但为人直率、果敢勇毅、诚挚热情，给人以极正直的印象——这么说吧，如果他想给你帮忙，结果好事弄砸了，这时候，你会为他，而不是为你自己感到难过。一位意大利伯爵夫人，事实上，她既非意大利人，也非伯爵夫人，但打得一手好桥牌。还有一位俄罗斯亲王，他打算帮忙让巴雷特夫人成为一名王妃，顺便代销一下香槟、汽车和绘画大师的作品。一场舞会正在进行，巴雷特夫人正等着舞会结束。看着舞池里挨肩擦背的人群，她小巧的上嘴唇撇了撇，露出轻蔑的神情。

这是一个欢乐的夜晚，餐桌上坐满了吃客。从露台望过去，大海平静安宁、毫无声息。音乐停下来，侍者领班和善地微笑着，走过来引她到餐桌那里去，她迈着高贵的步子快速下了楼梯。

“我们可以好好看看跳水的了。”她坐下后说道。

“我希望坐在紧靠水箱的房间，”桑迪说，“这样，就能看清她的脸了。”

“她漂亮吗？”伯爵夫人问。

“不是漂亮不漂亮的问题，是她的眼神，每次跳水她都恐惧得要命。”

“哼，这个我不信，”一位来自商业区的名叫古德哈特上校的绅士（没人知道他的军衔是怎么来的）说道，“我是说，这个恶心的特技表演整个就是骗局，根本没什么危险——我是说。”

“你知道你在说什么吗？她跳得那样高，箱子里的水又那么少，一碰到水面必须得迅速转身，如果做不到位，头部就会撞到箱子底，后背就折断了。”

“那正是我要告诉你的，老兄，”上校说道，“就是个骗局。我是说，毫无争议。”

“不管怎样，如果没危险的话，表演就没什么了，”伊娃·巴雷特说道，“一分钟表演就结束，要是不是拿生命来冒险，那就是现代最大的骗局。不要说，我们一遍遍来看这个，而它只是个骗人的玩意儿。”

“几乎都是骗人的。我的话你尽管放心。”

“嗯，这个你该知道。”桑迪道。

如果说上校已觉察出这是对他居心不良的挖苦话，但他巧妙地掩饰了过去。他哈哈大笑起来。

“我不介意跟大家说，对这个我略知一二，”他承认道，“我是说，我有很好的观察力，骗不了我的。”

水箱安放在露台左侧较远的地方，由支杆支撑。水箱的后面是一架高耸的梯子，顶端有一方小小的平台。伊娃·巴雷特和她的那帮人在吃芦笋，舞池里又跳了两三曲后，音乐停止了，灯光暗了下来，聚光灯的光束照在了水箱上。接着，一片明亮当中，科特曼出现了，只见他沿梯子向上爬了五六个梯级，爬到跟水箱顶部同样的高度。

“女士们，先生们，”他朗声叫道，“你们就要看到的，是这个世纪以来最惊人的技艺表演。丝特拉夫人——全世界最优秀的跳水员，将从六十英尺的高度跃入五英尺深的火焰之湖，这一才艺有史以来从未有人表演过，如果哪位希望尝试的话，丝特拉夫人愿意奉送一百英镑。女士们，先生们，我现在很荣幸地请出丝特拉夫人。”

一个小巧的身影出现在通往露台的阶梯顶端，然后快步走到水箱前面，向欢呼的观众鞠躬致意。她穿着男式的丝绸便袍，头戴游泳帽。清瘦的脸庞似乎为演出专门化了妆。意大利伯爵夫人透过长柄眼镜打量她。

“不漂亮。”她说。

“身材不错，”伊娃·巴雷特说，“你一会儿就看到了。”

丝特拉快速脱下便袍，交给科特曼。他从梯子上走下来。丝特拉站了一会儿，看了看观众。他们都在暗处，她只能看到他们白色的模糊脸庞和白色的衬衣前胸。丝特拉个子不高，但身材优美，腿部细长，臀部瘦小，泳衣紧紧裹在身上。

“你说得对，身材的确不错，伊娃，”上校说道，“当然，发育不够，但你们女孩子都认为，这就很好了。”

丝特拉开始攀爬梯子，聚光灯的光束一直照在她身上。梯子高得不可思议。一个侍者往水面上浇上了汽油。科特曼手里拿着一个火炬，看到丝特拉爬到了梯子顶端，站在平台上。

“好了吗？”他问。

“好了。”

“跳！”他喊道。

话刚出口，科特曼几乎将燃烧的火炬投进了水中。火焰腾地蹿了起来，越烧越高，看一眼都让人觉得恐怖。就在那一瞬间，丝特拉飞身跳了下来，犹如一道闪电，穿过熊熊烈焰。触水片刻后，火焰熄灭了，又转瞬间，她浮出水面，跳出了水箱，迎接暴风雨般的欢呼和掌声。科特曼用便袍把她裹上。她一遍遍鞠躬致谢。掌声一直持续着。音乐突然响起，她最后挥挥手，跑下台阶，穿过桌子之间的过道，来到门口。灯又亮了，侍者们赶紧忙起了刚才丢在一边的工作。

桑迪·威斯克叹了口气，不知道自己是失望还是欣慰。

“好极了！”英格兰贵族赞叹道。

“讨厌的骗局，”上校以英国人特有的固执说道，“我百分百肯定。”

“这么快就结束了，”英格兰贵妇道，“我是说，你花的钱根本不值。”

但花的钱不是她的，她从不会自掏腰包。意大利伯爵夫人向前探了探身。她说一口流利的英语，但口音明显。

“伊娃，亲爱的，阳台下面靠门口的那两个怪人是谁啊？”

“很有趣，是不是？”桑迪道，“我的眼睛都没法离开他们了。”

伊娃·巴雷特瞥了一眼伯爵夫人提到的桌子，亲王本来是背对着的，也转过身来看。

“真怪，”伊娃叫道，“我得问问安吉洛他们是谁。”

巴雷特夫人是这么一种人，欧洲大饭店所有侍者领班的名字，她没有不知道的。她吩咐正给她倒酒的侍者把安吉洛喊来。

那的确是一对怪人，正孤零零地坐在一张小桌子旁。年纪都一大把了。男的高大粗壮，满头厚实的白发，两道浓密的白眉，一大抹白髯须。他的样子很像已故的意大利国王亨伯特，但比国王更像国王。他坐得笔直，身着整套的晚礼服，戴着白色领带，领圈已过时近三十年了。他的同伴是个矮小的老妇人，一身黑绸缎的舞会礼服，领口很低，腰部紧束。脖子上挂着数条彩珠项链。显然，她是戴着假发，精致的乌黑鬈发，但大小极不合适。她浓妆艳抹，到了令人匪夷所思的地步。眼下和眼睑涂成一片亮蓝，眉毛描得浓黑，两颊各是大块的极浓郁的粉色胭脂，嘴唇则抹成猩红色。脸上皮肉松弛，沟壑纵横。一双肆无忌惮的大眼热切地在桌子间扫来扫去，将一切尽收眼底，不时叫老头子注意这个那个。在身着晚礼服和紧身浅色长裙的时髦男女中出现这样一对老夫妇，真是怪诞至极，很多目光聚焦在了二人身上。但众目睽睽之下，老妇人没有感到一丝的拘谨。而当她确信众人都在关注她时，她顽皮地扬了扬眉毛，咧嘴一笑，眼珠子也跟着骨碌碌转动起来，好像要感谢众人的欢呼。

安吉洛匆忙向好顾客伊娃·巴雷特跑过来。

“我的夫人，您要见我吗？”

“哦，安吉洛，门口旁边的那两位奇人到底是谁啊？快说，我们都要急死了。”

安吉洛看了一眼，露出不以为然的神色。他脸上的表情、晃动的双肩、扭动的脊背、摇摆的双手，甚至可能捻动着的脚指头，都表现出他略带幽默的歉意。

“您不用理会他们，我的夫人。”他当然清楚，巴雷特夫人配不上这样的称呼，正如他明白，意大利伯爵夫人既不是意大利人，也不是伯爵夫人；英格兰贵族断然不会花上一分钱——如果有人请他喝酒的话，但他知道，这样的称呼不会让她不悦。“他们求我给一张桌子，看丝特拉夫人跳水，他们以前也是干这行的，我知道，没人愿意他们这种人在这里吃饭，但他们非要来，我实在不忍心拒绝。”

“他们是天底下最滑稽的人了，我崇拜他们。”

“我认识他们很多年啦。说实在的，那男的还是我同乡呐。”侍者领班屈尊般轻笑了声，“我答应给他们一张桌子，但条件是，他们不能在这里跳舞。我可不想担什么风险，我的夫人。”

“哦，不过我倒想看他们跳一曲呢。”

“人总要讲些原则的，我的夫人。”安吉洛一本正经地说道。

他又笑了笑，鞠个躬出去了。

“看，”桑迪嚷道，“他们要走了。”

滑稽的老夫妇正在付账。老头儿站起来，把一条不怎么干净的大长白围巾缠在妻子的脖子上。老太婆也站起来，老头儿挺直了身子，把手臂伸给她。相形之下显得瘦小的她，跟在丈夫身边轻快地走了出去。黑绸缎的长裙拖着长长的裙裾，伊娃（已年过五十）兴奋地尖叫起来。

“瞧呀，我记得上学时，我妈妈就穿那样的一件长裙。”

这对充满喜感的老夫妻手挽手，穿过赌场一个个宽敞的房间，走到了门口。老头儿向看门人说道：

“行行好，请告诉我们艺人化妆间在哪里好吗？我们想向丝特拉夫人表达我们的敬意。”

看门人打量了他们一眼，对其重要性做了一番估计，断定他们不是需要恭恭敬敬对待的人。

“你在那里找不到他们的。”

“她还没走吧？我想她在两点还要表演一场的。”

“没错。他们现在可能在酒吧。”

“我们去看一眼，也不错，卡洛。”老妇人说。

“好的，亲爱的。”老头的卷舌音发得很重。

他们缓步登上宽大的台阶，进了酒吧间。酒吧里除了一名副经理和墙角扶手椅上坐着的一对夫妇外，再无他人。老妇人放开丈夫的胳臂，伸出双手，快步走上前去。

“亲爱的，你好吗？我觉得，不来向你祝贺不行。我跟你一样，都是英格兰人，这个行业我也干过。表演太精彩了，理应获得成功。”她转向科特曼，“这是你丈夫吗？”

丝特拉从扶手椅里站起来，有点儿困惑地听着老妇人的喋喋不休，嘴唇上浮起羞涩的微笑。

“是的，他叫悉德。”

“见到你很高兴。”悉德说。

“这位是我的丈夫，”老妇人用胳膊肘轻轻指了指那个须发皆白的老人，“潘内奇先生，真正的伯爵，按理说，我就是潘内奇伯爵夫人，不过我们从这一行当退出时，放弃了爵位。”

“要来一杯吗？”科特曼问。

“不，我们请客，”潘内奇夫人坐在一把扶手椅上，“卡洛，你来点。”

侍者走过来，一番讨论后，点了三瓶啤酒，不过丝特拉什么都不想喝。

“第二场演出前，她什么都不喝的。”科特曼解释道。

丝特拉个子小巧，身材纤细，约莫二十六岁，浅褐色的卷曲短发，灰色的眼珠，唇上涂了口红，脸颊敷上了若有若无的胭脂。她肤色苍白，不算漂亮，脸蛋娇小，但干净清爽。穿着一件朴素的白丝绸连衣裙。啤酒端上来了，潘内奇先生显然不是健谈的人，他啜了一大口。

“您干哪一行呀？”悉德·科特曼客客气气地问道。

潘内奇夫人用化过妆的扑闪扑闪的眼睛扫了丈夫一眼，然后转过来说：

“跟他们说说我做什么，卡洛。”她说。

“人弹。”他宣布道。

潘内奇夫人灿然微笑着，目光如小鸟般掠过每一个人。他们都惊愕地看着她。

“弗洛拉，”她道，“人弹。”

她显然期待给大家留下好印象，但他们有些不知所措。丝特拉迷惑地望了悉德一眼，他赶紧过来解围。

“一定比我们早吧？”

“当然比你们早啦。唉，我们就是在可怜的维多利亚女王驾崩那年退出的，一点儿没错。当时，还引起轰动呢。不过，你们一定听说过我的。”当看到他们脸上一片茫然时，她稍稍换了下口气：“我曾是全伦敦最大的卖点。那是在老水族馆，是的，是在老水族馆。所有的社会名流都来看我的演出，有威尔士亲王，还有很多我叫不出名的，我就是全城的话题焦点，是不是呀，卡洛？”

“她的演出让水族馆整整一年都挤满了人。”

“那是从未有过的壮观表演。是呀，就在几年前，我走到德·贝斯夫人面前作自我介绍，也就是莉莉·兰特里，知道吧？她以前常住在这里的。她对我记得一清二楚，说看我的演出足足有十次。”

“你表演的什么呢？”丝特拉问。

“我当作炮弹从大炮里射出去。相信我，当时轰动着呢。离开伦敦后，我到世界各地演出。是的，亲爱的，我现在是个老太婆了，这个我不否认。潘内奇先生七十八了，我也永远告别了七十岁，但我的肖像画曾挂到伦敦的每一个海报栏上。德·贝斯夫人跟我说：亲爱的，你跟我一样有名，不过，你知道公众是怎么一回事，你给他们带来好东西，他们会疯狂一阵子，然后就要求换口味，不管你的表演有多好，他们都会感到厌烦，不会再去看了。这个对你也适用，亲爱的，正如对我适用一样，我们每个人都会碰上。不过，潘内奇先生历来头脑很灵活，他这么高时就入行了——进了马戏团，你知道，他是一名马戏团指挥，我开始就是这么认识他的。当时，我还在杂技团，表演空中飞人——你知道。现在他还很帅气，你要是能看看他当年那个样子就好了，俄罗斯皮靴、马裤、紧身的外套、前面缀满了盘花纽扣，长鞭啪啪作响，马儿绕场飞奔，我这辈子从没见过那么漂亮的男人。”

潘内奇先生没说一句话，若有所思地捻动着自己浓密的白髯须。

“是呀，我跟你说过，他从来都不是一个挥金如土的人，当代理人不再跟我们续约，他说我们别干了。他说得对，我们一度是伦敦最耀眼的明星，现在没法回到从前了，我是说，潘内奇先生是位真正的伯爵，他要考虑自己的尊严，所以我们搬到了这里，买了座房子，往外出租。潘内奇先生一直有雄心要从事这类行当。我们到这里三十五年了，生意一直不错，不过两三年前经济萧条开始后，情况开始变得不妙，客人们跟刚开始也不一样了，他们要求房间里有电灯有自来水，还有些东西我根本叫不上来。卡洛，给他们一张名片。潘内奇先生亲自掌厨，如果你们需要找一个真正像家的地方，就知道怎样能找到了。我喜欢同行，我们将有很多很多的话题——你跟我之间，亲爱的。一朝入行，终生同行，我是说。”

就在这时，侍者领班吃过晚饭回来了。他一眼就看到了悉德。

“啊，科特曼先生，埃斯皮埃尔先生一直在找您，他想单独跟您谈谈。”

“哦，他在那里？”

“就在附近什么地方。”

“我们得走了，”潘内奇夫人说着站了起来，“哪天到我家来吃饭吧，好不好？我给你看看我们的老照片，还有简报。你们竟没听说过‘人弹’，真是奇怪。是呦，当时我跟‘伦敦塔’一样有名的。”

潘内奇夫人并没有因为年轻人没听说过而烦恼，她只是感到好笑。

他们相互说了声再见，丝特拉又坐回到椅子里。

“我把啤酒喝完，”悉德说，“然后就去找帕克，看看他有什么事。宝贝儿，你是待在这里，还是去化妆间？”

丝特拉紧攥双手，没有回答。悉德看了她一眼，目光迅速挪开了。

“真有意思，那老女孩，”他热切地说道，“很有趣的人！我估计她说的是真话，可我得说，她的话很难让人相信，谁会想到，她竟能风靡整个伦敦，什么，四十年前？滑稽的是，她认为谁都记得她，她好像难以相信我们没听说过她。”

他又用眼角瞥了她一眼，以免让她看到，结果发现她在哭泣，他紧张起来。泪水顺着她苍白的脸颊滑下，但没哭出声音。

“怎么了，亲爱的？”

“悉德，今晚我不能再表演了。”她啜泣道。

“到底怎么了？”

“我害怕。”

他抓起她一只手。

“我知道你不至于，”他说，“你是全世界最无畏的小女子。喝口白兰地，你就会好多了。”

“不，那样会更糟。”

“你不能让观众失望。”

“龌龊的观众！都是些山吃海喝的猪，一群喋喋不休的蠢蛋，钱多得不知道怎么花了。真让人受不了。我摔死了他们谁会在乎呢？”

“当然啦，他们是来找刺激的，这个没错，”悉德不安地回答，“不过，你知道，我也知道，只要保持冷静，是不会有危险的。”

“但我冷静不了，悉德，我早晚会摔死的。”

她提高了些嗓门，他迅速回过头来看了一眼侍者，但他在读《尼斯的侦察兵》，没有注意他们。

“你不知道从那上面，从梯子顶上往下看水箱，是什么感觉。我说的是真的，今天晚上我还想，我会晕倒的。我跟你说，悉德，今晚我不能跳了，你帮我把演出取消了吧。”

“如果你今晚畏惧了，明天会更甚。”

“不，不会的。连跳两次会要了我的命。要等那么久，还要那样揪心。你去找埃斯皮埃尔先生，跟他说说，我没法一晚表演两场，我的神经受不了。”

“他绝不会答应的。整个晚餐生意都靠着你呢，他们来这里就是看你的表演。”

“我受不了了，跟你说，我没法再继续了。”

他沉默了一会儿。泪水在她瘦削的苍白的脸上依然流个不停，能看出她正很快地失去自控力。几天来他就感到有些不对劲，对此深感忧虑。他试图不给她讲话的机会，因为他模糊地觉得，最好不要让她把感受说出来。不过他还是担心，因为他爱着丝特拉。

“不管怎样，埃斯皮埃尔要见我的。”他说。

“什么事啊？”

“我不知道。我跟他提提，说你一晚上只能表演一场，多了演不了，看他怎么说。你在这里等吗？”

“不，我去化妆间吧。”

十分钟后，悉德在化妆间找到了丝特拉。他兴高采烈、步履轻快，一下子把门撞开了。

“亲爱的，大好消息。他们要留我们到下月，报酬翻番。”

他跳过去要抱住吻她，但她把他推开了。

“今晚我还要表演吗？”

“恐怕还得演。我费了些事，想把演出减为一场，但他不愿听，说晚餐时那场相当要紧。不管怎样，报酬翻了一倍，还是值得的。”

丝特拉瘫倒在了地上，终于号啕大哭起来。

“我没法演了，悉德，没法演了。我会死于非命的。”

悉德在地上坐下来，扶起她的头，然后把她搂在怀里抚慰着。

“振作起来，亲爱的。那样的报酬怎能拒绝呢？有了这笔钱，我们整个冬天就有了保证，什么都不用做了。不管怎样，七月份只剩下四天，然后就到八月了。”

“不，不，不，我感到害怕，我不想死，悉德，我爱你。”

“我知道的，亲爱的，我也爱你。是呀，自结婚来，对其他女人我再没瞧过一眼，以前我们从没有过这么多钱，以后也不可能有了。这种事情你是知道的，我们现在很红火，但不可能永远持续下去，我们应该趁热打铁。”

“你想让我死吗，悉德？”

“不要说蠢话了。想想没了你我能去哪里？你不能就此罢手。你要考虑到你的尊严，你现在已经是世界名人了。”

“跟那个‘人弹’当年一样。”她暴跳如雷，狂笑着嚷道。

“该死的老太婆。”他想。

他知道，这是压倒骆驼的最后一根稻草。但倒霉的是，对这个事情，丝特拉竟如此看待。

“真是让我大开眼界，”她接着说道，“他们一次次前来观看我的表演为的什么？是想看我怎么死的。等我死后用不了一星期，他们连我的名字也会忘得一干二净，观众也是如此。当我看到那个浓妆艳抹的丑老婆子时，我一切都明白了。唉，悉德，我好难过。”她伸出双臂搂住他的脖子，把脸贴在他的脸上。“悉德，这个很糟糕，我不能再做了。”

“今晚，你是说？如果你真觉得不好，我去告诉埃斯皮埃尔，说你昏倒了。我敢说，就这一次，会没问题的。”

“我不是指今晚，我是说再不做了。”

她觉得他整个人都有些僵住了。

“悉德，亲爱的，不要以为我在犯傻。不只是今天，过去的日子里，这个念头越来越强烈。一想到这个，晚上都无法入眠，等睡着了，我仍看到自己站在高高的梯子顶端往下瞧。今天晚上，我几乎都上不去了，哆嗦得厉害。你点火说‘跳’的时候，好像有什么东西把我的脚缠住了。跳下去后，我都没意识到。我的大脑一片空白，直到我发现自己站在台上听到他们鼓掌为止。悉德，如果你爱我，就不要让我遭受这样的折磨。”

悉德叹了口气，眼眶里盈满了泪水——他是真心爱着自己妻子的。

“你知道那意味着什么，”他说，“过去的生活，马拉松舞，还有一切的一切。”

“什么都比这强。”

过去的生活，他们两人都记得。悉德十八岁时就当上了舞蹈演员，他黝黑的西班牙人模样显得英气逼人，生气勃勃，中老年妇女都乐意跟他跳舞，从没失过业。他从英国到了欧洲大陆，然后停留下来，从一个宾馆搬到另一个宾馆。冬天，在里维埃拉演出，夏天就到了法国的海滨度假区。当时的生活还不错，那些男演员，一般是两三个人住在一起，挤在廉价的住所里。他们每天起床很晚，只需在中午十二点前穿戴完毕，以便赶到宾馆跟那些想减肥的矮胖女人跳舞。跳完舞又闲下来，直到下午五点。到那时，他们需要再次赶到宾馆，三个人一起，在一张桌子旁坐下来，睁大眼睛，用锐利的目光搜寻可能跳舞的主顾，他们都有些常客。晚上，要到饭店去，那里为他们供应一顿像样的饭菜。上菜间隙，他们就跳舞，能挣到不少钱。随便跟哪个人跳舞，一般都能得到五十或一百法郎的报酬。如果谁跟一个阔女人大跳特跳上两三个夜晚，挣到的钱会多达一千法郎。有时，某中年女人会要人陪她过夜，那样就可以得到两千五百法郎。另外，总还有其他机会——倘若哪个老糊涂昏了头，白金蓝宝石项链、香烟盒、服装和腕表就到手了。悉德的一个朋友跟其中一位结了婚，她足可以做他的母亲，但送了他一辆汽车，还为他提供赌资，两人住在比亚里茨漂亮的别墅里。那都是些好日子，每个人都有挥霍不完的钱。萧条期到来后，这些舞男们便遭了殃。宾馆冷冷清清，顾客们似乎再也不愿花钱跟那些年轻的帅小伙子跳舞取乐了。经常的情况是，悉德一整天也挣不到一杯酒钱。不止一次，一个体重一吨的老胖娘儿们厚着脸皮给了他十个法郎。不过，他的花销并没减少，因为他必须穿得人模人样，否则，宾馆经理就有话说了。洗衣服要花很多钱，他需要的衣物多得惊人；还有鞋子，那些地板对鞋子可不爱惜，必须时时像新鞋子一样。房钱要付，还有午餐费。

就在这时，他碰到了丝特拉。在埃维昂，一个极糟糕的季节。丝特拉担任游泳教练。她是澳大利亚人，跳水跳得漂亮。每天上下午，各表演一场，晚上受雇到宾馆跳舞。他们在远离顾客的小桌子上一起吃饭。乐队演奏时，他们起身跳舞，吸引其他顾客到舞池中来。但通常，没人跟着他们跳舞，他们只好自己跳了。从职业舞伴这一行当，他们谁都没有赚到什么钱，但互相爱上了，到季节结束的时候，两人走进了婚姻殿堂。

这个他们从不后悔。他们历经艰辛困苦，尽管为了生计，隐瞒了婚姻这一事实（老年女士不太喜欢跟妻子在场的已婚的男子跳舞），但两人要在同一家宾馆找到工作并不容易。悉德的收入远不能供养丝特拉，没法不让她工作，即便住最廉价的公寓也不行。舞男的生意日趋没落，他们到巴黎学了一套新舞蹈，但竞争惨烈，很难得到卡巴莱餐馆的聘用。丝特拉是舞厅的优秀舞女，但当时流行的是各类杂耍表演，不管她怎样努力，始终没做出惊人的成绩。观众看腻了阿帕希舞。他们一度好几周失掉工作。悉德的腕表、金烟盒、白金项链，统统进了当铺。最后，在尼斯，他们已贫困潦倒，悉德只好把晚礼服拿去当掉了。悲惨啊！他们不得不报名参加马拉松舞——一名富有想象力的管理人员兴办的舞蹈。一天跳二十四小时，每小时休息一刻钟，真是吓人！两人腿疼脚麻，长时间都不知道自己在做什么，只是让自己跟上音乐节拍，动作能少则少。他们挣了一点儿小钱，有人会给他们一两百法郎作为鼓励。有时为了引人关注，他们强打精神，来一段舞蹈表演。如果观众情绪尚佳，他们就能得到一份不错的收入。不过，两人越来越感疲惫不堪，到了第十一天，丝特拉晕倒了，只能放弃。悉德只好跳独角舞了，跳啊，跳啊，连续不停，荒诞可笑。那是他们最倒运的时候，落魄至极，留下的尽是恐怖的、悲惨的记忆。

不过就在这时，悉德忽然灵感迸发，那是他一个人在舞厅缓缓跳着的时候想到的。丝特拉总说她能往碟子里跳水，这当然是门绝活儿。

“人的主意来得真是奇怪，”他后来说，“如电光石火般。”

他突然想起见过一个男孩，点燃了洒在人行道上的汽油，火苗腾地蹿起来。当然，是水面上的烈火和那惊鸿一跳抓住了观众的心。他一下子站在了那里，太兴奋了，舞是跳不成了。他跟丝特拉说起这件事，她也很热心。他给一位代理人——也是他的朋友写信（大伙儿都喜欢悉德，喜欢这位善良的小伙子）。代理人出钱购买了设备，又在巴黎的一家马戏团帮他们签了份合同。演出获得了成功。他们终于站稳了脚跟，聘约从四面八方飞来。悉德为自己购置了一整套新服装。当海滨夏季赌场给他们发来预约时，他们的事业达到了辉煌的顶点。所以，悉德说丝特拉是名人，并不为过。

“所有的苦难都结束了，老女孩儿。”他不无怜爱地说道，“我们现在可以存点儿钱，以备不测。哪天观众看腻了，我们就换点儿别的。”

可是现在，就在他们最顺风顺水的时候，丝特拉毫无征兆地提出不干了。他不知如何跟她说好。看到她如此不快，他的心都碎了。他现在爱他，甚至胜过新婚燕尔时。他爱她，因为他们一起经历了太多的风风雨雨——无论如何，曾有那么五天，他们除了每人一大块面包和一杯牛奶外，再无其他食物可吃；他爱她，因为她带他走出了困境，他又有新衣服穿了，一天能吃上三顿饭。他不敢正眼看她，她那可爱的灰眼睛里的痛苦使他无法忍受。她战战兢兢地伸出手来摸他的手。悉德长叹了一口气。

"你知道你放弃了意味着什么，亲爱的。我们跟宾馆已经断绝了关系，无论如何，生意也做不成了。有什么好事，也让那些年轻人抢去了。你我都知道，那些老娘们儿是些什么人，她们要的是小伙子。再说，我个子实在不够高，年轻倒没什么。说我显得年轻没用，我已经不年轻了。"

"或许我们可以去拍电影。"

悉德耸了耸肩。贫困潦倒时，他们曾经尝试过。

"我做的事不会后悔的，去商店卖东西也行。"

"你认为随便问问就能找到工作吗？"

她又哭起来。

"不要哭，亲爱的，我的心都要碎了。"

"我们已经存了点儿钱。"

"这个我知道，但只能维持六个月。就是说，六个月后我们就要挨饿。先是把零零碎碎的东西当掉，然后再把衣服当掉，跟以前一样。接着，到闹市的小赌场跳舞，混口饭吃，一晚上挣上五十法郎。一连数周失业，听说哪里举行马拉松舞就赶去参加。这些东西公众能喜欢多久呢？"

"我知道，你认为我不可理喻，悉德。"

这时，他转过身来看着她，泪水在她眼眶里打转。他冲她笑了笑，笑得温柔而迷人。

"不，我没这样想，宝贝儿。我想让你开心。不管怎样，你就是我的一切，我爱你。"

他抓住她的手，把她揽在怀里。他能感觉到她的心怦怦直跳。如果丝特拉真是那样觉得，那么，他就把这事尽量处理好就行了。不管怎样，万一她为此送了命呢？不，不，她不想做就算了，金钱呀，见鬼去吧！丝特拉稍微动了动。

“怎么啦，亲爱的？”

她脱离开他，站了起来，然后走到了梳妆台前。

“我想是到准备出演的时间了。”她说。

他惊讶地跳了起来。

“你不是今晚不演出了吗？”

“今晚我要演，每晚都演，直到摔死那一天。有何办法呢？我知道你说得对，悉德。我无法再回到过去——住在末流宾馆的臭气熏天的房子里，吃了上顿没下顿。啊，马拉松舞！你提它干什么呢？一连多天又脏又累，直到精疲力竭、身体崩溃才停。也许，我可以再干一个月，到时挣的钱足够让你有时间想想别的门路了。”

“不，亲爱的。我不能答应。别干了，能过得下去的。我们以前挨过饿，再饿一次也没啥。”

丝特拉脱光了衣服，仅穿着长袜在镜子前站了会儿，给镜中的自己一个僵硬的微笑。

“我不能让观众失望。”她吃吃地窃笑道。

幸福夫妻

我十分喜欢兰德勒，但原先没意识到这一点。他是我所在的那家俱乐部的会员。午餐时，我常坐在他身边。兰德勒是中央刑事法庭的法官。有一次，正是通过他，我得以坐到了法庭的一张特别席位上，旁听正在审理的我感兴趣的案件。他庄严地坐在法官席上，戴着长长的假发，身着红袍，披着貂皮披肩。稍长的白面孔，薄嘴唇，浅蓝色的眼睛，有些让人畏惧。他是公正而严厉的人，有时，当他准备给一个既决罪犯宣判长期徒刑时，他对罪犯所作的痛责也会让我不舒服。不过，在午餐桌上，他辛辣而幽默，乐于谈论自己审理过的案件，这足以使他成为好伙伴，而忽略了在他面前我感到的些微不适。一次我问他，把人送上绞刑架是否让他内心感到不安，他啜了一口波尔图葡萄酒，笑了。

“没有任何不安。对那人的判决是合理公正的。我尽量公平地审判，是陪审团判他有罪。我宣判他死刑，是因为他罪有应得。庭审结束，我就把它置之脑后了，谁还会再想这个呢？除非是感情用事的傻瓜。”

我知道兰德勒喜欢跟我说话，但从未料到，他没有仅仅把我看作是俱乐部的一个熟人。一天，我接到他的电话，说他正在里维埃拉度假，想在回意大利的路上顺便到我这里待上两三天。那一刻，我感到惊讶，我回答说，我乐意见到他。不过，在车站接人时，我心里仍感到惴惴不安。

他到的那天，为摆脱尴尬，我喊上了邻居、老朋友葛瑞小姐一起去吃饭。她年龄已经不小，但整个人散发着迷人魅力，说话活泼、利索，什么话题都谈得来。我用美餐招待他们，尽管我没有波尔图葡萄酒供法官享用，但我奉上的梦拉榭也不错，甚至还有一瓶更为上佳的木桐庄。法官两种酒都品尝过了，这令我很开心，因为我再提出上一杯鸡尾酒时，他愤怒地拒绝了。

“我真不明白，”他说，“你们想必都是些文明人，怎么还抱住那些粗野的、令人倒胃口的习惯不放？”

我想说的是，这没什么，葛瑞小姐和我还是会喝上两杯干马提尼。法官带着烦躁和厌恶看着我们把酒喝完了。

不过，晚餐进行得很顺利。美酒加上葛瑞小姐的轻快谈吐让兰德勒变得蔼然可亲，这个我从来没见过。显然，尽管他外表严肃，但喜欢跟异性交往。葛瑞小姐穿着合身的连衣裙，略呈灰色的头发梳理得干净整齐，眉清目秀，两眼晶亮闪烁，依然十分迷人。晚饭过后，法官又喝了点儿陈年白兰地，愈发有了醉意，便忘乎所以起来。接下来的几小时，他讲述了自己参与的一些著名案例，我们听得心醉神迷。因而，当葛瑞小姐提出第二天一起吃午饭时，甚至不容我回答，法官就立马答应下来——我对此毫不感到诧异。

“真是个好女人，”当她离开后，法官赞叹道，“头脑也聪明。当她是个女孩时，一定非常漂亮，现在也不错。不过她怎么不结婚呢？”

“她老说没人追求她。”

“胡说八道！女人必须要结婚的。有太多女人想保持独立性，我对这种女人没耐心。”

葛瑞小姐住在圣让一座面朝大海的小房子里，跟我在费拉角的私人住所只有几英里之遥。第二天下午一点，我们开车过去，然后被领进了她的起居室。

“我要给你一个惊喜，”握手时她对我说，“克雷格夫妇也要来。”

“哎呀，我们是邻居，每天在同一片海滩游泳，却互不说话，我觉得太荒唐啦。所以，我强令自己接受他们，他们也答应今天过来吃午饭。我想让你跟他们见见面，看看你对他们有什么印象。”她又转向兰德勒：“我希望你不会介意。”

兰德勒的表现无可挑剔。

“跟你的任何朋友相见，我保证都是开心的，葛瑞小姐。”他说。

“但他们不是我的朋友，虽然见过很多次，直到昨天才开口说话。他们很乐意跟作家和著名法官见面。”

过去的三个星期里，我从葛瑞小姐那里听到了关于克雷格夫妇的太多情况。他们购置了她隔壁的小别墅。起初，她担心她的新邻居会是令人生厌的人。她喜欢一个人过清净日子，不愿意被琐细的社会交往所打扰。但她很快发现，克雷格夫妇显然跟她一样，都无意跟对方建立一种熟识的关系。尽管在这样一个小地方，他们每天都要见上两三次，但克雷格夫妇甚至连通过瞥她一眼来表明跟她见过面都没有。葛瑞小姐告诉我，她觉得他们试图不干扰她的私生活乃乖巧之举，但我想到的是，她虽然没有被冒犯，但会感到稍许的困惑，为什么他们显然跟她一样，觉得对对方的了解越少越好呢？对此，我猜测了一段时间，直到她抵御不了好奇心，要首先采取行动了。一次，我们在散步，正好从他们身边走过，我终于可以好好打量一下了。克雷格长相英俊，有一张诚实的红润脸庞，花白的小胡子，和一头浓密的结实灰发。他行为得体，举手投足之间尽显热诚，会使人联想到一位退了休的、财产丰厚的经纪人形象。他的妻子外表粗糙，身材高大，有些男性化，暗哑的淡黄色头发梳理得有些过火，大鼻子阔嘴，皮肤饱经风霜。她不只是相貌平平，而且让人感到沉闷。尽管她的服装漂亮、轻薄而优雅，但穿在她身上就显得怪里怪气，因为这些衣服穿在一个十八岁女孩的身上会更合适些，而克雷格夫人当然已经四十岁了。葛瑞小姐告诉我，那些衣服做工优良，价格高昂。我觉得克雷格先生看起来比较平凡，而克雷格夫人则让人不悦。我跟葛瑞小姐说，显而易见，克雷格夫妇不愿与他人交往，这对她而言，是件幸事。

“不过他们身上有一点很可贵。”她答道。

“什么呀？”

“他们彼此相爱，而且都喜欢孩子。”

因为他们有一个不超过一岁的孩子。由此，葛瑞小姐推断说，他们结婚的时间不长。她喜欢看他们跟孩子在一起。每天早晨，保姆用婴儿车推着孩子出门。在此之前，父母都会欢天喜地地拿出一刻钟教孩子学习走路。他们站在几码外的地方，鼓励孩子从一个地方蹒跚挪步到另一个地方。每次，孩子都会跌倒在父母的怀里，他们把他抱起来，满脸幸福地搂着他。最后,小孩子被放进了婴儿车里,盖上被子。两人俯下身去，说着醉人的儿语。然后看着他消失在视线之外，仿佛孩子的离开让他们无法承受。

葛瑞小姐常常看到他们在自己花园的草坪上牵着手来回散步。两人都不说话，好像在如此的幸福之下，任何口头的交流都已多余。看着那个阴郁、漠然的女人对他高大帅气的丈夫掩饰不住的爱意，葛瑞小姐的心里感到了温暖。还看到她把丈夫身上模糊的污点掸掉呢，多么美好的一幕呵！葛瑞小姐确信，为了体验织补袜子的快乐，克雷格夫人一定会故意把袜子搞出一些洞来。看起来，他似乎是深爱着她的，如同她爱他一样。不时地，他快速看她一眼，她则仰起头来看着他微笑，这时，他会轻轻拍一下她的脸颊。由于两人年轻不再，他们对彼此的忠诚也就格外感人。

葛瑞小姐为何一直独身对我而言始终是个不解之谜。我跟法官两人都肯定，她的机会多多。我也自问，当她跟我谈起克雷格夫妇时，看到他们婚姻的快乐，她是否感到一丝痛苦呢？我想，在人世间，完全的幸福少之又少，而葛瑞小姐对他们二人异乎寻常的关注，可能只是因为，在她内心里面有一种感觉无法排遣，就是说，某些东西因她的单身而失去了。

由于不知道他们的姓氏，她便称他们埃德温和安吉丽娜。还为他们编撰出一个故事来，一天，她把故事讲给我了，我对其嘲讽了一番，这令她有些恼怒。就我所能记起的，以下便是故事的来龙去脉：多年前——或许二十年前——他们便相爱了。当时安吉丽娜还是个小女孩，浑身散发着十几岁少女特有的清新秀雅，而埃德温是个敢作敢为的青年，刚欣欣然踏上人生的征途。据说，诸神对青春的恋情都充满了仁爱之心，并没有让他们受困于实际的事务，但二人终究一文不名，要结婚是不可能的，但他们有的是勇气、希望和信心。埃德温决定到南美去，马来亚也行，或者其他任何想去的地方，等挣了钱再回来跟耐心等待他的女孩结婚。也就两三年的时间，顶多五年——当你只有二十岁，整个生命才刚刚展现在你面前的时候，那有什么要紧呢？在此期间，安吉丽娜当然会跟寡居的母亲住在一起。

但事情并没有朝着预计的方向发展。埃德温发现挣钱之难远超预料，事实上，要挣够维持他基本生活的费用都难。唯有安吉丽娜的爱，以及她充满柔情蜜意的来信让他增添了继续奋斗的勇气。五年过去了，他的钱并不比出门时更多。安吉丽娜愿意跟他承担困窘的生活，但要离开卧病在床的可怜母亲是不现实的，他们唯有耐心等待了。就这样，一年年过去了，埃德温的头发慢慢变得花白，安吉丽娜也日益忧郁、憔悴，她的命运更加凄惨，只能等下去了，要不还能怎样呢？曾有的魅力正一点点消失——残忍的镜子每天都提醒她，终究她发现，青春带着嘲讽的笑意，用脚尖打了一个旋，然后永远离开了自己。长期照看暴躁易怒的残疾人使她不再甜美可爱，而是尖酸刻薄；她所在的小镇的交际圈子使她的大脑变得狭隘。朋友们纷纷结婚生子，而她依然是履行着义务的“囚犯”。

她不知道埃德温是否还爱她，是否还会回来，常常陷入绝望之中。十年的时光一晃而过，十五年、二十年也过去了。终于，她收到了埃德温的来信，在信中他说，事情解决了，他挣的钱足够他们过上舒适的日子，如果她仍然愿意跟他结婚，他马上返乡。就在这个当口，安吉丽娜的母亲自杀了，在这个世界里，她已成为十足的累赘——此乃仁慈的天意使然。但阔别如此之久，当他们再次相遇的时候，安吉丽娜惊慌地发现，埃德温年轻如故。不错，他的头发变得花白了，但跟他极其相衬。他一直就是个美男子，现正值壮年，更显得英姿勃发，而她已垂垂老矣。长期居留异国让埃德温的视野、胸怀变得宽广，而与此相对，安吉丽娜意识到了自己的狭隘局促和令人生厌的小地方习气。他跟原先一样快乐洒脱，而她的心灵遭受重创，苦难的生活扭曲了她的灵魂，仅凭二十年前的一个约定，就把这样一个机敏、活跃的男人捆绑在自己身边，似乎是极其荒唐的，于是她提出解除那个约定。埃德温听了，脸色刷地变得惨白。

“你不再喜欢我了么？”他语无伦次地叫道。

她一下子意识到了：在埃德温看来，自己跟以前没什么两样——啊，多么让人狂喜，让人欣慰呵！他觉得她永远是过去的那个她。在过去的日子里，她的样子似乎刻在了他的心头。现在，当这个真实的女人站在面前时——在他看来，她依然只有十八岁！

于是，他们结了婚。

“我一句话都不信。”葛瑞小姐的故事讲到了幸福的结尾处，我说道。

“我一定要让你相信，”她说，“我坚信这是真实的，一丝一毫的怀疑都没有，他们会幸福地生活在一起，直到白发苍苍。”这时她说了一句话，我认为很有见地：“他们的爱或许建立在虚幻之上，但对他们而言，这种虚幻有着现实的所有外在，这又有什么关系？”

我把这个朴实优美的故事讲完后，三个人——女主人、兰德勒和我都在等待克雷格夫妇的到来。

“你发现了吗？住在你隔壁的人总是会迟到。”葛瑞小姐问法官。

“没有，我没注意到，”法官不悦道，“我历来是守时的人，我希望人人都能守时。”

“给你来杯鸡尾酒，我想是不是不太好？”

“我什么都不喝，小姐。”

“不过，我有些雪利酒，他们说那酒不错。”

法官从她手里把酒瓶拿过来，看了看标签，薄薄的嘴唇上浮起了一丝淡淡的微笑。

“这是一种高雅的饮料，葛瑞小姐。如果你同意的话，我自斟自饮好了。我认识的女性，没有一个知道是如何倒酒的。对于女人，我们要扶住她们的腰；而对于酒瓶，要抓住其瓶颈。”

法官美滋滋地品咂着陈年雪利酒，葛瑞小姐的目光扫向窗外。

“哦，知道克雷格夫妇来晚的原因了，他们在等小宝宝回来。”

我顺着她的视线望去，看到保姆推着小孩子回来，刚从葛瑞小姐的房前经过。克雷格把孩子从婴儿车里抱出来，高高地举过头顶。小孩子一边伸手去拽爸爸的胡子，一边咯咯地欢笑着。克雷格夫人站在一边看着，脸上荡漾着笑意，那僵硬的表情也变得讨人喜欢了。窗是开着的，我们听到她在说话。

“快点儿，亲爱的，”她说，“我们迟到了。”

克雷格把孩子放回婴儿车里，然后两人来到葛瑞小姐的门口，摁响了门铃。女仆领他们进门，他们先是跟葛瑞小姐握了手。由于我站在旁边，葛瑞小姐把我介绍给了他们，然后又介绍了法官。

“这位是爱德华 · 兰德勒爵士，克雷格先生和夫人。”

都以为法官会伸出手走上前去，但他纹丝没动。他把眼镜戴上——这副眼镜我在法庭上见他戴过一次，效果极其糟糕。他直视着新来者。

“老天！这家伙真令人讨厌！”我心里想。

他的眼镜掉了下来。

“你好！”他说，“我想咱们以前见过面，我说的没错吧？”

这句问话让我把目光转向了克雷格夫妇。他们紧靠在一起并肩站着，仿佛要为彼此提供保护。两人谁都没有说话。克雷格夫人看起来有些紧张，克雷格红润的脸庞涨成了紫色，脸色黯淡下来，眼睛似乎就要掉下来了，但这只是持续了一秒钟。

“我想没有见过，”他用浑厚、低沉的声音说道，“当然，我听说过您，爱德华爵士。”

“知道傻瓜的人比傻瓜知道的多。”法官说。

葛瑞小姐一直在给鸡尾酒调制器添加奶昔，现在她为两位客人各递了杯酒，没注意到发生的事情。我也不知道是怎么回事，事实上，我根本不能确定到底怎么了。这个插曲——如果说有什么插曲出现的话——发生得也太快了，我只能大致相信，当两位陌生人被介绍给一位著名人士时，他们感到了片刻的尴尬。从中我想到，有可能发生过什么事情，但也没什么根据。我让自己变得和颜悦色起来，问他们觉得里维埃拉怎样，自己的房子住得惯不惯。葛瑞小姐也加入进来，像一般跟陌生人那样聊天，谈的都是些普普通通的话题。夫妇二人说话轻松而愉快。克雷格说他多么喜欢游泳，抱怨在海边钓不到鱼了。我这时发现，法官并没有参加我们的谈话，而是俯首看着自己的脚面，好像根本没有注意到来访者。

主人宣布要吃午餐了，我们走进了餐室。只有五个人，圆餐桌又很小巧，我们只好谈些泛泛的话题。我得承认，主要的说话者是我和葛瑞小姐。法官一直沉默不语，不过他经常这样，他这个人总是喜怒无常，所以我也没加留意。这时我注意到，他胃口大开，在享用煎蛋卷哪。第二次发蛋卷时，他又拿了一份。克雷格夫妇给我的印象是有些拘谨，但这并不令人感到奇怪。第二道菜端上来时，他们已经可以更加自如地谈话了。我觉得他们不是有趣的人，除了孩子、所雇佣的两个行为怪异的意大利女佣，以及偶尔到蒙特卡洛游泳，他们对其余的一切似乎都不感兴趣了。我不禁想到，葛瑞小姐跟他们相识是个错误。就在这时，意外发生了：克雷格突然从椅子里站了起来，又一头栽在了地板上。我们腾地跳起来，克雷格夫人赶紧蹲下，用手托起丈夫的头。

“好了，乔治，”她痛苦地叫道，“没事了。”

“把他的头放下，”我说，“他只是晕倒了。”

我试了试他的脉搏，一点儿也没感觉到。我说他晕倒了，但不能确定他是否患了中风。他是个体胖且患多血症的人，可能很容易发生中风。克雷格夫人把餐巾浸到水里，然后轻擦他的额头，整个人看起来就要崩溃了。这时，我注意到兰德勒仍静静地坐在椅子里。

“如果他真的晕倒了，你们都挤在他周围也不能帮他恢复。”他尖刻地说道。

克雷格夫人转过头看了他一眼，目光里充满了痛苦和怨恨。

“我给医生打电话。”葛瑞小姐说。

“不用，我觉得不需要，”我说，“他会醒过来的。”

我感到他的脉搏在增强，过了一两分钟，他睁开了眼睛。当意识到发生的一切后，他倒抽了口气，然后挣扎着要站起来。

“不要动，”我说，“再静躺一会儿。”

我给他喝了一杯白兰地，他的脸色恢复如初。

“我觉得现在好了。”他说。

“我们把你抬到隔壁房间，你在沙发上躺一会儿。”

“不了，我还是回家吧。只有一步之遥。”

他从地板上站了起来。

“好的,我们回去吧。”克雷格夫人说。她转过身来对葛瑞小姐说:“真抱歉，他以前从没这样过。”

他们决定回去了，我认为这是最恰当的做法。

“打发他上床，不要起来，到明天就全好了。”

克雷格夫人搀住他的一只胳膊，我搀住另一只，葛瑞小姐打开了门。尽管还有些发抖，克雷格已经可以走路了。到他家门口后，我主动提出进屋帮他脱掉衣服，但两人似乎都没听到。我回到葛瑞小姐家，看到他们在吃甜点。

“不知他为何晕倒，”葛瑞小姐说，“所有的窗子都开着，今天也不是特别热。”

“我感到惊讶。”法官说。

我注意到他瘦削苍白的脸上露出了得意的神情。因为我和法官要去打高尔夫，喝过咖啡后，我们便开车往我山上的住所驶去。

“葛瑞小姐怎么能跟那些人结交呢？”兰德勒问我，“在我看来，他们都是些庸碌之辈，根本不属于一个层次嘛。”

“你是了解女人的。她喜欢保护自己的隐私，当他们搬到隔壁后，她是断然决定不跟他们有任何交往的，不过当发现他们也不想跟她有什么瓜葛时，她便心神不定起来，不跟他们结识都不行。”

我把她编造的关于邻居的故事讲给他听。他听着，脸上毫无表情。

“恐怕你的朋友葛瑞小姐是个感情用事的傻瓜，我亲爱的朋友，”讲完故事后，他跟我说，“我告诉你，女人是必须得结婚的。如果她生上半打孩子，那些乱七八糟的想法就不会有了。”

“关于克雷格夫妇，你了解哪些呢？”我问。

他冷冷地看了我一眼。

“我？我干吗要了解他们？我觉得他们不过是些普通人。”

我希望我能描绘出他留给我的强烈印象，他冰冷严峻的神色，话语结束时流露出的焦躁都表明，他不想再多说。余下的车程谁也没有再开口。

兰德勒六十多岁，身体很好。作为高尔夫球手，他从不打远球，每一杆都是直线球，是个极具杀伤力的轻击高手。因此，尽管让我遭受重创，但他总能赢得漂亮。晚饭后，我带他去了蒙特卡洛。走的时候，他已在轮盘赌桌上赢了几千法郎。这一连串的活动让他心情极佳。

“好痛快的一天，”晚上告别时，他说，“我感到极享受。”

第二天上午我忙于工作，直到午餐时才又见面。饭就要吃完时，有人喊我接电话。

回来时，我的客人在喝第二杯咖啡。

“葛瑞小姐的电话。”我说。

“哦？她说的啥？”

“克雷格夫妇家里上了门闩，昨天晚上，他们家的人失踪了。女仆住在村里，今早来到他们家，发现已经人去楼空。他们——克雷格夫妇、保姆，还有孩子，全都走了，还带走了行李。他们把女仆的薪水，全部的房屋租金，和零售商的账单都放在了桌子上。”

法官没吭声，从盒子里拿出一支雪茄，仔细地看了看，然后缓缓点上了。

“关于这个，你想说什么？”我问。

“我亲爱的朋友，你非要用那些美国短语吗？在你看来，英国英语不够好吗？[①]”

“那是美国短语？它倒能确切地表达我的意思。你别以为我是傻瓜，没看出你跟克雷格夫妇以前见过面。如果他们如同想象的一样消失得无影无踪，那只能得出一个十分合理的结论，那就是，你们相遇时的情境实在令人不快。”

法官咯咯地轻声笑起来，冷冷的蓝色眼珠闪烁着。

“昨晚你招待我的白兰地非常不错，”他说，“午餐后喝酒违背了我的原则，不过谁要是受到原则的奴役，那他就是笨蛋。就这一次，我应该尽情享用一回。”

我叫人把白兰地拿来，看着法官自个儿倒了一大杯。他呷了一口，满脸的幸福。

“你还记得温福德谋杀案吗？”他问。

“不记得了。”

“你那时或许不在英国，可惜了！你应该前来听听审判，你会喜欢的。这个案件曾轰动一时，各家报纸都争相报道。

“温福德小姐是个有钱的老姑娘，年纪不算小，跟一个女伴住在乡下。相对于她的年龄，她算健康的了，但突然间就死掉了，朋友们都感到震惊。她的医生，一个叫布兰登的家伙，签署了死亡认定书，然后就按时埋葬了。遗嘱也宣读过，她好像把所有的财富——大约有六七万英镑——都遗留给了她的伴侣。亲人们都很恼火，但也无计可施。遗嘱是她的私人律师起草的，当时律师助理和布兰登医生都是连署人。

---

① 在原文中，上面“我”的问句用的是美国英语，而非英国英语结构。

“不过，温福德小姐有一个跟随她长达三十年的女仆。她一直认为，遗嘱中会有她的名字，她声称，温福德小姐曾许诺说会让她得到良好的供养。当她发现遗嘱中根本没有提及她，她大光其火，告诉前来参加葬礼的温福德小姐的侄子和两个侄女，她敢肯定温福德小姐是被人毒死的，还说如果他们不去报警，她就去报警。啊，不过，他们没有那样做，而是去找了布兰登医生。医生听他们的来意后笑了，说温福德小姐心脏功能衰弱，他已给她治疗多年了。她是在睡眠中平静过世的，他一直期待她能以这种方式离世。他建议他们不要去管女仆的话，她一直憎恨、嫉妒那个叫斯达令的小姐的女伴。布兰登医生是个德高望重的人，长期以来一直是温福德小姐的医生；那两个侄女，也经常到姑姑这里来，跟他非常熟络。从遗嘱中，他并没有受益，没理由怀疑医生的话，所以家人觉得既然无可奈何，那就坦然处之好了，于是回了伦敦。

“但女仆仍然没完没了，说个不停，最后警察不得不对此事进行关注——尽管他们并非乐意，这个我得承认，但终究下达了开棺验尸的命令。经检验，温福德小姐死于过量服用安眠药佛罗拿。验尸陪审团还发现，是斯达令小姐给服用的药，因此，她被捕入狱。苏格兰场[1]派了一名侦探前往调查，搜集到一些出人意料的证据。其中，关于斯达令小姐和布兰登医生之间有大量的传言，说经常看到他们出现在一些不应该出现的场合，除非他们有意结婚。村人总的印象是，他们只是在等着温福德小姐死掉，死后马上结婚。这使得该案件更加扑朔迷离。长话短说吧，警方找到了足够的证据，证明村民的说法是对的，医生和斯达令小姐被指控谋杀了那位年老女士，被捉拿归案。

法官又呷了一口白兰地。

“该案件安排由我审理。指控方的说法是，被告斯达令小姐用花言巧语哄骗雇主把遗产馈赠给她，而她跟另一被告布兰登医生正疯狂热恋，二人为图谋老太太的财产，以便达到结婚目的，把可怜的老太太害死了。

① 即伦敦警察厅。

温福德小姐睡觉前总喜欢喝杯斯达令小姐冲的可可茶，原告律师声称，斯达令小姐就是把药片融化在可可茶里，造成温福德小姐死亡的。被告决定为自己做证，在证人席上，他们表现得可怜兮兮，谎话连篇。尽管有目击者做证说，他们看到二人勾肩搭背在晚上散步，布兰登的女仆也做证说，她亲眼看到他们在医生家里亲吻，但二人发誓说只是朋友关系。说来也怪，医学检查证明，斯达令小姐仍是处女。

"布兰登承认，他给温福德小姐开过一瓶佛罗拿，因为她抱怨说无法入眠。不过他声称，他已警告过她每次不能超过一片，而且只能在绝对需要时才可服用。被告方力图想证明一点：温福德小姐服用那些药片要么由于偶发事故，要么就是自杀。这一说法根本站不住脚，因为温福德小姐是个快乐、正常的老太太，极其享受人生。她的死亡发生在一个老朋友造访前的两天——朋友要在她家待上一周的。她没有向女仆抱怨过睡眠不佳，事实上，女仆一直认为她睡眠很好的。说她误服了致命剂量的药片也难以让人信服。我个人毫不怀疑，这事是医生和女伴两人合伙干的。动机明确、充分。我对该诉讼案进行了评述——我希望我的评述客观公正，我有责任把所有的材料呈送给陪审团，在我看来，那些材料都是确凿无疑的。陪审团员们陆续退出了。我想你可能不知道，当你坐在法官席上，你会莫名其妙地感受到法庭上的那种氛围。你要警惕这种感觉，确保自己不受影响。我从来没有如此肯定过，法庭上没有人不相信两位嫌疑人犯下了所受指控的罪行。我丝毫不怀疑，陪审团将做出有罪的裁决。他们出去了三个小时，当回来时，我立马知道我错了。在谋杀案中，当陪审团判定有罪时，他们不会正眼去瞧刑事被告，而是看向别处。我注意到有三四个陪审员扫视了一下被告席上的两名被告。他们带来的裁决是无罪。克雷格夫妇的真名是布兰登医生和布兰登夫人。我百分百肯定——如同这一刻我肯定自己正坐在这里一样，他们犯下了残忍歹毒的谋杀，绝对应该被绞死。"

"那你认为陪审团为何判他们无罪呢？"

“我也问过自己这个问题，我只能给出一个解释，你明白吗？有个情况已得到完全证实，那就是，他们根本不是爱人。你考虑考虑这个情况，这是整个案件最离奇的特征之一。那个女人想通过谋杀得到她所爱的男人，但她又不愿跟他有非法的恋爱关系。”

“人性实在离奇，不是吗？”

“非常离奇。”兰德勒说道，忍不住又干了一杯白兰地。

海龟的声音

有那么一段日子，我无法断定自己是否喜欢皮特·美尔罗斯。他出版的一本小说，在那些无聊的知名人士中引起了一定轰动——这帮人总是孜孜以求于新的天才出现。那些除了参加午餐会便无所事事的老年绅士，带着少女般的热情夸赞它，那些声音尖细、跟丈夫抵牾重重的小女人们都认为，这部书给人们展示了希望。我读了几篇评论，意见纷纭不一。有些评论家认为，作者这部处女作小说的问世，已使他跻身英国一流作家的行列，而其他评论家则嗤之以鼻。我没有读这本书，经验告诉我，如果一本书引起了关注，你不妨等上一年再去读它。如此一来，很多书根本不需要读的，其数量之大会让人瞠目结舌。但一天我碰巧遇到了皮特·美尔罗斯。我曾受邀参加了一次雪利酒会，尽管有些疑虑。酒会举办地是在布鲁姆斯伯里一座改造过的楼房的顶层公寓。当我爬上四段楼梯到达那里时，已经有些气喘吁吁。女主人是两位刚刚步入中年的女士，身材远比一般人高大。她们这类女人，熟悉汽车内部的所有构造，喜欢在雨中尽情散步。即便如此，她们仍然女人味儿十足——喜欢用纸袋子吃饭。两人虽然拥有独立的财产，但从来都没做过什么工作。她们称自己的客厅为“我们的工作坊”，宽敞而空荡。房间里有不锈钢椅子，但看起来似乎难以支撑主人的非凡体重；此外，还有些玻璃面的桌子，和一张覆盖有斑马皮的宽大沙发。墙上装有书橱，还挂着英国著名的塞尚、布拉克和毕加索模仿者的画作。书橱里，除了十八世纪的一些“奇妙”书籍（色情文学是永恒的嘛），只是在世作家的著作，大多都是初版。实际上，我被邀请到这里来就是来给我的一些作品签名的。

签名不签名的无关紧要。房间里还有一女子，可能是女主人的妹妹，人也粗壮，尽管没有女主人那样粗壮；个子高大，尽管没有那样高大；为人热情，虽然也没有那样的热情。我没听清她的名字——她是边看那些画作边回答的。坐在我身边的唯一男宾就是皮特·美尔罗斯。他很年轻，大约二十二三岁，中等身材，体态笨拙，这使他仿佛蹲在那里一般。脸色泛红，皮肤似乎紧紧地绷在面部骨骼上。长着闪米特人才有的大鼻子——尽管他并非犹太人。浓密的眉毛下是一双警觉的眼睛。剪短的棕色头发上满是头屑。穿着褐色的诺福克夹克和灰色的法兰绒裤子，这些都是切尔西国王大道上光着头闲逛的艺术类学生才穿的。粗鲁的年轻人！他的行为举止也毫无引人注目之处。他自以为是、喜欢争吵，而且颇为偏执。对他的同行作家，他激情满怀地表达了内心的蔑视。他用活泼的语言抨击那些所谓美名，令我感到有趣。但我还是谨慎地没有发言，因为我想到，只要我稍一转身，他就会把我的名声骂个狗屁不是。想到此，也就觉得没意思了。他颇健谈，谈吐有趣，有时也会表现出机智来。倘若不是他的俏皮话让三名女士丧失理智般狂笑不止，我也会跟着轻松地笑一笑。他只要一开口，不管好笑与否，是否适宜，三个女人都会放声大笑。他讲了很多蠢话，因为他一直说个不停，不过有些话也说得巧妙。他有自己的观点，尽管粗糙，也不像他本人认为的那样富有新意，但很真诚。不过，他给人印象最深刻的还是他的活力，热切而猛烈，如同一团炽热的火焰，带着抑制不住的愤怒，将整个人熊熊燃烧起来，甚至照亮了周围的人。这小子是有两下子，即便如此，临走时，我仍有几分好奇，他将来会怎样呢？我不知道他是否有写作才华，很多年轻人都能写出灵性十足的小说——但这说明不了任何问题，不过在我看来，他这个人还是有些与众不同的地方。这种类型的人，等到了三十岁，岁月就会磨平他的棱角，阅历则告诉他，他没有像他想象的那样聪明，那样，他就会变成一个有趣的、让人愉快的家伙。不过，我是再也不想见到他了。

让人吃惊的是，两三天后，我收到了他寄来的小说，前面的献词奉承意味十足。我读了一遍，小说显然带有自传性质。背景在苏塞克斯的一个小镇，人物来自中上流社会，是些收入不佳但又力图想保住体面的人。小说中的幽默相当残酷，而且粗俗，书中还充斥着对年老贫困者的嘲弄，读后让我大为光火。皮特·美尔罗斯不知道要承受那些不幸是多么艰难，不知道为克服那些不幸而做出的努力值得让人同情，而不是讥笑。不过书中对场景的描写、对房间里的小幅画作及乡村印象的描绘都极其出彩，表现出了物质事物的亲切和精神之美。书写得轻松，毫不造作，语言铿锵，富有美感。这本书实际上是有些不寻常——我现在明白它为什么能够吸引读者了，那就是，在这部恋爱故事里，有一股激情存在，它晃悠悠地贯穿在整个情节之中——尽管情节也不过如此。这本书，按照时尚的说法，不只有点儿“糙”，而且——还是按照时尚的说法——结尾太含混，没有一个具体的结果，所以基本上是开头如何，结尾仍是如何。不过，青春的恋情的确给人以深刻的印象，理想主义浓郁，而且纠缠着激烈的性爱情节，生动如斯，感触良深，让读者屏气敛息，欲罢不能，仿佛是生命的脉搏在书页上悸动。它跟含蓄毫不沾边，相反，它荒诞不经，罔顾道德，但又令人愉快，好像一股自然之力，那就是激情了。我从没读过如此令人感动、让人敬畏的东西。

我给皮特·美尔罗斯写了封信，告诉他我对他的小说的看法，又建议一起吃顿午饭。第二天，他打电话过来，我们就约好了。

当我们在一家餐馆面对面坐下来时，我发现他有些莫名的羞涩。我给他递上一杯鸡尾酒。尽管口齿伶俐，我还是看出他并不自在。我得出的印象是，他的自信是一种姿态，或许是用来掩饰内心折磨着他的羞怯。他的举止唐突而笨拙。每说出粗鲁的话，自个儿就会神经质般地笑起来，以掩饰自己的尴尬。虽然装出自信满满的样子，但每时每刻都会让你帮他获得安心。他还会说一些他认为能够激怒你的话来刺激你——尽管说得模模糊糊，他竭力迫使你承认，他是个优秀的人——像他自己希望认为的那样。他想表现出对同行观点的蔑视，对他来说，什么都无所谓。我觉得他是个招人嫌弃的年轻人，不过我并不介意。头脑聪明的青年惹人厌烦是很自然的。他们意识到了自己的天赋，但不知如何运用。世人不承认他们的成就，他们就会勃然大怒。他们有东西拿出来，但没人伸手去接。对于他们认为理应得到的名声，他们表现得急不可待。是的，我不介意让人生厌的年轻人，等他们变得魅力十足时，我才会扣上我的同情之口袋。

对于自己的著作，皮特·美尔罗斯表现得极为谦虚。当我夸赞我喜欢的部分时，他泛红的面孔一下子涨得通红。而对于我的苛评，他则谦卑地表示接受——谦卑得几乎让人尴尬。这本书让他获利甚少，出版商在为他的下本书提供稿酬之前，每月给他一笔小的补贴。这本书他刚刚开始撰写，但他希望能抽出专门的时间，安安静静地写。他知道我住在里维埃拉，就问我有没有个宁静地方，可以游泳，房租低廉的。我提出，他可以前去跟我住上几天，这样他就可以到处瞧瞧，看看有没有合适的。听到我的建议后，他绿色的眼睛忽闪着，脸一下子红了。

“我不会特别令人讨厌吧？”

“不会的。我自己也要工作。我只为你提供一日三餐，和一个睡觉的房间。日子会很单调，不过，你想做什么就做什么。”

“听起来很棒！如果我决定要来了，我可以告诉你吗？”

“当然可以。”

我们分了手，一两周后，我回家了。这是发生在五月份的事。到了六月初，我便收到了皮特·美尔罗斯的来信，问我对他的邀请是否是真的，还问我某某天能否前来。哎呀，当时我说的是真的，不过现在，一个月过去了，我记住的是，他是个傲慢无礼、缺乏教养的青年，而且我跟他仅见过两次面，对他根本没什么兴趣，我不再把当时的许诺当真了。在我看来，跟我同住，他很可能会感到厌烦死的。我过的是平静生活，几乎见不到什么人。如果他像我想象的那样粗鲁，将给我的精神带来巨大压力，而作为房东，我理应控制住脾气。我似乎看到自己到了忍无可忍的地步，按铃让人来给他的衣服打包，再让人把车开过来，半小时内把他送走。但这件事不好处理。跟我小住一段时间会帮他省下食宿费用。遇到疲劳时或者心情不好时——像他信中说的那样，对他也有好处。我给他发了个电报，不久，他就到了。

在火车站接上他时，他穿着灰色的法兰绒裤子和棕色的花呢外套，看起来又热又脏。不过，在游泳池游过泳后，他换上了白色短裤和高歇牌衬衣，变得非常年轻——年轻到了荒唐的地步。他以前从没走出过英格兰，因而很是兴奋。看到他如此快乐是让人感动的。在这个不熟悉的环境里，他似乎忘掉了自我意识，单纯、谦逊，孩子气十足。我感到惊讶，也感到愉快。晚上吃过晚餐后，我们坐在花园里，周围一片静谧，唯有绿色的小青蛙呱呱地叫几声。他开始谈起他的小说。这是一部关于一位年轻作家和著名首席女歌手的浪漫故事。主题使人想起奥维达[①]的作品。我绝没想到这个不知情感为何物的年轻人会写这样的东西，被逗笑了。时尚总是循环反复，一代又一代人之后，又回到了跟原来相同的主题，真是奇怪！我毫不怀疑皮特·美尔罗斯会采用现代的方式进行写作，但相同的题材是在那里摆着的，十九世纪八十年代出版的那部三卷本小说曾让多愁善感的读者如痴似狂。他提出把背景设置在爱德华时代的初期，对于当时的年轻人来说，过去时代的奇妙而遥远的精神已经传袭下来。他说啊说啊，但听他讲话并不令人讨厌。他无意把自己的白日梦写进小说——也就是那个平庸、卑贱的年轻人充满喜剧色彩的、令人同情的白日梦，他认为自己得到了一个长相绝美、名声显赫的高贵女人的爱情，从而得到全世界的艳羡。我一直很喜欢奥维达的小说，皮特·美尔罗斯的想法一点儿也不让我不快。他有巧妙的描写天赋，对物质事物，如丝织品、墙壁、树木、花朵等，观察灵动而纯真，还具有表现生命激情的才能；而爱的激情则使他的笨拙身体的每一个细胞都震颤不已。我认为，他是可以写出一部生气勃勃、荒诞而又诗意化的作品来的。但我还是问了他一个问题：

① 英国小说家。

“你认识某个首席女歌手吗？”

“不认识，但我读了所有能找到的自传和回忆录，做了相当深入的研究，不只是那些浅显的内容——你知道，我还查找了所有生僻的领域，以便获得一些有启发性的感受，或者奇闻趣事。”

“你找到想要的东西了吗？”

“我想是的。”

他开始向我描述他的女主人公。她年轻貌美，虽然有些任性、脾气急躁，但人格高尚。她是个为大场面而存在的女人，音乐是她的至爱——音乐不仅来自她的嗓子，还来自她的每一个姿势，来自她最深处的灵魂。她全无嫉妒之心，倘若一个歌手伤害过她，而当她看到那个歌手很好地唱完了自己的角色时，她就会原谅她，因为她对艺术是如此迷恋。她为人极其慷慨，如果某个凄惨的故事触动了她柔软的内心，她就会把自己的一切奉献出来。她还是一个完美的爱人，愿意为所爱的人牺牲一切。此外，她冰雪聪明，博学多识；她温柔，无私，公正。事实上，她太完美啦，简直完美到不像是真的。

“我想你最好见见某个首席女歌手。”最后我说道。

“怎么见呢？”

“你听说过拉·福特萝拉吗？”

“当然听说过，我读过她的回忆录。”

“她就住在海边，我给她打个电话，一起吃顿晚餐吧。”

“真的吗？那太好了啦！”

“如果你发现她跟你想的不太一样，不要谴责我呀。”

“我只想了解真实情况。”

每个人都听说过拉·福特萝拉，梅尔巴的名气也比不上她。她现在不再唱歌剧了，但嗓音依然动听。她到全世界任何地方演出，都能让演出大厅爆满。每年冬天，她去进行长途旅行；夏天，就在海滨别墅休息。在里维埃拉，只要住得不超过三十英里，大伙就是邻居。几年来，我无数次看到过拉·福特萝拉。她是个性格热情的女子，名气不仅仅来自唱歌，还来自她的恋情。她并不介意谈论她的恋爱故事，我经常一连几个小时坐在那里，听她用幽默的语言讲述那些极具戏剧性的故事，听得心醉神迷。求爱者或来自王室，或者是超级富豪。而她谈吐的幽默，在我看来，则是她个性中最令人惊讶的特征。她结过三四次婚，但持续时间都不长。其中一次，跟她结婚的是一位那不勒斯王子。考虑到拉·福特萝拉这个名字比什么爵位都响亮，所以没有采用他的姓氏（事实上她也没有资格，因为她离婚后，又跟别人结了婚）。不过她用的器皿、刀具和餐具都装饰有盾徽和皇冠，仆人们仍称她为王妃夫人。她自称是匈牙利人，但英语极好，不过带点儿轻微的口音（当能记起时），另外，还有些美国堪萨斯市的音调——曾有人告诉我。她解释说，当她年幼时，父亲是名政治流亡者，逃到了美国。不过有一点她似乎不太确定，父亲到底是因自由主义观点而惹来麻烦的杰出科学家呢，还是因跟大公夫人有了私情招致王室愤怒的一名位高权重的匈牙利人。这取决于她是以艺术家的身份跟那些艺术家们相处，还是以贵妇人的身份跟那些贵族们相处。

跟我在一起，她表现得不够自然，与在其他任何人面前相比，在我面前，她无法做得更坦率些——即使她为此也做了努力。对于艺术，她怀着自然而然的、正常人的那种轻视。实际上，她把整个艺术看作是大面积的虚张声势，在她的内心深处，对那些蒙骗公众的人，她既感到有趣，又抱以同情。我承认，我带着具有讽刺意味的快乐，期待着皮特·美尔罗斯和拉·福特萝拉的会面。

她喜欢前来跟我一起吃饭，因为她知道食物不错。她一天就吃这么一顿饭，因为她极在意自己的体型，不过，她希望这顿饭汤汁多些，食物丰盛些。我让她九点来，我知道这个时候开始，她开始想着吃东西了。饭菜是在九点订的。九点四十五，她到了。穿着苹果绿的缎子服装，前面的领口开得很低，整个后背都裸露着。脖子上戴着一串巨大的珍珠，和几条看起来价格不菲的项链。左胳膊上，从手腕到肘部，戴着几条钻石翡翠手链，其中两三条当然都是真材实料。乌黑的头发上是一条纤细的钻石饰环。就是在过去的日子里，她去参加斯坦福得豪斯的舞会，也不过如此璀璨耀眼。而我和皮特·美尔罗斯穿的是白色鸭鸭衫[①]。

“你太隆重啦，”我说，“我跟你说了，这不是晚会。”

她动人的黑眼睛朝皮特眨了眨。

“当然是晚会了。你跟我说，你的朋友是名才华横溢的作家，而我只是个译员。”她用一根手指划过亮闪闪的手链，“我要对富有创造力的作家表达敬意。”

那个单音节脏字差点脱口而出，但还是让我咽了下去，转而把我知道的她最喜欢的鸡尾酒递给她。我被特许叫她玛利亚，但她总称我为“师傅”。她这么叫首先是因为，这会让我觉得自己是个不折不扣的傻瓜；其次，她实际上仅比我小两三岁，这样称呼我，显然是把我们两人看作两代人了。不过有时候，她也称我为“你个脏猪”。今天晚上，她肯定早已过了三十五岁。那些主要特征无论如何不会背叛她的年龄。在舞台上，她是个漂亮女人；在个人生活中，尽管她口鼻阔大，脸部多肉，仍是个好看的人儿。她化了棕色的妆，涂上了黑色胭脂，而嘴唇是鲜亮的绯红色。她看起来很像是西班牙人，感觉也是，但我还是有些怀疑，因为晚餐刚开始时，她说话的口音像是塞尔维亚人。我希望让她说话，这样，皮特的钱就不会白花。我知道她能谈论的主题有且只有一个。实际上，她是个愚蠢的女人，她掌握了一种本事，能口齿伶俐地说上一长串话，这会让那些刚跟她接触的人认为她是个有才气的女人，就像她看起来那样。但这不过是她的表演罢了，无需多久，你就会发现，她根本不知道自己在说什么，对所谈内容也无丝毫兴趣。我想她一辈子也未曾读过一本书，她对这个世界上所发生的事情的了解仅仅来源于她搜集到的插图出版物的图片。她对音乐的热情纯粹是骗人的。一次，我跟她一起去听音乐会，在从头到尾演奏第五交响曲期间，她竟一直酣睡不醒。幕

① 一种紧身弹力薄棉衫。

间休息时，我听到她跟人说，贝多芬的音乐对她影响极大，以至她有些犹豫要不要前来欣赏，因为那些辉煌的旋律一直在她脑子里萦绕不去，这让她晚上根本无法入眠。我很是相信这个，她躺在那里的确会毫无困意，因为在交响曲演奏期间，她睡得太香啦！对晚上的睡眠没有干扰那就怪了。

不过，有一话题她历来没有失去兴趣，谈起来不知疲倦。任何障碍都不能阻止她回到这个话题上来；任何偶尔提及的词语，无论多么不相干，都会让她当作垫脚石，踩着跳回到该主题上。为达到效果，她发挥了自己的聪明才智——没有人会想到她有这份聪明。在这个话题上，她诙谐、活泼、富有哲理、充满悲剧意识，而且别出心裁，让她的机智和灵巧展现无余。话题枝节无数，种类无穷——这个话题就是她自己。我所做的只是一次性地起个头，剩下的适当地插些话就可以了，她整个人就兴高采烈起来。我们在露台上吃晚餐，一轮圆月把柔和的光芒洒在面前的海上。大自然似乎懂得什么是场景所需，于是恰如其分地布置好了。两棵高大的幽暗的柏树分处两边，露台四周则是些橘子树，花正开得浓艳，吐露着沁人心脾的芳香。空中一丝风也没有，桌上的蜡烛燃烧着，发出稳稳的、温柔的光。这样的光亮正适合拉·福特萝拉。她坐在我们中间，大吃特吃，尽情品咂着香槟的美味，很是受用。她扫了一眼月亮，海面上映射出一条宽阔的银色大道。

“大自然多美啊！”她叫道，“上帝，在这样的美景里，人们应该尽情嬉戏，怎么还期待别人唱歌呢？你们知道，皇家歌剧院的舞台布置真是丢人，我上次演唱‘朱丽叶’时，我就告诉他们，如果不把布景中的月亮改变一下，我就不再演出了。”

皮特一声不响地听她说话，品味着她的话语。她发挥的价值之大，我原先想都不敢想。现在她有点些醉意了，不只是喝了香槟的缘故，还因为她的喋喋不休。听她说话，你会认为她是个温柔和顺的人，全世界的人都在对她施展阴谋诡计。她的一生都在同令人绝望的不公做艰苦决绝的斗争。那些管理者卑鄙地对待她；乐队指挥无耻地欺骗她；歌手们联合起来破坏她的名誉；批评家收了她对手的钱，专写她的丑闻；她为之付出一切的情人寡廉鲜耻、忘恩负义地利用她。不过，她的天才和机智创造出了奇迹，她把他们都打垮了。她兴致勃勃，两眼放光，告诉我们她是怎么样击败那些诡计的，还有那些挡她道路的可怜虫是如何倒霉的。我不知道她怎么会有勇气把她不光彩的一幕幕都抖搂出来——以前她是跟我讲过的。她根本没意识到自己在做什么，却把性格里的睚眦必报、嫉妒成性、冷酷无情、虚荣至极、残忍暴虐、自私自利、诡计多端、唯利是图，都一一表现出来。我不时地偷偷地看一眼皮特。当他把自己想象中的理想首席女歌手跟无情的现实做一比较时，头脑一定会乱成一团，想到此，我不由地笑了。这是个没有心肝的女人。当她离去后，我转过身来冲皮特笑了笑。

“啊，”我说，“无论如何，你是得到好材料了。”

“我知道，真是太合适了。”他热切地说道。

“是吗？”我吃了一惊，大声叫道。

“她跟我要写的女人一模一样。她永远不可能知道，在与她见面之前，我已经把人物的主要台词都想好了。”

我惊讶地望着他。

“她对艺术有激情，个性公正无私，拥有跟我想象中完全一样的高贵灵魂。那些心胸狭隘者，好管闲事者，还有那些恶俗者给她制造各种障碍，但她目标远大、目的纯洁，把障碍一一清除干净。”他很兴奋，轻声笑起来，“自然脱胎于艺术，这不是很精彩吗？我向你保证，我一定要逼真地表现这个人物。”

我正要开口，但还是没有说出。尽管内心里不以为然，但仍然有些感动。皮特在她身上看到了他决心要找的东西。在他的幻想中，有个东西跟“美”很是相似。他就是他那种类型的诗人。我们上了床。两三天后，他领到了一笔让他满意的津贴，便搬走了。

最后，他的书终于问世了。跟大多数年轻作家的第二部小说相似，这部书只能算是一般。评论家们过度地赞誉第一次的努力，而这回，他们又开始过分地吹毛求疵起来。当然，如果一部小说是关于你自己以及孩提时就熟识的人，而另一部的人物是需要你创造出来，写起来当然不同。皮特的小说过于冗长了。他对自己的描写天赋失去了控制，幽默仍然相当粗俗，但巧妙地改变了时代背景。这部浪漫小说依然激情四溢，跟第一部小说一样（当时给我留下了非常深刻的印象）。

在我房子里吃过晚餐后有一年多的时间，我没有再见过拉 · 福特萝拉。她到南美进行长途巡回演出去了。直到第二年夏末才回到里维埃拉。一天晚上，她请我过去跟她一起吃饭。除了我们两人，还有她的女伴兼秘书，一个叫格拉泽小姐的英格兰女人。拉 · 福特萝拉欺侮她、虐待她，还打骂她，但离开她还不行。格拉泽小姐五十岁，长相憔悴，头发花白，脸色土黄，皱纹密布。她是个怪人，关于拉 · 福特萝拉的情况知道得一清二楚。她既崇拜她，又对她充满了怨恨。背着她的时候，她会变得极其有趣——当然是要拉 · 福特萝拉付出代价的。她偷偷地模仿这位著名歌手和她的追求者的对话，这是我听过的最令人捧腹的话啦。不过，她像母亲一样照管着她。有时用好言好语哄劝她，有时直言不讳地训斥她，正是她使得拉 · 福特萝拉的行为能像正常人一样，也是她为歌手写出了舛错百出的回忆录。

拉 · 福特萝拉穿着浅蓝色的缎子睡衣（她喜欢缎子服装），戴着绿色丝绸假发套——可能是为了放松头发；除了几枚戒指、一条珍珠项链，两条手链，和腰部的钻石胸针外，没戴其他首饰。她的南美之行获得了巨大成功，有太多的话要讲给我听。她不停说啊说。她的嗓音从来没有那么华美过，她受到的欢迎无与伦比。演出大厅场场爆满，她可挣了大钱！

“这是真的，还是假的，格拉泽？”玛利亚突然用浓浓的南美口音问道。

“基本上是真的。”格拉泽小姐回答。

拉·福特萝拉有个叫人讨厌的习惯：她喜欢用姓氏来称呼她的女伴，但这个可怜的女人一定在很久前就不再气恼了，所以，怎么称呼也就无关紧要。

“我们在布宜诺斯艾利斯碰到的那位先生是谁呢？”

“哪位先生？”

“你个傻瓜，格拉泽。你记得清清楚楚的，我曾跟他结过婚的。”

“佩佩·萨帕塔。”格拉泽小姐回答，脸上没有一丝笑意。

“他破产了，竟厚颜无耻地要我把他送与我的钻戒还给他，说钻戒是他母亲的。”

“还给他对你也没什么损失啊，”格拉泽小姐说，“反正你从来也不戴。”

“还给他？”拉·福特萝拉喊叫起来。格拉泽的话让她如此惊讶，以至讲起了最地道的英文：“还给他？你疯啦！”

她看了一眼格拉泽小姐，仿佛那一刻她真的以为格拉泽突然间疯掉了。她从桌边站起来，因为我们的晚餐已经结束。

“我们到外面去吧，”她说，“如果我没有天使般的耐心，早就把那个女人赶走了。”

拉·福特萝拉和我走了出去，不过格拉泽小姐没有跟我们出来。我们在游廊上坐了下来。院子里有一棵高大挺拔的雪松，黑魆魆的枝丫在满天星斗的映衬下，显现出轮廓来。大海，几乎就在我们脚下，平静得不可思议。这时，拉·福特萝拉突然惊跳起来。

“我差点儿忘了。格拉泽，你个笨蛋！”她嚷起来，“你怎么不提醒我？”然后，她又对我说，“我也生你的气。”

“我很高兴晚饭后你才想起来。”我回答。

“你的那位朋友，还有他的书。”

我一时没搞清她到底在说什么。

“什么朋友？什么书？”

“别犯傻了！那个丑小个子，脸上放光、身材笨拙的那位，写了一本关于我的书。”

“哦，皮特·美尔罗斯！那不是关于你的。”

“当然是写我的了。你当我是傻瓜吗？他很放肆，竟寄给我一本。”

“我希望你大方些，告知他你收到了。”

“那些无名小作者寄给我的书，你认为我有时间全部回复吗？我想让格拉泽给他写封信来着。你没权利让我跟他见面，一起吃饭。我去帮你的忙，是因为我认为你喜欢我这个人，不料我竟被利用了。连老朋友做事，你都无法相信他能像个绅士那样，这是多么糟糕！我这辈子再也不会跟你一起吃饭了，永远永远永远都不会。”

她愈发暴怒起来，我赶紧打断她的话，以免局面不可收拾。

“别说了，亲爱的。”我说，“首先，书中的那位歌手——我认为你可能觉得指的是你——她的性格——”

“你不会觉得我把那个女佣看作是我吧，是不是？”

“那个歌手的性格在他见你之前就拟好了的。再说，她跟你一点儿不像。”

“你什么意思？跟我不像？我所有的朋友都认出是我。我认为，这是对我赤裸裸的描写。”

“玛丽。”我劝解道。

“我叫玛利亚，这个你比谁都清楚，如果你不愿意叫我玛利亚，就称我福特萝拉王妃夫人好了。”

这个我真没注意。

“这本书你读过了吗？”

“当然读过了。每个人都跟我说这本书是写我的，我就读了。”

“不过，那个男孩子的女主人公，那位首席女歌手，只有二十五岁。”

“像我这样的女人跟年龄没有关系。”

“她全身都充满了乐感，像鸽子一样温柔，无私得惊人，她坦率、忠诚、公正。这是你对自己的看法吗？”

“那你对我的看法怎样呢？”

“冷酷无情、绝对残忍，天生的阴谋家，完全以自我为中心。”

这时，她骂了我一句——女士一般是不会这样骂绅士们的：一个男人无论有什么过错，他的合法性从来都没有受到置疑。尽管她眼睛在闪烁，我仍能看出，她一点儿都没生气，她把我对她的描述看作是对她的恭维了。

“那么，翡翠戒指是怎么回事呢？你不会否认我跟他提过吧？”

翡翠戒指的故事是这样的：拉·福特萝拉跟一个大国的皇储陷入了热恋，皇储送她一枚价值连城的翡翠戒指。一天晚上，二人吵了起来，说了些愤怒的话，其中提到了那枚戒指。拉·福特萝拉一听，马上把戒指从手指上扯了下来，扔进了火里。皇储是个节俭之人，惊叫了一声，赶紧跪在地上用耙子把煤炭耙了出来，并找到了戒指。看着他趴伏在地板上，拉·福特萝拉心里充满了蔑视。她自身并不是特别奢侈的人，但她无法容忍他人的节约。她以下面的壮语结束了这段恋情：

“从此以后，我不可能再爱他。”

这个事件太独特别致了，激发了皮特的想象力，他巧妙地把它搬进了自己的小说。

“我是怀着极大的信任感讲给你们两个听的，以前从没告诉过别人，而把它写进书里，是对这种信任的亵渎。无论是他，还是你，都毫无理由那样做。”

“不过，这件事我听你讲过几十遍了。弗洛伦斯·蒙哥马利也给我讲过，是说她自己和鲁道夫王储的恋情。这也是她最爱讲的故事之一。洛拉·蒙特兹过去也讲过，是关于她和巴伐利亚国王的情感经历。我几乎不怀疑内尔·格温也讲过她和查理二世的恋爱往事。这是全世界最古老的故事之一。”

她吃了一惊，但瞬间即逝。

“一件事如果反复发生，就没有什么奇异的。每个人都知道，女人都是情感热烈的，而男人都是些吝啬鬼。我可以给你看看那枚翡翠戒指——如果你想看的话。当然，我得找人重新镶一下。”

“洛拉·蒙特兹所得的是珍珠项链，”我讥讽道，“我相信，几乎都坏掉了。”

“珍珠项链？”她露出了她那迷人的笑靥，“我有没有给你讲过班吉·雷森巴姆和珍珠项链的故事？你可以再编撰出一个新的故事来。”

班吉·雷森巴姆是个大富翁，众所周知的是，他曾当过福特萝拉很长一段时间的情人。事实上，正是他为她购买的这套豪华小别墅——现在我们就坐在里面。

“在纽约时，他给了我一条精美的珍珠项链，当时我正在这个大都市演出。演唱季节结束的时候，我们一起回到了欧洲。你从来不认识他，是吧？”

“不认识。”

“啊，在某些方面，他这个人还不错，但嫉妒心太强了，发疯一般。有次在船上，我们吵了起来，因为一名意大利军官对我关注太多。老天知道，我是全世界最容易相处的人，但我不能受任何男人欺负。毕竟，我要考虑我的自尊。我告诉他哪里可以下船——你明白我的意思，他掴了我的脸，竟然在甲板上！我不介意跟你说，那一刻，我气疯了。我把珍珠项链从脖子上扯下来扔进了海里。‘珍珠值五万英镑哪！’，他抽了口气，脸色变得惨白。我挺直了身子：‘我珍惜它们只是因为我爱你。’说完，便转身走了。”

“你是个傻瓜。”我说。

“我一连二十四小时没跟他说话。这个时间之后，他就对我服服帖帖的了。我们到达巴黎后，他做的第一件事，就是到卡地亚给我买了一条同样好的项链。”

她咯咯地笑起来。

“你说过我是傻瓜吗？我把真的项链存放在了纽约的银行里，因为我知道下一个演出季节，我还要回来。扔进海里的，是个仿制品。”

她开始放声大笑起来，笑声圆润而欢快，像孩子似的。她完全着迷于这种恶作剧了，哈哈哈地快活地笑着。

她笑了一阵又一阵，最后终于停了下来，但仍兴奋不已。

“我想唱歌了，格拉泽，给我伴奏。”

一个声音从客厅里传出来。

“刚吞下那么多食物，你现在不能唱。”

“闭嘴，你个老母牛。弹点儿什么，我跟你说。”

没有回答，但过了片刻，格拉泽小姐开始弹起舒曼的一首乐曲的开头小节。这个曲子不需要嗓子太过用力，我猜格拉泽小姐选择它时，是心中有数的。拉·福特萝拉开始用低音唱起来，听到自己的嗓音从嘴里发出来，清澈而纯净，她就放开了喉咙。歌唱完了，四周安静下来。格拉泽小姐听出拉·福特萝拉声音清亮，感觉到她意犹未尽。现在，首席女歌手站在了窗子前，背对着灯光明亮的房间，看着外面幽暗闪烁的海面。雪松在夜空的映衬下，呈现出可爱的图案。夜晚是温柔而芳香的。格拉泽小姐又弹了几个小节。突然，一阵冰冷的颤抖顺着我的脊柱传下来。拉·福特萝拉听到了曲子后，也稍稍吃了一惊，又重新恢复了正常：

他的微笑多么温柔和善
他睁着的眼睛多么迷人。

这是伊索德的《安魂曲》，在瓦格纳她从来没有演唱过，因害怕损坏嗓子。不过在音乐会中，我想，她是经常唱的。现在，没有交响乐团的伴奏，而只有一架钢琴单薄的叮当声，那有什么关系！那仙乐般律动的音符在静谧的空中流淌，并追逐着波浪前行。在这样一个十分浪漫的场景中，一个星光灿烂的夜晚，演唱是多么震撼人心。拉·福特萝拉的嗓音，即使现在依然细腻、圆润、纯净；她的演唱感情饱满，轻柔动人，把人生的痛苦表达得那样凄惨和优美，我的心融化了。当她唱完时，我的嗓子哽咽住了，我看了看她，泪水正顺着她脸颊流下来。我不想说什么。她一动不动地站着，看着外面那片永恒的海洋。

多么奇怪的女人！那一刻我想到，我最好还是按照她本来的样子去看待她——一个有着可怕缺点的女人，而不是像皮特·美尔罗斯那样，认为她是所有道德的化身。不过，人们还是谴责我，因为我喜欢那些——按照常理来说——较坏的人。她当然令人憎恨，但她的魅力也让人无法招架。

狮子皮

弗里斯迪上尉为救妻子的一只狗（当时碰巧拴在屋里）而葬身于一场森林大火，当听到这个消息时，人们都吃了一惊。有人说，他们从没想到他会有这个勇气，还有人说，他这样做他们早就完全预料到啦，但他们的意思五花八门，并不相同。在这场悲剧发生后，弗里斯迪夫人住到了哈代家的别墅里避难。她和她丈夫是最近跟他们一家结识的。弗里斯迪上尉不喜欢他们，至少不喜欢弗雷德·哈代。但她想，要是他能活过那个可怕的夜晚，他就会改变看法的，他会意识到哈代有很多美德——虽然他名声不佳，他会喜欢上这个伟大的绅士，而毫无犹豫地承认是自己错了。在失去了那个男人——他就是她的一切——之后，如果不是哈代一家的殷勤好意，弗里斯迪夫人简直不知道自己会不会疯掉。当沉浸在巨大的悲痛中时，他们一家的无限同情成了她唯一的慰藉。他们几乎亲眼见证了丈夫的伟大牺牲，正如只有他们才知道他过去一直多么优秀。她永远都不会忘记可亲的弗雷德·哈代把那个恐怖的消息告诉她时说过的话。正是那番话，让她不仅承受住了那个可怕的灾难，还让她有勇气面对凄凉的未来——她那个勇敢的丈夫，那个毫无畏惧的绅士，她所至爱的人，也是希望如此呀。

弗里斯迪夫人是个非常好的女人。那些友善的人们总是说，作为女人，她没什么可说的。这个应该看作是一种冷赞美。但我的意思并非如此。她既不迷人，也不漂亮，人也不够聪明；不只如此，她更是个荒诞不经的女人，相貌平平，头脑蠢笨。不过，你对她了解越多，你就会越喜欢她。如果有人问为何呀，这时你会发现，你的回答只能是：她是个非常好的女人。她的个子跟一般男人相当，有一张大嘴和高挺的鹰钩鼻，浅蓝色眼珠，有些近视，还有一双丑陋难看的大手。她的皮肤布满皱纹、饱经风霜。化着浓妆，长头发染成了金黄色，烫成密密的波浪，并精心梳理过。她用了各种手段，来消除身上咄咄逼人的男性特征；最后她成功了，只是令她看上去更像是个反串扮演女性的杂耍艺人。她的嗓音是女人的嗓音，但说话说到最后，你总可以听到，她的嗓音变成了深沉的男低音，似乎能把那个金黄假发震落下来，露出男人的秃顶。她花大笔的钱购买服装，都由巴黎最时尚的女装裁剪师制作。不过，虽然年届五十，她挑选衣服的品位却极糟糕，那些衣服穿在正处花龄的小模特身上会精致些。她总戴着大量昂贵的珠宝。动作机械，姿势笨拙。如果她走进客厅——那里有一大块碧玉，她会把它扫落到地板上。倘若她跟你一起吃饭，而你放上一套你所珍爱的玻璃杯，她几乎肯定会把其中一只打成超级碎片。

不过，粗笨的外表掩盖了那颗柔弱浪漫、理想主义的灵魂。要发现这点需要花上一些时间，因为当你刚刚和她认识时，你会觉得她是个有趣的人。等你了解她多些时（她的笨拙此时已使你深受其害），她会让你恼怒。但当你最终发现一切时，你觉得自己笨死了，竟然对她一直没有看懂——她那颗灵魂在那里看着你，正透过那双浅蓝色的近视眼睛看你，羞怯怯的，但带着真诚，只有傻瓜看不到。那些雅致的棉布、泉水般的玻璃纱，还有那无瑕的丝绸，覆盖着的不仅是粗笨的身体，还有那颗纯洁的少女般的内心。这时，你忘了她打坏过你的瓷器，忘了她看起来像个穿着女装的男人。事实上，她就像一个小女孩，拥有一颗金子般的心，的确如此——如果说现实是可以看清的话，你这样看她，她也这样看待自己。当你了解她后，你会发现她单纯得像个小孩子。你对她有任何关注，她都会充满感激——这是让人难忘的；她的善良无穷无尽，你可以让她为你做任何事，不管多么令人讨厌，她都会做的，仿佛是你给了她一个努力做事的机会，是给她帮忙。她爱得无私，已到了罕见的程度。你知道，她的头脑从没有过不善或邪恶的念头。承认了这一切后，你会再说上一声：弗里斯迪夫人是个好女人。

但不幸的是，她同时是个十足的傻子。当你跟他丈夫见过面后，你就会发现这一点。弗里斯迪夫人是个美国人，弗里斯迪上尉是英国人。她出生在俄勒冈州的波特兰，直到1914年才第一次来到欧洲。当时，她的第一任丈夫刚刚过世，她进入了一家医院，然后到了法国。按照美国的标准，她不是有钱人，但按我们英国人的划分，她算是富裕阶层了。从弗里斯迪夫妇的生活方式看，我能猜出她一年的收入大概有三万美元。除了会送错药，包扎不必要的绷带，以及打破每一个易碎器皿外，我敢肯定，她是个值得赞扬的好护士。我认为她不会觉得工作过于令人生厌，而不愿主动去做，她当然从不偷懒，或者乱发脾气；我还认为，很多病人会有理由感谢她的款款柔情，而且，因为她那颗充满爱意和慈爱的金子般的心，会有很多人更勇敢地面对人生最后的痛苦，并进入到未知世界。在大战的最后一年，弗里斯迪上尉前来住院，由她护理。和平时期到来后，很快他们就宣布结了婚。他们在戛纳城后面的一幢漂亮的山区别墅住下来。不久，在里维埃拉的社交活动中，开始引人注目。弗里斯迪上校擅打桥牌，还是个有名的高尔夫高手，此外，网球打得也不错。他还有一艘帆船。到了夏天，弗里斯迪夫妇在群岛间举行精彩的聚会。结婚十七年后，弗里斯迪夫人仍然崇拜着自己长相英俊的丈夫。要不是她用那慢吞吞的美国西部调子给你讲他们整个的求爱经历，你可能很久都不会了解她。

“那属于一见钟情，”她说，“他被抬进来时，我刚好下班。我再次上班后，发现他正躺在我负责的一张床位上。哦，老天，我感到心里一阵剧痛。一时间，我以为我工作过度，太紧张了。他是我这辈子见过的最好看的男人。”

“他受伤严重吗？”

“哦，严格来说，他不是受伤。你知道，这是极离奇的情况。他经历了整个战争，曾一连几个月遭到进攻。当然，每天，他都遇到二十次险情。他是那种简直不知恐惧为何物的人，不过，他连刮伤都没有过，他得的是疔疮。”

看起来，是一次毫不浪漫的小伤痛促成了一段如火恋情。弗里斯迪夫人有些过于正经了，尽管弗里斯迪上校的疔疮引起了她极大兴趣，但要她告诉你疔疮在哪个具体部位，她总觉得有些困难。

“疔疮在他后背底部的正下方，甚至再远些。他不愿我给他包扎。英国人很羞怯，真是不可思议。这个我注意到很多次啦！疔疮让他感到极窘迫。你可能会想，在那个问题上——你可能明白我的意思，从我们第一次认识开始，我们的关系就能变得亲密起来。但不知为什么，情况并非如此，他对我非常冷漠。当我巡诊到他床边时，我呼吸急促、心脏怦怦直跳，我不明白我是怎么啦。我不是生来就笨拙的那种女人，我手里从不会掉东西，也不会打坏什么，但你可能不相信，当我给罗伯特送药时，我把汤匙掉到地上了，把玻璃杯打碎了，我想象不出他是怎么看我的。”

当弗里斯迪夫人给你讲述这些时，不笑几乎是不可能的。她相当甜蜜地笑了。

“我想，对你来说，这听起来太荒唐了。但你知道，我以前从没有过那样的感觉。我跟我第一任丈夫结婚时——哦，他是一名鳏夫，孩子已长大成人，他人很不错，也是州里最杰出的人物之一，但不知怎么回事，这次跟那次不同。”

“那你最后怎么发现你爱上弗里斯迪上尉了呢？”

“哦，我不要求你相信我的话，我知道这很可笑，但实际情况是，是另外一名护士告诉我的。她一告诉我，我当然就知道是真的了。一开始，我特别心烦，你知道，我对他一无所知。跟所有的英国人一样，他是个非常沉默的人，我只听说他有妻子，还有六个孩子。”

“那你怎么知道他没有妻子和孩子的呢？”

“我问过他了。他跟我说他是个单身汉，那一刻，我就决定，不管怎样，我都愿意跟他结婚。他承受着极大的痛苦——可怜的宝贝！你知道，几乎所有的时间，他只能趴着睡觉，仰面睡觉简直是一种折磨。至于坐下来——啊，当然，他想都别想。但我并不认为他的痛苦比我更甚。男人都喜欢紧身的丝绸织物和柔软蓬松的衣物——你知道我的意思，但条件太差了，我只能穿护士的制服。护士长是来自新英格兰的老姑娘，无法忍受有人化妆；那些日子里，我根本就不化妆，对此，我的第一任丈夫一点儿都不喜欢。当时，我的头发也不像现在这样漂亮，但他常常用那双极好看的蓝眼睛看着我，我想他一定认为我看起来太完美了。当时，他情绪非常低落，我想我应尽我所能让他振作起来。所以只要我能抽出几分钟的时间，我就去找他说话。他说，一想到像他这样一个强壮结实的小伙子一周周地躺在床上，而他所有的战友委身于战壕之中，他就受不了。每次跟他谈话，你都能意识到，他是那样一种人，从来不认为生命中有什么快乐比得上去子弹纷飞的战场，下一刻可能就是他生命的终结——对他而言，危险是一种刺激。我不妨跟你说，当我在图纸上记下他的体温时，我都会多增加一两个刻度，这样医生就会认为他比实际状况要差一些。我知道，他千方百计想让他们把他打发走，但我觉得，要确保他们不让他出院，对他才是公平的。当我说话时，他常常会若有所思地看着我，我知道他期待着我们的聊天。我告诉他，我是个寡妇，无人需要依傍我。我还告诉他战争后，我考虑在欧洲定居。慢慢地，他变得不再那么拘束。他没有过多地谈论自己，而是跟我开起了玩笑——他是极有幽默感的，你知道。有时候我想，他真的喜欢我呢。终于，他被宣布说，身体恢复了，可以去服役了。在他临走前的那个晚上，他请我跟他吃饭，我很是吃了一惊。我设法向护士长请了假，然后我们开车去了巴黎。他穿着制服有多帅呦！你是想象不出的。我从未见过任何人看起来如此不凡，浑身上下散发着强烈的贵族气息。但不知为何，他并没像我想象的那样兴奋——他亟不可待地要回前线的。

“‘今晚怎么情绪不佳呀？’我问他，‘不管怎样，你的愿望实现了。’

“‘我知道，’他说，‘即使这样，我还是有些难过，你猜不出原因吗？’

“他的意思我简直不敢去想。我觉得最好还是开个玩笑。

“‘我不太善于猜东西，’我笑着说，‘如果你想让我知道，最好还是你来告诉我。’

“他低下了头，我能看出他有些紧张。

“‘你对我太好了，’他说，‘你对我的好意，我永远都没法对你表示感谢。你是我见过的最崇高的女人。’

“听到他那样说，我感到极其不安。你看英国人多有意思。在此前，他从没有跟我说过一句赞美的话。

“‘我只是做了一个称职护士需要做的事。’我说。

“‘以后还可以再见到你吗？’他问。

“‘那就看你了。’我回答。

“我希望他能听出我的嗓音在颤抖。

“‘我不愿离开你。’他说。

“我几乎说不出话来了。

“‘你需要离开吗？’我问。

“‘只要国王和国家需要我，我就为他们效劳。’”

当弗里斯迪夫人说到此处时，她浅蓝色的眼睛里溢满了泪水。

“‘战争不会永远持续下去的。’我说。

“‘当战争结束时，’他回答道，‘就是我还活着，我也是一文不名。我甚至不知道怎样开始谋生。你是个非常富有的女人，而我是个穷光蛋。’

“‘你是个英国绅士。’我说道。

“‘当世界进入了民主时代，那个还很重要吗？’他痛苦地说。

“在此之前，我都差点儿要号啕大哭起来。现在他说的一切都是那么美妙。我当然明白他的意思。他认为向我求婚是不够光彩的。我能感觉到，他宁愿去死，也不愿让我认为他觊觎我的钱财。他是个好人。我知道我不值得他追求。不过我明白，如果我想得到他，就必须要采取主动。

“‘假装不喜欢你并不好，因为我是喜欢的。’我说。

“‘不要再让我为难了。’他用嘶哑的声音叫道。

“我想我快死掉了，当他说这句话时，我感到我是如此地爱他。它让我知道了我想知道的一切。我伸出了我的手。

“‘你愿意跟我结婚吗，罗伯特？’我仅仅问。

“‘艾莉娜。’他叫道。

“就在这时，他告诉我，从见到我的第一天起，他就爱上我了。起初，他并没有当真，他想我不过是名护士，或许跟我来场风花雪月倒是可以，但后来他发现我不是那种女人，而且还有些钱，他下定决心压制住自己的爱情。你看，他当时认为结婚是不可能的。”

弗里斯迪上尉竟想跟她打情骂俏，或许没有什么比这个更让弗里斯迪夫人感到受用的了。有一点是肯定的：还没有任何人不顾脸面地向她求婚，尽管弗里斯迪也没有，但一想到他毕竟产生过这个念头，她就得到了无尽的满足感。在他们结婚以后，艾莉娜的亲戚们——那些难缠的西部人曾建议说，她的丈夫应该去工作，而不是靠她的钱养活自己，弗里斯迪上尉完全赞同。他提出的唯一的提议是：

“有些事情，一名绅士是不应该涉足的，艾莉娜，其余的任何事情我都乐意做。上帝知道，我并不看重那类事情，但是如果一个人是位有地位的先生，他就没法不去做——都滚他的蛋——特别在当今的日子里，一个人有些东西的确是属于他那个阶级的。”

艾莉娜认为在那漫长的四年里，在又一次战争的血腥战场上，他置生命危险于不顾，为自己的国家已经奉献得够多了。她太为他骄傲了，不能让人说他是个追逐财富者，跟她结婚就是为了她的钱。她决定，如果他能找到适合做的事情，她是不会反对的。不幸的是，那些可以做的都是些无足轻重的工作，但他并没有自作主张地推辞掉。

“你决定好了，艾莉娜，”他跟她说，“你只需说出那个词，我会接受的。我要让可怜的老总督在坟墓里转过身来，看着我做这份差事，不过也是没办法，我首先要对你负责。”

艾莉娜不愿意听他说这样的话，渐渐地，就不再想着让他去工作了。

弗里斯迪夫妇一年的大部分时间住在里维埃拉的别墅里，很少回英国。罗伯特说，战争以后，英国就不是绅士待的地方，那些好小伙子（统统都是白人，少年时期就经常混在一起），全都死在了战场上。他本来希望在英国过冬，一周三天以阔恩素肉[①]为食，这是可以为人提供活力的。不过可怜的艾莉娜，在那些狩猎人群中备受冷落，他没法让她做出这种牺牲。艾莉娜愿意牺牲，但弗里斯迪上尉没有同意。他不像过去那样年轻了，他的狩猎生涯也就随之终止。饲养锡利哈姆犬和浅黄奥平顿鸡让他得到很多的满足。他们拥有大片的土地。房子矗立在高原之上的一座山顶上，三面被森林环绕，前面是一座花园。艾莉娜说，当她看着他穿着旧呢裤跟养狗人（也看鸡）一起绕着庄园走来走去时，她从来没有这样幸福过。就在此时，在他身上，你能看到他之前的一代代乡绅的影子。看他跟养狗人长久地谈论着浅黄奥平顿鸡，艾莉娜的心底被触动了，她感到开心。不管怎样，他似乎正在跟总看守人谈论那些野鸡呢。对锡利哈姆犬，他也同样感到焦虑，仿佛对这群猎犬，你不由自主地觉得他应该更了解些才是。弗里斯迪上尉的曾祖父曾是摄政时期的一个花花公子，他把那个家庭毁掉了，不得不把所有的庄园卖掉。在什罗浦郡，他们曾经有一处极好的古老园子，卖了几个世纪了，已不再属于他们，但艾莉娜还是想去看看，不过弗里斯迪上尉说，这会使他感到无限伤痛，因而从没带她去过。

弗里斯迪夫妇待客极多。弗里斯迪上尉是个葡萄酒鉴赏行家，对自己的酒窖一直引以为豪。

“他父亲以拥有全英国最好的味觉而闻名，”艾莉娜说，“他继承了这一点。”

他们大部分朋友是美国人、法国人和俄罗斯人。罗伯特发现，他们在整体上要比英国人更有趣。他喜欢的每个人艾莉娜都喜欢。罗伯特觉得英国人都不太达标。以前他认识的大部分人要么喜欢射击，要么喜欢

---

① 一种植物素肉。

狩猎，要么喜欢捕鱼，现在，可怜的人，全都破产了。尽管他不是个势利小人——谢天谢地——但他还是不想让妻子混迹于那些从未耳闻过的暴发户群体中。弗里斯迪夫人没有如此挑剔，但她尊重他的偏见，钦佩他的特立独行。

“当然，他有自己的奇思异想，”她说，“但我想，顺从他只是我对他表现出的一种忠诚。如果你知道他来自哪个人群，你就会明白他的这些想法是多么自然。我们结婚这么多年来，我就见他恼怒过一次。当时是在一家赌场，一个小白脸走上前来请我跳舞，罗伯特几乎将他打倒在地。我告诉他，那个可怜的小家伙只是在做他的工作，但他说，他不能让他那样的贱猪找他妻子跳舞。”

弗里斯迪上尉有很高的道德价值观，他庆幸自己不是心胸狭隘之人，但一个人应该讲究原则。不能因为他住在里维埃拉，就跟那些酒鬼、浪子和堕落者不分彼此。对非法性行为，他没有嗜好，他也不愿意艾莉娜跟那些名声可疑的女人交往过密。

“你知道，”艾莉娜说，“他是个完全高尚的人，也是我认识的人群中最正派的人。如果他有时候看起来有些偏执，你就一定要记住，他自己不愿做的事，从不会麻烦别人的。不管怎样，人们总是钦佩一个原则性强的人——无论代价如何，他都要坚持自己的原则。”

当弗里斯迪上尉跟艾莉娜说，那个你到处都会碰到、认为相当令人愉快的某某之人，其实并不是什么好货色，她知道这时候坚持自己的看法没有用处，对丈夫最后做出的判断，她打算听从。结婚近二十年了，有一点她是确切无疑的，如果不是别的，那只能是——罗伯特·弗里斯迪属于那种完美的英国绅士。

“上帝创造的万物中，我不知道还有什么比他更好的。”她说。

麻烦也在于此：弗里斯迪上尉是一个近乎过于完美的英国绅士。他四十五岁了（要比艾莉娜小上两三岁），但仍英气逼人，一头浓密的灰色鬈发，漂亮的髯须，健康、黝黑的皮肤（经常在户外经风历雨的人才会拥有）。他身材挺拔清瘦，肩膀宽阔。无论怎么看都像一名战士。他说话直率，待人热诚，笑声爽朗且毫无保留。他的谈吐，他的举止，他的着装都是如此鲜明，让你难以置信。作为一名乡村绅士，他是这样非同一般，让你觉得他更像一名演员在进行精彩绝伦的演出。当你看到他在克鲁瓦塞特散步时，嘴里衔着烟管，身着短灯笼裤和在荒野才穿的花呢外套，极像一名英国运动员，你一定会惊讶不已。至于跟人交流，即使你觉得他说话武断，结论陈腐、浅薄，虽表现亲切、修养良好，但又显得愚蠢——这些都是这位退役军官再明显不过的特点，你也会忍不住想，那都是他装出来的。

当艾莉娜听说山脚下的房子让弗雷德里克爵士和哈代女士买去了，她非常高兴。这位近邻跟罗伯特属于同一个群体，这对他有好处。她向她在戛纳的朋友打听他们。情况似乎是这样：弗雷德里克爵士的一个叔父最近过世了，他继承了他的从男爵爵位，他前来里维埃拉交遗产税，要在这里待两三年。据说他年轻时非常放荡不羁，到戛纳时已经五十多了，但现在他跟一个非常不错的小女人体面地结了婚，并有了两个小男孩。可惜的是，哈代夫人以前是个女演员，但大家都说她行为端正、贤淑高贵，你根本不可能猜到，她曾在舞台上演出过。弗里斯迪夫妇是在一次茶会上见到她的，弗雷德里克爵士没有参加。罗伯特承认，她看起来是那种很正派的女人。艾莉娜希望邻居间亲近些，因而邀请他们前来一起吃顿午饭。日子安排好了。弗里斯迪夫妇派了很多人去迎接他们，但哈代夫妇来得很晚。一见面，艾莉娜就对弗德雷里克爵士印象不错。他比她想象的年轻得多，头发剪得很短，没有一丝白发。事实上，他身上有股男孩子气，很是迷人。他身材略显单薄，个子还不如她高，但他的眼睛明亮而友好，总是笑眯眯的。她注意到，他戴的是皇家护卫队的领带——罗伯特有时也会戴，穿着也不像罗伯特那样讲究——罗伯特看起来总像是刚刚从陈列窗里走出来。他穿的都是旧衣服，好像一个人怎么穿戴无甚要紧。艾莉娜基本确信，他有点像年轻人一样疯狂，当然，她无意去责怪他。

“我得把我丈夫介绍给你。”她说。

她喊了一声。罗伯特正在露台上跟其他客人说话，没注意到哈代夫妇前来。他走上前去，亲切、热诚而优雅(这份优雅一直是艾莉娜所迷醉的)地跟哈代夫人握手，然后又转向弗雷德里克爵士。后者有点迷惑地看着他。

“我们以前没见过吗？”他问。

罗伯特沉着地看着他。

“我想没有。”

“我发誓，你的面容我是见过的。”

艾莉娜感觉到她的丈夫怔了一下，立刻意识到出了什么问题。这时，罗伯特笑了起来。

“听起来太无礼啦！我坚信，我这辈子都没见过你，或许我们在战争中遇见过，但那时见过的人也太多了，是不是呀？来杯鸡尾酒吗，哈代夫人？”

午餐期间，艾莉娜注意到哈代一直在看罗伯特。显然，他在试图想起在哪里见过他。罗伯特在忙着招待身边的两位女客，没注意到哈代的眼神，他的朗朗笑声响彻在整个房间。他是个极好的主人。艾莉娜一直欣赏他在社会交际中的责任感——不管身边的女人多么乏味，他都对她们殷勤备至。不过，等客人走后，罗伯特的快乐就会一落到底，好像一件披风从肩膀上滑落下来。这时，她会感觉到他心里是烦躁的。

“公主是不是很讨人厌？”她体贴地问。

“她是个邪恶的老女人，不过别的方面还行吧。”

“弗雷德里克爵士竟认为认识你，太可笑了。”

“我这辈子都没正眼瞧过他，不过对他我是知根知底的。艾莉娜，如果我是你的话，除非万不得已，我再也不会跟他有什么交往了。我认为他没资格跟我们来往。”

“但是他们家是英国最古老的从男爵爵位的世袭者，我们在《名人录》

中查看过的。”

“他是个声名狼藉的流氓。我从来没想到哈代上尉——”罗伯特自我纠正道，“我知道他过去叫弗雷德·哈代，现在成为弗雷德里克爵士了。我再也不容许你请他到我们家来。”

“为什么，罗伯特？我正要告诉你我觉得他很有魅力呢。”

这一次，艾莉娜觉得丈夫太过分了。

“很多女人都这样觉得，结果让她们大破其财。”

“你知道人们是怎么说话的。耳听为虚，不能全信的。”

他握住她的一只手，认真地看着她的眼睛。

“艾莉娜，你知道，我不是背后乱嚼舌头的那种人。我所了解的关于哈代的情况，我不想让你知道。我只能跟你说，相信我的话，他那样的人，你是不适合知道的。”

这样一个请求，艾莉娜没法不听。罗伯特如此信任自己，这让她极为感动。罗伯特也知道，遇到了危机，就只能依靠于她的忠诚，而她是不会让自己失望的。

“没有人比我更了解你绝对正直的品格，罗伯特，”她严肃地回答，“如果你觉得你可以告诉我，你会告诉我的。不过，即使你现在想让我知道，我也不让你说了——好像我对你的信任不如你对我多一样。我愿意听从你的判断，我向你保证，哈代夫妇再也不会进这个门了。”

不过，当罗伯特打高尔夫球时，艾莉娜经常一个人出去吃午饭，所以屡次会碰到哈代夫妇。她对弗雷德里克爵士很冷淡，因为罗伯特不喜欢他，她也必须如此。但他根本没注意到这个，就是注意到了也不会介意。他对她特别好，她也发现他很容易相处。一个男人毫不隐讳地认为，女人是放荡的，但又是甜美的，同时他的举止又是那样令人愉悦，要讨厌这样一个男人非常困难。或许她不适合了解他，但她又忍不住喜欢他那棕色眼睛里透出的眼神——它带着些嘲讽，使你不得不保持警惕，但又那样亲切，让你不会觉得它对你有什么恶意。不过，关于他的说法艾莉娜听得越多，她越意识到罗伯特的正确。他就是个肆无忌惮的流氓！他们甚至提到了那些女人的名字——她们为了他抛弃了一切，但一旦对她们厌倦了，他便无情地把她们一脚踢开。他现在看起来是安稳下来了，对妻子和孩子都忠诚有加，但豹子身上的斑点能改变吗？哈代夫人很可能只是比那些绯闻女人更能承受些罢了。

弗雷德·哈代一向不太走运。漂亮女人，十一点游戏，还有总把赌注下错的倒霉习惯，让他在二十五岁时就走上了破产法院，不得已辞去了自己的职务。那时，让那些迷恋于他、青春不再的女人满足自己的肉欲，他一点儿都不感到羞耻。但是，战争开始了，他又回到原来的团里，并获得了“优异服务勋章”。然后，去了肯尼亚。在那里，他成了一起臭名昭著的离婚案的共同被告。他用一张支票摆脱了麻烦，随后离开了肯尼亚。他对诚实的理解非常随便。买他的车或马都不安全，他向你热情推荐香槟，你最好离远点。当他施展颇具鼓动性的魅力劝你做一笔投机买卖时，你尽可以确定，不管他能从中赚多少，你必然一无所得。前前后后，他做过汽车销售员、场外经纪人、佣金代理商和男演员。倘若世上尚有正义存在，那他就应该身陷囹圄，或至少住到贫民窟里去。但命运开了个惊天玩笑，让他继承了从男爵爵位和一笔充足的财富！四十好几了，他终于结了婚，妻子美丽而聪慧，后来又生了两个健康、漂亮的孩子。未来带来了一切：财富、地位和体面。对待生命，他并不比对待女人更当回事，但生命同女人一样对他青眼相加。回忆往昔，他感到心满意足——逍遥自在，尽享人生的起伏变换；而如今，他身体康健，内心安宁，他打算像个乡绅那样安定下来；他妈的，至于孩子，该怎么养就怎么养吧；等到选区的那个老家伙呜呼哀哉了，哎呀，就到议会做议员喽！

“我可以告诉他们一两件他们不懂的事情。”他说。

他或许是对的，不过他继续往下想：那一两件事，他们可能不太想知道呢。

一天下午，日落时分，弗雷德·哈代进了克鲁瓦塞特大道上的一家酒吧。他是个热衷于社交的人，不喜欢一个人饮酒，所以他向四周瞧了瞧，看看有没有认识的人。这时，他看见了罗伯特——他刚打完了高尔夫，正在那里等艾莉娜。

“你好，鲍勃，来一杯如何？”

罗伯特吃了一惊。在里维埃拉没有人叫他鲍勃。当他看到是谁时，他生硬地回答道：

“我刚喝过了，谢谢。”

“再喝杯吧。我那老太婆不让我在两餐之间喝酒，不过只要能摆脱开她，我一般都会溜进来，在这个时间喝上一杯。我不知道你怎么想，我的感觉是，上帝创造出六点这个钟点来，就是让男人喝酒的。”

他一屁股坐在罗伯特身边的一把皮制大扶手椅上，叫来了侍者，然后冲罗伯特温和而迷人地笑了笑。

“老伙计，自我们初次见面来，情况变化好大呀，是不是？”

罗伯特微微皱了皱眉，刺了他一眼——评论家把这个眼神定性为“警觉”。

“我不知道你究竟啥意思。据我所知，三四周前，你和你夫人大发好心到我家来吃饭，那是我们第一次见面。”

“别说了，鲍勃。我早见过你了，我有数。刚开始我还有点儿迷惑，但马上就想到了。你就是布鲁顿大街汽修厂的那个洗车工，我以前常在那里停车。”

弗里斯迪上尉放声大笑起来。

“对不起，你搞错了。我从没听过如此可笑之事。”

“我的记忆力极好，见过的面孔从来都不会忘记。我敢打赌，你也记得我。当时，我嫌麻烦不愿意把车从公寓拖到修理厂，都是你帮我拖过去的，半克朗的硬币我可给了你不少。”

“你绝对在胡说八道！你到我家我才第一次见到你。”

哈代咧开嘴，快活地笑起来。

“你知道我是个柯达相机的狂热爱好者。在不同时期，我拍了多本快照。你当时站在我刚买的那辆两座汽车旁拍过一张，如果我把它找出来，你会不会感到惊讶呢？那时你虽然穿着工装裤，脸上也不太干净，但人很帅气。当然，你现在发福了，头发也变得花白，留了胡子，但还是那个小伙子。错不了。”

弗里斯迪上尉冷冷地看着他。

“你一定看错了，我们的相貌碰巧了有些相似而已。你给半克朗的那个人是其他人。”

“那好吧。一九一三到一九一四年期间，你如果不在布鲁顿大街的汽修厂，那你在哪里？”

“我在印度。”

“是在团里吗？”弗雷德·哈代又咧嘴大笑起来。

“我在练习射击。”

“你撒谎。”

罗伯特的脸红涨起来。

“这个地方不是用来打架的，如果你认为，我到这里来就是受你这种醉醺醺的猪猡侮辱，那你错了。”

“你不想听听我知道的你的其他情况？一些东西是怎样想起来的，你是知道的。我记住的太多啦！”

“我丝毫没有兴趣。我告诉你，你完全搞错了。你把我当成别人了。”

不过，他没有想走的意思。

“即使在当时，你仍有些懒散。记得有一次，我一大早来到了乡下，告诉你九点前把车洗好，但时间到了后，车没洗完，我大吵大闹了一番。老汤普森当时跟我说，你父亲是他的一个朋友，他是出于怜悯才接收你的，因为你当时正贫困潦倒。你父亲是一家酒吧的酒侍——怀特酒吧，还是布鲁克酒吧？我记不得了，你也在那里做侍童。后来你加入了冷溪近卫团，如果我没记错的话，是一个家伙把你带出来做了他的跟从。”

“太奇妙了！”罗伯特轻蔑地说。

“我还记得，有一次我休假在家，去了修理厂，老汤普森告诉我说，你应召进入了皇家陆军服务团。除非万不得已，你是不会去冒险的，是不是？我听到的关于你那些战壕里的英勇故事，你是不是有点儿吹牛哪？我猜你的确获得了军官任命，那个也是伪造的吗？”

“我当然获得了任命。”

“呦，当时，那么多滑稽人物都获得了任命。不过，老伙计，别忘了，只要能进入皇家陆军服务团就行。如果我是你，我是不会戴那个皇家护卫队领带的。”

弗里斯迪上尉本能地伸手碰了碰领带。弗雷德·哈代用讥讽的眼神望着他——尽管他的皮肤晒成了褐色，但他肯定他的脸已经苍白了。

“我戴什么样的领带与你无关。”

“不要太急躁，老伙计。这么气势汹汹的，没道理呀！我掌握了你的底细，不过并不打算出卖你，你干吗不坦白交代呢？”

“我没什么可交代的。我告诉你，全错了，荒唐！我警告你，如果我发现你散布这些流言蜚语，我立刻起诉你诽谤。”

“别说啦，鲍勃。我不会散布任何流言的。你不会认为我想这样做吧？我觉得这件事就是一个玩笑，我对你没恶意。我自己就喜欢来点儿冒险，你能如此瞒天过海、虚张声势，我佩服。起初你只是个小侍童，然后当了骑兵、跟从、洗车工，而看看你现在：一个优雅的绅士，有座大房子，招待的全是里维埃拉的大人物，高尔夫锦标赛出手就赢，还是航海俱乐部的副会长，而且我知道的还不全。在戛纳，你是个厉害角色，你没过错。真是太惊人了！在过去，我也曾做过一些荒诞不经的事，但你更有魄力呵！老伙计，我要脱帽向你致敬。”

“我希望配得上你的夸奖，但我做不到。我父亲曾在印度骑兵队里待过，我至少生下来就是个绅士。我的职业生涯可能不够耀眼，但也没有什么让我羞愧的。”

“哦，不要说了，鲍勃。我不会泄密的，你知道，对我那老婆子我也不会。对女人原先一无所知的东西，我根本不会跟她们说的。相信我，如果连这个都无法遵循，我遇到的麻烦那就更大了。我本来想，你身边应该有个人，你能与他轻松相处。如果老是不能放松，那岂不会造成损伤？你疏远我真是太愚蠢了，我没有你的丝毫把柄，老伙计。我现在是个从男爵爵士，也有土地，这没错，但我也曾身处困境，没有锒铛入狱对我来说，就已经是个奇迹了。”

“很多其他人都觉得这是个奇迹。”

弗雷德·哈代狂笑起来。

“对我来说是个奇迹，老伙计。尽管如此，如果你不介意我这样说的话，我认为，你告诉你妻子说我不是适合她交往的人，这样说有点儿过了。”

“我从来没说过这类话。”

“哦，没错，你说过的，她是个了不起的老妇人，但有点多嘴多舌，我没说错吧？”

“我不想跟你这样的人谈论我的妻子。”弗里斯迪上尉冷淡地说道。

“哦，不要跟我耍该死的绅士派头，鲍勃。我们两个都不咋样，就这么回事。如果你稍微有点儿幽默感，我们相处起来就会非常快乐。你谎话连篇、大言不惭、骗人成性，但在你妻子面前，你看起来光鲜体面，这对你有好处。她爱你爱得一塌糊涂，是不是？有意思啊，女人！她是个非常好的女人，鲍勃。”

罗伯特的脸又涨红了，他握紧了拳头，从椅子上半欠起身来。

“去你妈的，不许再谈论我的妻子。如果你再提她的名字，我保证把你打翻。”

“哦，不，你不会的。你是名好绅士，不会打一个个子比你小的伙伴。”

哈代嘲讽道，同时观察着罗伯特，如果那个硕大的拳头砸过来，他随时准备躲开。但他吃惊地看到自己的话起了作用，罗伯特坐回到了椅子里，松开了拳头。

“你是对的。不过，只有卑鄙的人才会跟你做交易。”

这个出人意料的回答让弗雷德·哈代轻声笑起来，但他看到，这个男人就是这个意思。他一副极肃穆的样子。弗雷德·哈代不是傻子，如果不是靠浑身的那股聪明劲儿，他不可能比较舒服地活过二十五岁。现在，他吃惊地盯着这个强壮结实的人——他看起来跟典型的英国运动员如此相像——又坐到椅子上，他突然间明白了，这绝不是个普通的骗子，掌控了一个愚蠢的女人，让他过上奢华和无聊的生活。那个女人只是他用来达到更大目的的工具。他迷醉并执着于自己的理想而肆无忌惮，无所不用。或许，当他在那个时尚酒吧做侍童时，这个想法就有了。那些会员们的悠闲自在、轻松随意，可能让人感觉极好。后来，他当了骑兵，做了跟从、洗车工，见到了一个迥异世界的很多人物，他带着模糊的崇拜心理看着他们，这时，他的心里可能充满了羡慕和嫉妒。他希望自己能像他们那样，成为其中的一员。这个理想萦绕在脑际，让他魂牵梦绕。他希望那样——真是可笑，可悲的人——他竟想做一名绅士。不过，战争及军官任命给他带来了机会。艾莉娜的钱财使他的心愿得以达成。可怜的家伙！他花了二十年把自己假扮成什么人物，其唯一的价值就是他没有到处炫耀。太可笑了，太可怜啦！虽然无意如此，弗雷德·哈代还是把掠过脑际的想法说了出来。

“可怜的老兄。”他说。

弗里斯迪迅速地看了他一眼，他没弄明白那话什么意思，说话的语气也不懂。他又一次脸红了。

“你那样说什么意思？”

“没什么意思，没什么意思。”

“我认为我们没必要再谈了。显然我没法让你相信你搞错了。我只能再重复一次，你说的话没有一句是可信的。我不是你认为的那个人。”

“好吧，老伙计，随你的便吧。”

弗里斯迪把侍者喊了过来。

“你喝的酒要我帮你付钱吗？”他尖刻地问道。

“是的，老伙计。”

弗里斯迪大方地递给侍者一张纸币，告诉他零钱不用找了，然后一言不发地大步走出了酒吧，没再看弗雷德·哈代一眼。

到罗伯特葬身火海那晚之前，两人再也没有见面。

冬去春来，里埃维拉的花园变得五彩斑斓。然后，夏天又到了。沿里埃维拉海岸的各个城镇，天气开始炎热起来，阳光明亮，热气蒸腾，让人血流加速；妇女戴着草帽、穿着睡衣走来走去，海滩上人满为患，男人身着泳裤，而女人几近裸身，躺在阳光下。晚上，克鲁瓦塞特大道上的酒吧里挤满了躁动不安而又吵吵闹闹的人群，肤色各样，如同春天的花朵。一连几周没下雨了，沿岸已经发生了数次森林火灾。罗伯特·弗里斯迪好几次用热烈的、开玩笑的口吻说，万一他们自己的树林发生了火灾，那逃生的机会会很小呦。有一两个人建议他把房后的一些树砍掉，但他不忍心去砍：当年弗里斯迪夫妇买下这座房子时，那些树木长势不佳。现在，一年年过去了，那些死树已被砍掉搬走，剩下的树空间充足，没有害虫，长得非常茁壮。

“啊，把哪一棵砍掉都像剁掉我的腿。在百年老树中，这些一定都是最好的。”

七月十四日那天，弗里斯迪夫妇到蒙特卡洛参加了一场庆祝晚宴。员工们获假去了戛纳。这天是美国国庆节。到戛纳后，他们在室外的悬铃树下跳舞，还放了烟火，远近的人们都来了，大家玩得非常开心。哈代夫妇把仆人们也打发出去了，只剩下他们一家几口人在家，两个小孩子已经上床。弗雷德在玩佩信斯[①]，而哈代夫人在织一块椅子用的小花毯。突然，门铃响了，有人大声敲门。

“到底谁在家？”

哈代走到门口，看到一个小男孩，告诉他说，弗里斯迪家的树林起

① 一种单人牌戏。

火了。村里已经有人跑去救火，但他们需要一切帮助，问他能不能前去。

“我当然要去。”他急忙回到屋里告诉妻子，“把孩子叫醒，让他们上来看看热闹。确实，这么干旱的天气，是要着火喽。”

他匆忙出去了。男孩跟他说，他们已给警察局打了电话，他们说会派人过来。有个人在给蒙特卡洛打电话，让弗里斯迪上尉知道。

“他需要一个小时才能赶回来。”哈代说。

他们跑着前去，看到了天上的火光。到了山顶，已经烈焰滚滚。没有水，他们只能争取尽力把火扑灭。有几个正在灭火，哈代也加入了其中。但刚扑灭了一片灌木，另一片又噼里啪啦地着起来，还没等看清，就已烧成一片明亮的火海。火势吓人，工人们无计可施，被逼着慢慢后退。这时，又起了一阵微风，火星又散落到其他灌木从中。一连几周的干旱，使一切都干燥得如同火绒。火星一落到树上、灌木上，火焰便腾地升起。如果说，看到高达六十英尺的冷杉树像火柴杆一样怒燃，让人感到的不是恐怖，那就只能是让人心生敬畏。灭火的最好方式是把树木和灌木砍掉，但人手不够，而且只有两三个人有斧子。现在只能寄希望于军队了，过去发生森林火灾时，都是他们出动，但军队还没到。

“他们再不快点到，房子就保不住了。”哈代说。

他看到了妻子，她带着两个小男孩来了，便跟他们打了招呼。他的脸熏得乌黑脏乱，汗水不停地沿脸颊滚下。哈代夫人跑上前去。

“哦，弗雷德，狗——还有鸡。”

“确实是。”

狗舍和鸡棚在房子后面的一片空地上，树木已经砍掉。这群可怜的动物早已吓傻了。哈代把它们放出来，它们飞快地跑到了安全地带——只能让它们自己换地方了，以后再围拢好了。现在，火光从很远的地方就能看到，但军队依然没有到来。救火者的小小身躯在不断逼近的火焰面前是那样软弱无力。

“如果那些该死的士兵再不快点到，这房子就完了。”哈代道，“我想我们最好把里面的东西尽量搬出来。”

这是座石头房子，周围一圈木制游廊——它们会像引火木一样点燃。弗里斯迪的仆人现在到了。他把他们召集过来，他妻子和两个男孩也上前帮忙。他们把那些能搬得动的都搬到了房子前面的草坪上：亚麻织品、银餐具、衣服、装饰品、图画，还有家具。最后，军队终于到了，两车人。他们开始有条不紊地挖掘沟渠、砍倒树木。有一名军官负责指挥。哈代给他指出了危险所在，请他首先把房子周围的树木砍掉。

“房子不管它，”他说，“我必须保证火势不会蔓延到山下。”

蜿蜒的山路上看到有车灯正朝这边快速赶过来。几分钟后，弗里斯迪夫妇从车里跳了下来。

“狗呢？”他叫道。

“我把它们放出去了。”哈代回答。

“哦，是你。”

一开始看到那个肮脏的家伙——他的脸让熏烟和汗水搞得脏兮兮的了，他没认出是弗雷德·哈代。他愤怒地皱起眉头。

“我想房子可能会着火，我把能搬的东西都搬出来了。”

弗里斯迪看了看在燃烧的树林。

“哦，我的树完蛋了。”他说。

“士兵们正在山侧奋战，他们在争取保住另一家住宅。我们最好过去看看可以救点儿什么。”

“我会去的，你不需要。”弗里斯迪暴躁地叫起来。

突然，艾莉娜痛苦地喊叫起来。

“啊，看！房子！”

从他们站着的地方，看到房后的游廊倏地燃烧起来了。

“不要紧，艾莉娜。房子不会着火的，只有那些木头东西会点着。给我拿着外套，我过去帮帮士兵们。”

他把晚礼服脱了下来，递给了妻子。

"我也跟你去，"哈代说，"弗里斯迪夫人，你最好过去看看你家的那些东西。我想我们把所有值钱的东西都搬出来了。"

"谢天谢地，我的大部分珠宝我都戴在身上了。"

哈代夫人是个通情达理的女人。

"弗里斯迪夫人，我们把仆人们叫过来，把那些搬得动的东西搬到我家去吧。"

两个男人朝士兵们干活的地方走去。

"你把那些东西从我房子里搬出来，真是太好了。"罗伯特生硬地说道。

"没啥。"弗雷德·哈代回答道。

他们走了没多远就听到有人喊。他们转过头来，模模糊糊地看到一个女人追了上来。

"先生，先生。"

他们停下来，那个女人张开着双臂冲过来。她是艾莉娜的女仆，有些发狂了。

"小朱迪。朱迪。我们出去时，我把她关在屋里了。她正处在发情期，我把她放在仆人的浴室里了。"

"上帝！"弗里斯迪叫道。

"是什么？"

"艾莉娜的狗。无论怎样，我得救她出来。"

他转过身，朝房子方向跑去。哈代抓住他的胳膊，拉住了他。

"不要做大傻瓜，鲍勃！房子着火了，你不能进去。"

弗里斯迪奋力挣脱着。

"让我去，你个混蛋。你想想，我能让一只狗活活烧死吗？"

"啊，闭嘴。这不是演戏时间。"

弗里斯迪摆脱开了哈代，但哈代扑到他身上，用胳膊抱住了他的腰。弗里斯迪握紧拳头，使出最大的力气，朝哈代脸上砸去。哈代摇晃了一下，松开了胳膊，弗里斯迪又砸了一下，哈代倒在了地上。

“你个下贱暴发户。我给你看看，一个绅士是怎么做的。”

弗雷德·哈代慢慢地站起来，摸了摸脸，感到很疼。

“上帝，明天我的眼圈要发青了。”他颤抖了一下，有点儿头晕。女仆突然歇斯底里地哭叫起来。他愤怒地叫道：“闭嘴，你个荡妇！什么都不要跟你的女主人说。”

弗里斯迪看不见了。一个多小时后才又找到他。他们发现他躺在浴室外面的楼梯平台上，死了，胳膊上抱着也已死去的锡利哈姆犬。哈代看了他好久方开口。

“你个傻瓜，”他从牙齿缝里愤愤地嘟哝道，“真是他妈的傻瓜！”

他的自欺欺人最终让他付出了代价。正如一个犯下罪恶的人，最后上了绞刑架，所以他就是一个无助的奴隶——他撒谎撒了如此之久，以至他都相信了自己的谎言。鲍勃·弗里斯迪这么多年来一直把自己装扮成绅士，但到头来，他忘记了一切都是假的。他习惯性地被那颗愚蠢的头脑驱使做那些他认为一个绅士应该做的一切。他不再知道赝品和真品之间的区别，为了虚假的英雄主义，他付出了自己的生命。但弗雷德·哈代必须把这个消息告知弗里斯迪夫人。她正和他妻子坐在山脚下的别墅里，她还认为罗伯特正在和战士们一起砍树、清除灌木呢。他尽可能缓慢地告诉她，但必须得告诉她，必须说出一切真相。刚开始，她似乎没有听懂他的意思。

“死了？”她叫道，“死了？我的罗伯特？”

这时，弗雷德·哈代，这个放浪之人、愤世嫉俗者、厚颜无耻的流氓，抓住她的手说了一句话——这句话足以让她承受住内心的悲痛：

“弗里斯迪夫人，他是个非常勇敢的绅士。”

未被征服者

汉斯回到厨房，被他打倒的那个人还躺在原处地板上，满脸血污、呻吟不止。女人背靠着墙，两眼惊恐地望着他的朋友维里。他进门后，她喘了口气，大声啜泣起来。维里坐在桌旁，手里拿着左轮手枪，身边放着半杯葡萄酒。汉斯走到桌边，倒满酒，一饮而尽。

“看样子，你好像遇到麻烦了，小伙子。”维里咧嘴笑道。

汉斯脸上血迹斑斑，可以看见五道深深的指甲印。他用手轻轻地摩挲着脸颊。

“这个婊子,差点儿把我的眼珠子抠出来。我得涂些碘酒才行。不过，她现在老实了，你走吧。”

“我不知道。要走吗？天晚啦！”

“别犯傻了。你是个男人，对吧？天晚了有什么关系？再说我们已经迷路了。”

天还没黑。夕阳把余晖洒进了这座农舍的窗棂。维里踌躇了片刻。他个子不高，皮肤黝黑，脸部瘦削，原先是一名服装设计师。他不想让汉斯觉得他过于怯弱，于是站起来，向汉斯进来的那个门口走去。那个女人看到他要走，立刻尖叫了一声，向前扑去。

“不，不。”她大叫道。

汉斯一个步子来到她面前，抓住她的肩膀，狠狠地把她向后摔去。她趔趄了一下，倒在地上。他拿起维里的手枪。

“你们两个，谁都不许动。”他用法语怒道，但带着刺耳的德国口音。他朝门口点了点头，说：“你走吧，我来看管他们。”

维里走出房门，但过了一会儿又回来了。

“她昏迷了。”

“哦，那又怎样？”

“我不能走。这样不好。”

“愚蠢，真是婆婆妈妈的。你就是个小女人！”

维里羞红了脸。

“最好我们一起走吧。”

汉斯轻蔑地耸了耸肩。

“我先把这瓶酒喝掉，然后再一起走。”

汉斯觉得舒服些了，如果再逗留一会儿，他会感到更愉快。从早上到现在，他一直在执行任务，摩托车骑了那么久，四肢都酸痛了。幸亏路途已所剩不多——只是到苏瓦松而已，还有十到十五英里左右。他不知道运气能否好一点儿，有张床睡觉。当然，要不是那个姑娘太愚蠢，一切就不会发生了。他们——他和维里，迷了路，便喊住了一个在田间劳作的农夫问路，但他故意指错，后来他们才发现走的是一条岔路。他们来到一家农场，于是停下来问路。他们的询问非常有礼貌，因为上面有规定，只要法国的老百姓规规矩矩，就要对他们客气一点儿。一个姑娘给他们打开了门，但她说不知道怎么去苏瓦松。于是，他们就推门进来了。一个妇女，汉斯猜她可能是那个姑娘的母亲，告诉了他们怎么走。这三口人——农夫、农夫的妻子和女儿，刚刚吃过晚饭，桌上放着一瓶酒，这提醒了汉斯，他觉得自己口干如火。这一天天气酷热，从中午到现在他还滴酒未沾哪。他向他们要瓶酒喝——维里插话说，他们会付钱的。维里是个心地善良的小伙子，但性格太软弱，不管怎么说，他们都是胜利者呀。法国军队在哪呢？早狼狈逃窜了。英国人也丢盔弃甲，像兔子一样逃回到自己的岛屿。征服者什么都可以取，什么都可以拿，不是吗？但维里曾在巴黎的一家裁缝店工作过两年，他的法语的确说得很好，所以能找到当时那份差事，但也使他在一定程度上受到了法国人的影响。一个衰败的民族，让一个德国人生活在他们中间，能有什么好处？

农夫的妻子拿来几瓶酒放到桌上，维里从口袋里取出二十法郎交给她。她甚至连谢谢都没说。汉斯的法语没有维里好，但能让人听懂，两人在一起时总是说个不停，维里会帮汉斯纠正错误。因为在这方面对自己如此有帮助，汉斯便跟维里交了朋友，而且他也知道，维里很羡慕他——羡慕他个子高大、肩宽腰细，还有他的金黄色鬈发和湛蓝眼睛。汉斯抓住一切机会练习法语，现在已经开始尝试讲法语了，但那三个法国人并不迎合他。他告诉他们，自己也是个农夫的儿子，战争结束后，他就回到自己家的农场去。原先因为他母亲想让他学商业，就把他送到慕尼黑读书，但他无心于此，所以进了一家农学院。

“你们到这里来是问路的，现在已经知道了，”姑娘说，“喝完酒就走吧。”

在此之前，汉斯几乎没怎么看她。她不算漂亮，但长着一对好看的黑漆漆的眼睛，和一个修长挺拔的鼻子。她面色苍白，穿着朴素，但不知为何，她看起来并不像外表那样普通。她身上散发着一种不同寻常的气息。自从战争开始以来，他就听伙伴们谈论法国姑娘，说她们身上有些东西是德国姑娘所不具备的。“时尚”——维里是这么说的，但当问他“时尚”是什么意思时，维里只会说，你亲眼见了就会明白。当然，他还听人说，法国姑娘唯利是图，冷酷无情。那好吧，他们将在巴黎驻留一周，自己亲自去了解了解吧。有人说，统帅部已为部队开了妓院。

“喝完你的酒，我们走吧。”维里说。

但汉斯感觉正舒服，不想急于离开。

“你看起来不像个农家女儿呀。”他对姑娘说。

“那又怎样？”她回答。

“她是名教师。”她母亲说。

“那你是受过良好的教育喽。”

她耸了耸肩。但他继续用他糟糕的法语兴致勃勃地说道：“你们应该明白，我们的到来是法国人民碰到的最好事情。我们并没有宣布战争，是你们宣布的。现在，我们要做的，就是把法国变成一个像样的国家。我们将给你们带来秩序，教你们如何工作，并学会服从和遵守纪律。”

姑娘攥紧了拳头看着他，黑黑的眼睛里满是仇恨，但一声没吭。

“你喝醉了，汉斯。”维里说。

“我的头脑像法官一样清醒，我只是告诉他们一些真相，他们最好能马上明白过来。”

“他说得是，”姑娘大叫道——她已经无法控制自己了，“你醉了，快走，走！”

“哦，你懂德语，是吧？好吧，我走，但你得先吻我一下。”

她后退一步避开他，但他捉住了她的手腕。

“爸爸，”她叫喊起来，“爸爸！”

农夫扑向德国人。汉斯放开姑娘，使出全力朝他面门打去，他跌倒在地板上。姑娘来不及逃脱，被他抱在了怀里。她抡起手掌掴了他一记耳光……他狞笑起来。

“一个德国战士想吻你一下，你就这样对他？你要为此付出代价。”

他使出蛮力箍住她的胳膊，然后向门外拖去。可她的母亲向他扑过来，揪住他的衣服，想把他拉开。汉斯用一只胳膊紧紧夹住姑娘，用另一只手掌猛地推了她母亲一下，她母亲趔了几下，最后撞到墙上。

“汉斯，汉斯！”维里叫道。

“闭嘴，该死的！”

他用手捂住姑娘的嘴，不叫她发出尖叫，然后把她拖出了房间……

以上就是事情发生的来龙去脉。你得承认，是她自讨苦吃，她本不该打他一耳光。要是让他吻上一下，他早就走了。他瞥了一眼躺在原地的农夫，看到他那张滑稽的脸，不由地笑了，又看了看蜷缩在墙角里的妇女，眼里笑眯眯的。她是不是害怕下一个该轮到她了？不可能，他想起了一句法国谚语。

“‘万事开头难。’别哭哭啼啼的了，老太婆。姑娘家迟早都会有这一遭。”他把手伸进屁股口袋里，摸出一个钱包。“喏，这里有一百法郎，给那位小姐买件新衣服吧，她身上的衣服差不多已撕坏了。”他把钱放到桌上，戴上钢盔，“走吧。”

他们砰地把门带上，然后跨上摩托车走了。妇女进了客厅，她女儿躺在沙发上，一动没动，正伤心地啜泣着。

三个月后，汉斯又来到苏瓦松。这期间，他随着征服军到了巴黎，骑着摩托车穿过凯旋门。又和军队一起，去了图尔，然后到了波尔多。他几乎没碰到什么战斗，见过的法军也都是俘虏。这次行军简直就是他能想到的最大的一次狂欢。休战后，他在巴黎待了一个月。他给巴伐利亚的家人寄去了带图画的明信片，还给每个人买了礼物。维里因为极熟悉这个城市，所以留了下来，而汉斯和部队的其他士兵则被派往苏瓦松，加入到那里的占领军。苏瓦松是个优美的小城，他待得很舒服。那里食物丰富，一瓶香槟还花不了一个德国马克。当他接到命令前往苏瓦松时，他突然想到，去看看那个被他占有过的姑娘倒是很有意思。他要给她买双丝绸长袜，来表明他没有恶意。他有善于记忆地点的本事，因而要找到她不费吹灰之力。所以，一天下午，他正好无所事事，便把丝袜放进口袋里，骑上了摩托车。这是个美好的秋日，天空几乎看不到一丝云影，他骑车穿过美丽而起伏的乡村田野。很长时间来，天气一直晴朗、干爽。时令虽然已进九月，但就连摇曳不息的白杨也未露出任何夏天将尽的迹象。尽管他拐错了一个地方，耽搁了些时间，但还是在半小时内找到了目的地。当他走向门口时，一条杂种狗冲他狂吠。他没敲门，而是转了下把手，直接走了进去。那个姑娘正坐在桌边剥土豆，当看到那个穿制服的男人进来时，她一下子跳了起来。

“你想干什么？”这时，她认出了来人。她向后靠到墙上，攥紧了手里的刀子。“是你呀，畜生！”

“不要激动，我不会伤害你。看看，我给你带来了丝袜。”

“拿走，带着你的袜子滚吧。”

“别傻了，把那刀子扔了。如果你这么难缠，只能伤了你自己。你不用怕我。”

“我才不怕你。”她说。

她松开手，刀子掉到地上。他摘下钢盔，然后坐下了，又伸出一只脚，把刀子钩了过来。

“要我给你剥土豆吗？”她没有回答。他俯下身捡起了刀子，又从碗里拿起一只土豆，开始干了起来。她板着面孔，眼里充满敌意，然后靠墙站着盯着他。他讨好地朝她笑笑：“你怎么这么恼怒？我又没怎么伤害你，你知道。那天我太兴奋了，我们都很兴奋，我们在谈论不可战胜的法国军队，还有马其顿防线……”，没说完他就咯咯笑起来，“酒让我发懵。你的命运说不定更糟呢。女人们跟我说，我这个人长相还算不差。”

她轻蔑地上下打量了他一下。

“滚出去！”

“我不想走的话，是不会走的。”

“如果你不走，我父亲会到苏瓦松向将军告你。”

“将军会管那么多吗？我们接到命令，要跟法国老百姓们交朋友。你怎么称呼呀？”

“关你什么事！”

现在，她的脸颊红涨起来，眼睛里冒着怒火。她比他记忆中的还要好看，那天他干得漂亮呀！她身上的那股优雅表明，她似乎来自城市而不应该是个农民。他记得她母亲曾说过，她是个教师。她差不多就是个贤淑高贵的小姐了，能够玩弄这样的姑娘让他觉得得意。他感到自己身强力壮，用手拢了下金色鬈发。对很多姑娘来说，如果能得到她那样的机会，都会高兴得蹦起来。想到此，他轻声地笑了。夏天的阳光把他的脸庞晒成了深褐色，而他的眼睛却蓝得让人惊异。

“你父母到哪里去了？”

“在田里干活。”

“我饿了。给我点儿面包和奶酪，再拿瓶酒。我会付钱的。”

她尖声笑起来。

“我们三个月没见过奶酪啦，面包也不够消除饥饿。一年前，我们自己人抢走了我们的马匹，现在德国佬又夺走了我们的牛、猪、鸡，一切一切都没了。”

“哦，他们付钱了呀。”

“难道我们能吃他们给的废纸吗？”

她哭了起来。

“你饿吗？”

“不，不饿。”她痛苦地说道，“我们能像国王一样吃上土豆、面包、萝卜和莴苣。明天，我父亲就去苏瓦松，看看能不能买点儿马肉。”

“听着，小姐。我不是个坏蛋。我要给你带点儿奶酪过来，或许我还能搞点儿火腿。”

“我不要你的礼物。我饿死也不会吃你们这些猪猡的食物，你们都是偷我们的。”

“到时看吧。”他悦然说道。

他戴上钢盔站起来，说了声“再见，小姐！”然后走了出去。

他不可以随便骑车到田野里快活兜风，只好等着派去出差时，才能再次赶到农场。十天后，他又像以前一样径直走进了农舍。这回，他看到农夫和他妻子都在厨房。大约中午时分，妇女在翻搅着炉上的饭锅。男人坐在餐桌旁。当他进来时，他们瞥了他一眼，但目光里没有丝毫惊讶。女儿显然把他要来的消息告诉他们。他们谁都没有开口。女人继续做饭，男人阴沉着脸，盯着桌上的油布。但这些都不能打消汉斯的勃勃兴致。

“你们好啊！”他笑嘻嘻地说道，“我给你们带来了礼物。”

他把随身带来的包裹打开，取出一大块格鲁耶尔奶酪，还有一块猪肉，和几罐沙丁鱼。妇女转过身来。他看到她眼睛里露出了贪婪的光芒，于是笑了。男人阴郁地看着这些食品，汉斯冲他灿烂地笑了笑。

“对不起！第一次来这里时发生了点儿误解。不过，你们本来不应该被打扰的。”

这时候，姑娘进来了。

“你在这里干什么？”她厉声叫道。接着，她的目光落在了他带来的食物上。她把食物一卷，朝他身上扔去。“快拿走，拿走。”

但她母亲一下子跳到前面来。

“安妮特，你疯了。”

“我不会要他的礼物的。”

“这是我们自己的食物，被他们偷去的。看看那些沙丁鱼，都是波尔多产的。”

妇女把东西捡起来。汉斯的蓝色眼睛带着些讥讽的笑意，看了看那个姑娘。

“安妮特是你的名字，对吧？好听的名字。你就不肯让你的父母得到一点儿食物？你说你们三个月没吃到奶酪了。我没找到火腿，我已经尽了最大努力。”

农夫的妻子把那块肉捧在手里，压在自己胸前。你可以感觉到，她很想吻它一下。泪水顺着安妮特的脸颊滑下来。

“丢人啊！”她痛苦地说道。

“哦，不要这样说。一点儿格鲁耶尔奶酪和一块猪肉，有什么丢人的。”

汉斯坐下来，点上一支烟，然后又把烟盒递给了老男人。农夫犹豫了一下，但香烟的诱惑力太大了，他根本无法抵御。他抽出一支，然后又把烟盒递了回去。

“留着吧，”汉斯说，“我有的是。”说着，吸了一口烟，然后从鼻孔里吐出一片烟云来。“我们怎么不可以做朋友呢？事情发生了，就没法更改了。战争就是战争，啊——你们懂我的意思的。我知道，安妮特是受过良好教育的姑娘，我希望她对我印象好一点儿。我期待我们能在苏瓦松多驻留些时间，这样我就可以不时地给你们带点儿东西过来，帮你们渡过难关。你们知道，我们也想尽可能跟城里的居民交朋友，但他们不愿意。我们从城里的街道走过时，他们都不愿正眼瞧我们。不管怎么说，那次我跟维里到这里来，只是个意外。你们不用害怕我，我会尊重安妮特，把她看作是我的亲生妹妹。”

“为什么你们到这里来？为什么不放过我们？”安妮特问。

他确实不知道为什么。他不想说是为了得到一点儿人类的友谊。弥漫在苏瓦松的那种沉默和敌对使他心烦意乱。所以，有时碰到一个对他视而不见的法国人，他很想冲上去把他击倒在地。他有时也会受到这种氛围的很大影响，几乎忍不住要痛哭一场。如果他有地方可去，而又受到欢迎，那就太好了。他说他对安妮特没有占有的欲望，他说的是真话。她不是他喜欢的那种女人。他中意的女人应该身材高挑、胸部丰满，像他一样拥有金黄头发和蓝色眼睛。他希望她们健壮而丰腴。安妮特身上的那股优雅他说不清是怎么回事，她好看但单薄的鼻子、黑眼睛，还有苍白、显得过长的脸——嗨，这个姑娘有些吓人！如果那天不是受到德国军队伟大胜利的刺激，如果他不是那样疲惫和兴奋，如果没有空腹喝干了那瓶酒，他根本不会对她产生那种念头，更不会做出那种事来。

接下来一连两周，汉斯都无法脱身出来。他把食物留在了农场，毫无疑问，那老头、老婆子会狼吞虎咽地把它们吃掉，至于安妮特吃没吃，他不得而知。如果他刚一转身，她就同其他人一起大吃特吃起来，他也不会感到惊讶。这些法国人当然不会拒绝别人白给的东西，他们都是些懦弱而颓废之人。她恨他，是的，老天，她怎么会恨他呢？猪肉、奶酪都是实打实摆在那里的。他很想念她，而她对他又是如此憎厌，这让他着急起来——以前，他是很有女人缘的。如果哪天她爱上了他，那就有意思了。他是第一个跟她有肉体关系的人。原先在慕尼黑喝酒时，同学们说，女人会爱上第一个跟她发生肉体关系者，然后就是爱情了。以前，只要他决心搞到哪个姑娘，是断然不会失手的。汉斯心里笑了笑，眼里发出狡黠的光。

终于，他又找到了机会前去农场。他带上奶酪、黄油、食糖、一罐香肠，还有一些咖啡，然后跨上摩托车出发了。不过，这一次他没见到安妮特，她和她父亲正在田里干活。老妇人一个人在院子里，看到他带来的包裹，整张脸都熠熠生辉起来。她把他带进厨房，双手颤抖着把包裹的绳子解开，当看到里面的东西时，她的眼里一下子充满了泪水。

“你真是个大好人。”她说。

“我可以坐一坐吗？”他彬彬有礼地问。

“当然可以。”她向窗外看了看。汉斯猜测，是她想证实一下安妮特有没有回来。“要我给你拿杯酒吗？”

“那我太高兴了。”

他头脑足够敏锐，一眼看出，对食物的贪婪使她至少愿意跟他搞好关系——即便算不上友好。她看向窗外的那一眼几乎使两人成了同党。

“我带来的猪肉你喜欢吗？”他问。

“棒极了。”

“下次来时我再多带些。安妮特喜欢吗？”

“你留下的东西她不愿碰，她说她宁愿饿死。”

“愚蠢。”

“我就是那样跟她说的。我说，反正食物在那里摆着的，不吃又有什么好处呢？”

他们的交流非常融洽，而汉斯不时地端起酒来呷一口。通过对话他听出来了，别人都叫她皮埃尔太太。他问家里还有没有其他成员。她叹了口气。没有了，原先有个儿子的，战争开始后应征入了伍，后来就死了。他不是被杀死的，而是得了肺炎，死在了南希医院。

“我很难过。”汉斯说。

“或许他死了比活着更好。他跟安妮特在很多方面都相似，战争失败带来的耻辱他是忍受不了的。”她又叹了口气，“哦，我可怜的朋友，我们被出卖了。”

“你们为什么为波兰人打仗呢？他们给了你们什么好处？”

“你是对的。如果我们让你们那位希特勒占领了波兰，他就不会到我们这里来了。”

汉斯站起身，说他会很快回来。

“我不会忘记带猪肉的。”

这时，汉斯好运降临了。他得到了一份工作，能让他一周两次前往附近的城镇。如此一来，他就可以多去几次农场了。他很小心，每次都不会空手而去，但跟安妮特的关系还是没有丝毫进展。为讨好她，他用尽了对付女人的所有小花招，但只是激起了她更多嘲笑。她绷紧了薄薄的嘴唇，脸上冷若冰霜，像看垃圾一样看着他。不止一次，她使他暴跳如雷，真想抓住她的肩膀把她掐死。一次他看到她一人在家，当她站起来要走时，他挡住了她。

“站住，我要跟你说话。”

“说吧。我是个女人，毫无反抗能力。”

“我想说的是——据我了解，我们将在这里驻扎很久。你们法国人的状况不会好转，而只能变得更糟。我会对你们有用的，你为什么不能像你父母那样理智些？”

没错，老皮埃尔的脑筋已经转过来了。你不能说他很热心——事实上，他很冷淡生硬，但待人还是客气的。他甚至请汉斯给他带些烟草过来，当汉斯拒绝收钱时，他会说声谢谢。对苏瓦松发生的消息，他也乐意听到，汉斯给他带来的报纸，他抓过来就看。汉斯本身就是一个农夫的儿子，能像行家一样谈论农家的事务。这是个不错的农场，不大不小，水源充足。有一条较宽的河流从中间穿过，还有可耕土地和牧场。老头哀叹道，农场没有劳力，没有肥料，牲畜都被牵走了，农场就要完蛋了。汉斯满怀同情地倾听着，深表理解。

“你问我为什么不能像父母那样理智？”安妮特说。

她把自己的衣服拉紧了，让他瞧自己的身子。他简直不敢相信自己的眼睛，眼前的情境让他感到从未有过的震动。血液一下子冲到了脸上。

“你怀孕了！”

她缩回到椅子里，双手抱住头，撕心裂肺般痛哭起来。

“真是耻辱啊，耻辱！”

他一下子跳到她面前，想把她揽在怀里。

“宝贝。”他叫道。

但她一下子站起来，推开了他。

“不要碰我。快滚，滚！你对我的伤害还少吗？”

她冲出了房间。汉斯一人坐在那里待了几分钟，不知所措起来。他慢慢地返回苏瓦松，头脑里思绪翻腾。上床后，他一连几小时都无法入眠，脑子里全是安妮特和她隆起的肚子——她可怜至极，坐在桌边几乎把眼珠子都哭出来了。她肚子里怀的可是自己的孩子呢。他开始感到困倦，突然又惊醒了，睡意全无——如同突如其来的毁灭一切的炮火一样，使他清醒，让他突然意识到——意识到：他爱上她了！事情如此让人惊讶，让人震惊，他简直不知如何是好。当然他对她想了很多，但都没想到这一点。他想的是，如果能让她爱上自己，那就是个天大的玩笑；假如她主动投怀送抱，而不是像上次让他采用暴力，那就是一场胜利。很长时间里，他都觉得她就是个普通的姑娘，跟其他姑娘没啥区别。她不是他喜欢那一类，不够漂亮，没什么特别之处。那为何突然间就对她有了这种奇特感觉呢？不是快乐，而是痛苦。他现在完全明白了：这就是爱情，他感受到了有生以来从未有过的幸福。他想拥抱她，想轻抚她，想吻她那双泪迹斑斑的眼睛。他想，他对她没有肉体欲望——像一个男人对女人那样，他只是想安慰她，想让她冲他微笑——奇怪，他从未见过她的微笑；他还想看到她的眼睛——那双美目，漂亮而充满柔情。

三天来，他一直无法离开苏瓦松。三天——三个白天、三个夜晚，他满脑子里都是安妮特和即将出生的孩子。三天后，他终于可以到农场去了，他要亲自见见皮埃尔太太。运气又一次降临到他的头上，还未到她家，就在路上碰到她了。她在树林里捡了一大捆柴火，正背着回家去。他把摩托车停下，他明白，她对他友好只是因为他带来了食物，不过他并不介意，她只要客客气气就够了——再说，只要他能带给他们食物，她的态度就不会变化。他对她说，他想跟她谈谈，让她把柴火放下来，她按照他的要求做了。这天天空灰蒙蒙的，有云，但不寒冷。

“安妮特的情况我知道了。”他说。

她吃了一惊。

“你怎么知道的？她决心不让你知道的。”

“她跟我说了。”

“都是你那天晚上干的好事！”

“我原先不知道，你们怎么不早点儿告诉我？”

她开始说起来，没有痛苦，甚至连指责他的意思都没有，就像发生的一场天灾，比如母牛因生牛犊死掉了，又像春天的严霜，毁掉了果树和庄稼。在这样的灾难面前，人类唯有逆来顺受，而别无他法。在那个可怕的夜晚后，安妮特在床上躺了好几天，发了高烧。他们以为她要疯掉了，一连数小时尖叫不止。请不到医生，村医也已应征入伍了。即使在苏瓦松，也只剩下两名医生，且都年事已高，就是派人去请，他们会来农场吗？而且他们是不许离开苏瓦松的。退烧后，安妮特仍病得太重，只能卧床。后来，她终于能下床了，但依然虚弱、苍白，显得楚楚可怜，打击太沉重了。一个月过去了，又一个月过去了，月经没来也没有注意，因为她过去就没规律。是皮埃尔太太首先怀疑出了问题。她问了安妮特一些情况，两人都吓坏了，但都不敢肯定，所以没有告诉皮埃尔。三个月后，已无须再去怀疑——安妮特怀孕了。

他们家有一辆旧“雪铁龙”汽车。战前，皮埃尔太太每周两个上午，会开着车载着农产品到苏瓦松卖掉。但自从德国人占领苏瓦松以来，他们已没有东西可卖，也就无须前去了。汽油几乎难以买到。不过，他们现在又把车开出来，向城里驶去。路上见到的都是德国军车，德国士兵在街上到处闲逛。满街都是德国的招牌，公共建筑上贴着德军统帅部签署的法文公告，许多商店已关门大吉。她们找到了所认识的一个老医生，他证实了她们的猜测，但他是个虔诚的天主教徒，无法提供帮助。两人啜泣起来，医生耸了耸肩。

“这种事也不止你们一个，”他说，“听天由命吧。”

她们还认识另一名医生，便去找他。她们按响了门铃，好久没人应答。最后，一个愁眉不展的黑衣女子把门打开了。当听说她们是来看医生的，便开始哭起来。医生被德国人抓走做了人质，因为他是互济会成员。德国军官们常去的一家咖啡店发生了爆炸，两名军官被炸死，几名受伤。如果限期内不把罪犯交出来，他就要被枪决。那个女子看起来很是和善，皮埃尔太太便把自己的不幸告诉了她。

“这些畜生！”她说。她同情地望着安妮特：“可怜的孩子。”

她把城里一名助产士的地址交给她们，并让她们跟助产士说，她们是从她这里过去的。助产士给她们开了些药。药物让安妮特痛苦欲死，但除此外，便没什么效果，她肚子里的孩子还是好好的。

这就是皮埃尔太太讲给汉斯听的事情的前后过程。汉斯沉默了一会儿。

“明天周日了，”他接着说道，“我没什么事做，我再来，咱们谈谈。我还会带好东西过来。”

“我们没有缝衣针，你能给我们带点儿吗？”

“我试试吧。”

她又把那捆柴火背起来，步履艰难地往回走，汉斯回到了苏瓦松。第二天，他不敢骑摩托车，便雇了辆脚踏车。他把食物捆在车架上，这次的包裹比往常大，因为里面放了瓶香槟。到农场时，已是夜幕四合时分，全家人肯定都从田里回来了。皮埃尔太太正在做饭，她的丈夫在读《巴黎晚报》，而安妮特在补袜子。

“瞧，我给你们带了几根针，”他把包裹解开，说道，“这些布料是给你的，安妮特。”

“我不要。”

“你不要？”他咧着嘴笑了，“你该给孩子准备点儿东西了。”

“那是对的，安妮特，”她母亲说，“我们什么都没有。”安妮特仍在补袜子，头都没抬。皮埃尔太太那贪婪的目光扫了一遍包裹里的东西：“一瓶香槟？”

汉斯咯咯地笑起来。

“我马上告诉你香槟有什么用，我有个想法。”他犹豫了一下，然后拉过一把椅子，坐在安妮特面前，“我不知从何说起。安妮特，那天晚上发生的事，我感到抱歉。但也不是我的错，是当时的环境造成的。你能原谅我吗？”

她用仇恨的目光扫了他一眼。

“永远不会。你为什么还不放过我？你把我的一生都毁了，难道还不够吗？”

“啊，那倒也是。不过，或许我没有毁了你吧？当我听说你要生孩子时，我开始觉得好玩儿，不过现在不一样了，它让我感到自豪。”

“自豪？”她激烈嘲弄道。

“我希望你把孩子生下来，安妮特。我很高兴你没把孩子打掉。”

“你怎么敢这样说？”

“听我说。自从知道这件事后，我再没考虑别的。六个月后战争就要结束了。明年春天，我们就能让英国人投降，他们已经没机会啦。到时我就退役，跟你结婚。”

“你？为什么？”

他褐色的面皮涨得通红，已无法用法语把意思表达清楚。于是，他就用德语说了，他知道她能懂。

“Ich liebe dich.”

“他在说啥？”皮埃尔太太问。

“他说他爱我。”

安妮特向后仰了仰脖子，发出刺耳的狂笑声。她笑得越来越响，无法遏制，泪水从眼眶里滚滚而出。皮埃尔太太狠狠地拍了拍她的两个面颊。

“你不要在意，”她对汉斯说，“这是歇斯底里症，她的情况……你知道。”

安妮特喘了口气，安静了下来。

“我带来一瓶香槟，是用来庆祝我们订婚的。”汉斯说。

“还有什么比这更让人痛苦的？”安妮特说，“我们被一群傻瓜打败了，这样的傻瓜。”

汉斯继续用德语说道。

“我原先并不知道我爱你，直到那天发现你要生孩子了才意识到。这件事发生得太突然了，如电闪雷鸣一般，不过我相信我是一直爱着你的。”

“他说啥？”皮埃尔太太问。

“没什么重要的。”

他又开始讲法语。他想让安妮特的父母听到他在说什么。

“我现在就想同你结婚，只是他们不允许。不要以为我啥都不是。我父亲颇有钱财，在我们那个市镇，我们家的名声也很好。我是家里的长子，你以后什么都不会缺。”

“你是天主教徒吗？”皮埃尔太太问。

“是的，我是天主教徒。”

“这很重要。”

“我们所住的乡下，风景优美，土壤肥沃，从慕尼黑到因斯布鲁克，再没有比我们家更好的耕地了，以后那就是我们的。农场是我祖父在七十年战争[①]后购买的。我们有一辆汽车、一台收音机，还有一部电话。”

安妮特转向父亲。

“这位先生有着全世界的智谋。”她大声挖苦道。她看着汉斯，说：“我

① 指1870—1871年间的普法战争。

的地位不错呀——一个被征服国家的外国女人，还带着一个私生子。这是给我一个获得幸福的机会，是不是？一个千载难逢的好机会。”

皮埃尔是个沉默寡言的人，终于第一次开了口。

“不可以啊。我不否认，你的表态是好的。上次大战我也参加了，我们也都干了些和平时代不会干的事。人性就是如此。现在的问题是，我们的儿子已经死了，安妮特就是我们的一切。我们不能让她走。”

“我已料到你们会有这样的想法，”汉斯说，“我已经想到办法了：我可以留下来。”

安妮特飞快地扫了他一眼。

“你什么意思呢？”皮埃尔太太问。

“我还有个弟弟，他可以留在家里帮助父亲。我喜欢这里。一个精力充沛、创造力旺盛的人在这个农场是可以有番作为的。战争结束后，会有大量德国人定居于此。大家都知道，法国劳力不足，无法耕种土地。前几天有人在苏瓦松给我们作报告时提到，由于人手不足，法国三分之一的土地都已荒芜了。”

皮埃尔和妻子交换了下眼神。安妮特明白，他们动摇了。自从儿子死后，他们一直想招赘一个身强体壮的女婿。等到他们老了，除了闲逛而做不了任何其他事情的时候，他就可以把农场接管过去。

“要是那样，情况就不同喽，”皮埃尔太太说，“这个建议倒是可以考虑一下。”

“住嘴！”安妮特粗暴喊道。她向前探了探身，用一双喷着怒火的眼睛盯着德国人。“我已经跟城里男生学校的一名同事订婚了，战后我们就要结婚。他没有你健壮、高大，也没有你帅气，他是个矮小瘦弱的人。他的美全在于闪烁在脸上的智慧，他的力量全来自于灵魂的伟大。他不是个野人，相反，他是个有修养的人，背倚着人类一千年的文明成果。我爱他，全身心地爱着他。”

汉斯的脸阴郁下来。他从没想到安妮特已经心有所属了。

“他在哪呢？”

“你以为他在哪里？在德国。一个俘虏，快要饿死了，而你们却在大肆吸吮着这片土地的脂膏。我跟你说过多少次了我恨你！你要我原谅你，绝无可能。你竟还想进行补救，你个蠢货！”安妮特仰了下脖子，脸上显得极其痛苦，“我被毁了啊。哦，他会原谅我的，他是个温柔的人。但哪天他会不会怀疑我没有被强迫呢——而是为了黄油、奶酪和丝袜而出卖了自己？一想到此，我就痛不欲生。碰到这种事的，我不是唯一的一个，但我和他之间有这样一个孩子，一个德国孩子，生活会怎样呢？他跟你一样高大，金发像你，蓝眼睛也像你。哦，上帝，为什么我要遭这些罪？”

她站起身，飞快跑出了厨房，剩下的三个人一时间陷入了沉默。汉斯沮丧地望着那瓶香槟，叹了口气，然后站起身来。皮埃尔太太陪着他走了出去。

“你说要跟她结婚，当真吗？”她小声地问。

“是的，千真万确。我爱她。”

“不把她带走？留这里干活？”

“我保证。”

“事情明摆着的，我那老头不可能永远活着。在你家，你得跟你弟弟分割财产，在这里，全是你的。”

“情况也倒是。”

“我们一直不赞成安妮特跟那个教师结婚，可我们的儿子那时还活着，他说姐姐既然想嫁给他，有什么不可呢？安妮特对他非常迷恋。不过，现在我们儿子死了——可怜的孩子，情况就不一样了。即使她想经营好农场，一个人怎么能行呢？”

“假如要把农场卖掉，那人就丢大了。我懂得一个人对自己土地的那份感情。”

他们上了大路。她抓住他的手，紧紧握了一下。

“尽快再来呀！”

汉斯知道，皮埃尔太太现在站在了自己这一边。一想到此，他在骑车返回苏瓦松的路上就感到一阵阵安慰。安妮特爱上了别人是个麻烦，幸运的是，那人只是个俘虏。远在他被释之前，小孩子可能就已出世了。这也许会让她发生改变，女人嘛，你永远都说不清。是呦，在他们那个村庄，曾有一名女子，爱自己的丈夫几乎到了可笑的地步，不过在她生了孩子后，就再也不愿见到他。那么，相反的情况为何不能发生呢？现在，自己主动提出跟她结婚，她一定明白他是个正派人。老天，她向后仰头的那一瞬间，看起来是多么可怜哪！她的话语如此动听，语言那样优美！舞台上的女演员也不能比她说得更好，而且她说的话听起来是那样流畅自然。你得承认，这些法国人懂得怎样说话。啊，她真是个聪明人，即使用尖刻的语言讥讽他时，听起来也让人舒心。他自己所受的教育也不差，但跟她远远不能相比。文化——这是她说的。

“我真是头蠢驴。”他一边骑车，一边大声叫起来。她说过自己高大、强壮、帅气，如果这些对她来说无所谓，为何还要说呢？谈到婴儿时她也提到，婴儿会跟他一样：金黄头发、蓝色眼睛。他敢打赌自己的长相一定给她留下了深刻印象，要不然，他就是个傻瓜！他咯咯地笑起来。“我要慢慢来，需要耐心，让一切水到渠成好了。”

几周过去了。苏瓦松的驻军司令是个上了年纪的人，为人随和。鉴于来年春天的军事任务，他同意不要对属下过于苛求。德国报纸报道说，德国空军正在给英国以毁灭性打击，现在整个英国都人心惶惶。德军潜艇将大批的英国舰只击沉。这个国家已经陷入饥荒之中，革命随时都会爆发。夏季到来时，战争就将结束了，到时德国人会成为全世界的主宰。汉斯给家里写信，告诉父母他要跟一个法国姑娘结婚了，她家有一个不错的庄园。他建议弟弟借点儿钱把属于他那份的家产买过去，这样，他就可以用这笔钱扩大自己的庄园，因为战争和汇率的缘故，这个时候可以买到更为廉价的土地。他和皮埃尔绕着农场转了一圈，当他说出自己的想法时，老人静静地听着。他说，农场必须得重新补给，作为一名德国人，他是有些路子的；拖拉机太旧了，他可以从德国弄台新的，另外，还需要一台机动犁。要想农场多产，必须要利用好现代化的发明。皮埃尔太太后来告诉他，她丈夫说他是个不错的小伙子，看起来懂得不少。现在，她对汉斯非常友好，每逢周日都一再要求他跟他们一起共进午餐。她还把他的名字译成了法文，称他为“让”。他随时乐于提供帮助，身边有这样一个不介意干苦活累活的人太有用了，因为以后随着时间推移，安妮特能干的活会越来越少。

安妮特仍对他强烈敌视。除了回答他直接的问话外，从不跟他讲话，而且一有可能，就立马回到自己的房间去。当天气变得寒冷，无法待在房间里，她就在厨房的炉子旁坐下，做些针线活或者读点儿书，根本不看他一眼，仿佛他不存在一般。这时的安妮特身体康健、容光焕发。脸上也恢复了血色，在汉斯眼里，她是那样美丽。产期的临近使她身上愈来愈散发出一种奇特的尊贵气息，汉斯睁大了眼睛看着她，内心掀起一阵阵狂喜。后来一天，在去农场的路上，他看到了皮埃尔太太在跟他招手，要他停下来。他用力刹住了车。

“我等你一小时了，以为你再不来了呢。你回去吧，皮尔死了。”

“皮尔是谁？”

“皮尔·加文，安妮特要嫁的那个教师。”

汉斯的心狂跳起来。造化呀！现在，他终于等到机会了。

“她难过吗？”

“她现在不哭了。我想劝劝她，她对我大发雷霆。要是她今天看见你，会一刀捅了你。”

“他的死又不是我的错。你们怎么知道的？”

“一个俘虏，也是他的朋友，逃到了瑞士，他给安妮特写了封信。今天早上，我们收到这封信的。因得不到足够的食物，集中营里的俘虏发生了暴动，带头者都被枪毙了，皮尔是其中一个。”

汉斯没有说话。他只能觉得这个人是罪有应得。他们把战俘营想象成什么了——豪华宾馆吗？

“给她留点儿时间，让她从打击中慢慢走出来吧。”皮埃尔太太说，“等她平静些后，我再跟她说。到时我会给你写信，告诉你什么时间再来。”

“好的。你会帮助我的，对吧？”

“你放心好了。我丈夫和我，我们都同意了。我们已经商量过，得出的结论是我们必须得接受现实。我的丈夫，他不是傻子，他说法国目前最好的机会就是跟德国人合作。总之一句话，我不讨厌你。我不认为你做安妮特的丈夫会比那个教师差。再说，那个孩子也快出生啦。”

“我希望他是个男孩。”汉斯说。

“会是男孩的，我敢肯定。我从咖啡渣子的样子就看出来了，我还用纸牌算过，每次都是男孩。”

“我差点儿忘了，给你带来几份报纸。”汉斯把摩托车倒过来，正准备骑上去，突然说道。

他递给她三期《巴黎晚报》。老皮埃尔喜欢每天晚上读读报纸。报上说，法国人必须得承认现实，接受希特勒在欧洲即将建立起来的新秩序。还说，德国潜艇在大海上无可阻挡，横扫一切；德军总参谋部为发起一次大的战役已经做好了最充分的准备，最终将使英国屈膝投降；美国人毫无备战，而且历来软弱，分裂严重，不可能驰援英国。他还读到，法国必须抓住此天赐良机，通过跟德国忠诚合作，在新欧洲重新获得荣耀和地位。这些东西根本不是德国人，而是法国人写的。当他读到，法国的富人和犹太人将被消灭，穷人会迎来自己的辉煌，他点了点头。他们还说，法国本质上是个农业国，必须主要依靠勤劳的农民。说得好呀，那些聪明的家伙！是的，非常正确。

获悉皮尔·加文死讯十天后的一个傍晚，就在一家人晚饭行将结束时，皮埃尔太太按照事先跟丈夫商量好的，对安妮特说：

“前几天我给汉斯写了封信，叫他明天到我们家来。”

“谢谢你的提醒。我会待在我的房间里。”

“哦，不要这样，孩子，别再犯傻了。你得现实些。皮尔已经死了。汉斯喜欢你，想跟你结婚。他长相不错，哪个姑娘若能嫁给他都会感到自豪的。没有他帮忙，我们怎样重建农场呀？他打算自己掏钱购买一台拖拉机和耕犁。过去了的事情你不能揪住不放。”

“你在白费唇舌，妈妈。以前我可以养活自己，现在也可以。我恨他，我恨他的虚伪和狂妄。我可以杀掉他，但他的死不足以让我满意。我要像他折磨我一样折磨他。如果我能找到一个办法让他受到伤害，如同他伤害我一般，我就是死了也高兴。”

“你太糊涂了，我可怜的孩子。”

“你妈妈说得对，我的女儿，”皮埃尔开口道，“我们被人打败了，就得必须接受现实。跟征服者我们要尽量处好关系。我们比他们聪明，如果把一切处理好的话，我们是有出头之日的。法国是腐烂堕落了，那些犹太人和有钱人毁掉了这个国家。看看这些报纸，你就明白了！”

“你认为我会相信上面任何一个字吗？这家报纸已被德国人收买过去了，要不，他会带给你看？写那些文章的人——都是卖国贼、卖国贼。啊，上帝呀！希望我能活到那一天，看着这些混蛋被民众撕成碎片。收买呀，收买呀，把他们每个人都收买了——用德国人的钱。这群猪猡！”

皮埃尔太太恼怒起来。

“你为什么要反对那个小伙子？他强迫了你——没错，但当时他喝醉了呀。女人碰上这种事不是第一次了，也不是最后一次。他打了你父亲，打得他满脸是血，可你的父亲还恼恨他吗？”

“这是个不愉快的小事故，我已经忘了。”皮埃尔说。

安妮特尖声狂笑起来。

“你该去做个神父，用你纯粹的基督教精神去宽恕伤害过你的人。”

“那有什么过错呢？”皮埃尔太太怒道，“难道他没有尽力补偿吗？假如不是他，你父亲这几个月来怎么能抽到烟？如果说我们没有挨饿，那也是多亏了他。”

“要是你们还有尊严，还有廉耻感，就应把礼物甩到他脸上。”

“你也从中受益很多，不是吗？”

“没有，从来没有。”

“你在说谎，你明白的。你不吃他带来的奶酪、黄油和沙丁鱼。但汤你喝了，我把他带来的肉放汤里了；还有你今晚吃的色拉，你不用干吃，那是因为他带来的油。”

安妮特深深地叹了口气，用手抹了抹眼睛。

“我知道的，我也不想吃，但我无法遏制自己，我饿极了。是的，我知道汤里放了他带来的肉，我还是吃了。我也知道色拉是用他的油拌的，我想拒绝，但我如此渴望。那不是我吃的，而是我肚子里快要饿坏了的畜生吃的。”

“反正都一样，你是吃了。”

“我是在耻辱、绝望中吃的。他们用坦克、飞机剿杀了我们的力量，现在我们手无寸铁了，他们又用饥饿来摧毁我们的意志。”

“孩子，做戏有什么用。你是受过教育的人，却一点儿也不理智。忘掉过去吧，让你的孩子有个爸爸，再说，他是个农场好手，顶得上两个雇工。这样做方才明智。”

安妮特厌倦地耸了耸肩，三个人陷入了沉默。第二天，汉斯到了。安妮特阴沉着脸看了他一眼，既没有说话，也没走开。汉斯笑了。

“谢谢你没有跑开。”他说。

“我的父母让你来的，他们到村子里去了。这对我倒合适，因为我正想跟你把话说清楚。坐吧。”

“我父母想让我嫁给你。你很聪明，用礼物和承诺，把他们收买了过去。你那些报纸里的东西他们全信。我跟你说吧，我永远都不会同你结婚。我从没想过恨一个人会像恨你那样深。”

“我还是说德语吧。你能懂我说的是什么。”

“我应该可以听懂。我教过德语。我曾在斯图加特给两个小女孩做家庭教师，教了两年。”

汉斯开始讲德语，安妮特接续说法语。

“我不仅爱你，还欣赏你。我欣赏你的与众不同和优雅大方。你身上有些东西我看不懂。但我尊敬你。啊，我看出来了，即使现在有可能，你也不会嫁给我。不过，皮尔已经死了呀。”

“不许你提他，”她粗暴地叫道，“那已经让我忍无可忍了。”

“我只想告诉你，为了你的缘故，我对他的死感到难过。”

“被德国看守残忍地射杀了。”

“或许过些时日，你对他的悲伤就能减轻。你知道，当所爱的人死去后，一般人都认为你永远无法从悲痛里走出来，但你终究会的。再说，让孩子有个父亲不是更好吗？”

“就是没有别的事发生，你认为我会忘了你是个德国人，而我是个法国女人？假如你比那些蠢笨的德国人稍微强那么一点点，你就该明白，只要我活在世上，这个孩子就是我的耻辱。你认为我没有朋友吗？带着个德国士兵的孩子，我如何面对他们？我只求你一件事：让我一个人来承受耻辱吧，你走吧，走吧——看在上帝的分上，赶紧走，再也不要回来。”

“但他也是我的孩子呀！我需要他。”

“你？”安妮特惊叫起来，“一个醉酒后的野蛮行径带来的私生子，对你能意味着什么？”

“你不知道。我有多么自豪和快乐。当我听说你要生孩子的那一刻，我才知道我是爱你的。一开始，我不敢相信，因为这件事太让我吃惊了。你难道不明白我的意思吗？那个即将出生的孩子对我来说就是世上的一切。哦，我不知道该如何表达；他让我在心中产生了一种新的情感，我自己都不明白。”

她直视着他，眼睛里闪烁着奇特的光芒——你可以把它叫作胜利之光。她笑了几声。

“对你们德国人，我不知道我更憎恨你们的残忍呢，还是更鄙视你们的多愁善感。”

他似乎没听到她说的话。

“我一直在想着他。”

“你肯定是个男孩吗？”

“我知道他是个男孩。我想把他抱在怀里，我要教给他怎样走路。当他长大一点，就把我所知道的一切都教给他，教他怎么骑马，怎么射击。你们那条河里有鱼吗？我还可以教他钓鱼。我将成为全世界最自豪的父亲。”

她用非常、非常冷漠的眼神盯着他，面部僵硬而冷峻。一个念头、一个可怕的念头正在她头脑中形成。

他冲她亲切地笑了笑。

“或许当你看到我多么喜欢咱们的孩子后，你就会慢慢地爱上我。我要做你的好丈夫，我的宝贝。”

她没有作声，只是沉着脸盯着他。

“你就不能跟我说句好听的话吗？”他问。

她的脸涨红了，两手紧紧地扣在一起。

“别人可以轻视我，但我不会做任何事情让自己轻视自己。你是我的敌人，永远都是。我活着只是希望看到法国得到解放，会解放的，或许不是明年、后年，甚至三十年内都不会，但终究会的。别人想做什么就做什么，但我不会跟我们国家的侵略者和解。我恨你，也恨你让我怀上的这个孩子。没错，我们被打败了，但最终你会发现我们并未被征服。现在你走吧。我主意已定，世上没有任何东西能改变它。”

他沉默了一两分钟。

“安排好医生了吗？我来付费。”

“你认为我们想让乡里每个人都知道我们的耻辱吗？一切由我母亲照

料就够了。”

“但假如出现意外呢？”

“假如你少管闲事吧。”

汉斯叹了口气站起身来，然后走出房间，并随手把身后的房门带好了，安妮特望着他走上那条通往大路的小径。她愤怒地意识到，他的某些话在她心中激起了她对他从未有过的一种感情。

“哦，上帝，给我力量吧。”她叫喊道。

汉斯正往前走着，突然，安妮特家里那条老狗，那条喂养了多年的老狗冲上去向他狂吠。几个月来，他曾试图跟这条狗交上朋友，但对他的示好，狗一概置之不理。当他试着拍拍它时，它就会后退几步，对着他龇牙咧嘴，咆哮不止。现在，狗又向他冲过来，正处于烦躁和沮丧之中的汉斯，对着它狠命地踢了一脚。狗被踢到了灌木丛里，然后瘸着腿尖叫着跑了。

“畜生。”她叫道，“谎话，谎话，全是谎话！我心肠太软啦，差点儿就要同情他。”

房门的一侧挂着一面镜子，安妮特看了看镜中的自己。她再向前靠近了些，冲着自己的影像笑了笑，但镜中显现的不是笑容，而是一副痛苦的怪相。

三月份了，苏瓦松的德国驻军开始忙碌起来。有上级前来视察，还有紧张的军事训练。流言满天飞。毫无疑问，他们就要开拔到某地了，但至于开到哪里，普通士兵们只是猜测而已。有人认为他们已做好了入侵英国的最后准备，有人说他们将被派往巴尔干半岛，还有人提到了乌克兰。汉斯也一直在忙。到了三月第二个周日的下午，他才得以抽身去了农场。这是个寒冷的冬日，天上灰蒙蒙的，连雨夹雪地下着，看来只要突然刮上一阵寒风，一场降雪就要来临。乡村冷冷清清，了无生机。

“你！”他刚一进去，皮埃尔太太就喊起来，“我们还以为你死了哪！”

“这些日子，我来不了。现在我们随时都会开走，但不知具体时间。”

“孩子今天早上生了，是个男孩。”

汉斯的心猛跳起来。他张开双臂抱住了老妇人，吻了她两个面颊。

“周日生的孩子，他应该是有福气的。咱们打开香槟庆祝一下。安妮特怎么样？”

“她很好，没有任何意外，生得很顺利。她昨天晚上出现阵痛，到今天早上五点就生下来了。”

老皮埃尔正紧靠火炉坐着，抽着烟管。看到这个年轻人的兴奋劲儿，他轻声笑了。

“生第一个孩子，对人的影响很大哟。”他说。

“孩子头发浓密，金黄色的，跟你一样；眼睛也跟你说的一样，是蓝色的，”皮埃尔太太说，“我从没见过这么可爱的孩子。长大了一定跟他爸爸一模一样。”

“啊，上帝，我太幸福了！”汉斯大声说道，“这个世界多么美好！我想去看看安妮特。”

“不知她愿不愿意见你。我不想让她心烦，以免影响奶水。”

“别，别，不要因为我的缘故，让她不开心。如果她不想见我，没关系。不过，让我看看孩子吧，就一分钟。”

“我想想办法，尽量把他抱下楼来。”

皮埃尔太太出去了，他们听到她迈着笨重的步子上了楼梯。过了一会儿，又听到她咔嗒咔嗒地下来了，然后一下子冲进了厨房。

“她和孩子都不在，她没在自己的房间。孩子不见了。”

皮埃尔和汉斯大叫起来。三人来不及多想，都慌里慌张奔上楼去。冬日下午刺目的阳光照在破旧的家具上，照在铁床上，照在廉价的衣橱和五斗柜上，一副脏乱、凄凉的景象。房间里没有一个人影。

“她去哪了呢？”皮埃尔太太尖叫着。她跑到狭窄的走廊，打开一扇扇门，喊着安妮特的名字。“安妮特，安妮特！啊，真让人急疯了！”

“或许在起居室吧。”

他们跑到楼下闲着未用的起居室。当打开房门时，一股冷气扑面而来。他们又打开了储藏室。

“她出门去了，坏事了！”

“她怎么能出得去？”汉斯不安地问。

“从前门出去的，你个傻子。”

皮埃尔走过去看了看。

“对的。门闩拉开了。”

“啊，上帝，上帝呀，真是疯了，”皮埃尔太太喊叫道，“那会要了她的命的。”

“我们必须得去找他。”汉斯说。他下意识地跑到厨房，因为那里是他出出进进经过的地方，其他人也跟了过去。“哪条路？”

“到河边去。”老妇人喘着气说。

他突然停了下来，恐惧让他一下子变成了石头人。他盯着吓呆了的老妇人。

“我害怕，”她叫道，“我害怕。”

汉斯猛地打开了门，就在这时，安妮特走了进来。她只穿着睡袍和一件单薄的人造丝晨衣。晨衣是粉色的，带着些浅紫色的花。她全身水淋淋的，头发蓬乱，湿漉漉地贴在头上，一绺一绺地从肩膀上耷拉下来。她的脸色死一般惨白。皮埃尔太太扑过去，把她抱在怀里。

“你去哪了？我可怜的孩子，你全身湿透了。真是疯了。”

但安妮特把她推开了。她看着汉斯。

“你来得正是时候，你。”

“孩子呢？”皮埃尔太太叫道。

“我必须马上动手。我害怕再等一下就没勇气了。”

“安妮特，你干了什么？”

“我干了我该干的。我把他带到河边，放进水里，直至淹死。”

汉斯号啕大哭起来，那哭声像一头受伤欲死的野兽发出的狂叫。他双手捂住脸，像一个醉汉一样踉跄着跑出了房间。安妮特倒在椅子里，用双拳撑住前额，撕心裂肺地痛哭起来。

潜　　逃

我一向确信，一旦一名女子下定了决心要嫁给一个男人，那么使男人幸免于难的唯一方法，就是立刻逃之夭夭。但事情总有例外。我曾有一个朋友，眼瞅着这一不可避免的厄运即将令人胆战心惊地降临于面前，于是乎，他从一港口登上了客轮一走了之（行李囊里仅带了一把牙刷，因为他十分清楚自身面临的危险和这次紧急行动的必要性）。他花了整整一年的时间在世界各地游荡。一年过去了，他认为自己已经安然无事（女人是变幻无常的，他说，十二个月的光阴足以让那个女人把他忘个干净）。不过，当他返回最初离开的那个港口时，在码头上他看到第一个向他欣欣然招手的，还是那个他躲避、逃离一年之久的娇小女人。在此类情境下唯一能够脱身而去的，我仅认识一人，他叫罗杰·查林。跟露丝·巴罗陷入爱河时，罗杰已不再年轻，因而有了足够的经验让自己谨慎行事，但露丝有一种与生俱来的让男人乖乖就范的天赋（抑或称作素质？）。正是靠着这一点，她将罗杰所拥有的常识、审慎，还有世俗智慧统统降服，他整个人就像九柱戏中的一排木柱噼里啪啦倒下了——这就是让人怜悯的天赋。当过两次寡妇的巴罗夫人，有着一双黑漆漆的美目。我从未见过如此令人动容的眼睛，似乎每时每刻都有泪水要夺眶而出；这双眼睛让人觉得，这个世界对她来说，有着无法承受之重——你能感受到这一点。哦，可怜的人儿，她的不幸遭遇是任何人都无法忍受的。假如你像罗杰·查林一样，是个身强体壮的人，又有的是钱，你几乎无可避免地会想到，我一定要帮助一下这个孤独无依的小女人，让她远离那些人生的苦难。啊，如果能帮她把那双可爱大眼睛里的忧伤除去，那该多好！通过从罗杰那里得来的信息，我能猜测到，每个人对待巴罗夫人都非常恶劣。她显然是那种最倒霉的人，没有一件事情是顺利的。如果她结婚，丈夫会打她；如果聘用经纪人，经纪人会骗她；如果雇佣一个厨师，厨师做的饭菜则会让她想喝醉。她所有珍爱的那些人，一个个都离她而去了。

罗杰跟我说，他最后劝服了她同意跟自己结婚，我祝他快乐。

“我希望你们能成为好朋友，”他说，“她有点儿怕你，你知道——她认为你这个人太冷淡。”

“真没想到。我不明白她怎么会这样想。”

“你真的喜欢她，是吧？”

“很喜欢。”

“她有段时间过得非常艰难，可怜人儿。我极其为她难过。”

“是不容易。”我说。

我了解的还要多。我知道她是个愚蠢的女人，工于心计，而且还是个冷酷无情的人。

第一次跟她见面时，我们一起打了桥牌。她曾是我的搭档，但两次动用王牌把我最好的牌干掉了。打牌过程中，我表现得像个天使，但我不得不承认，如果有人眼睛里盈满了泪水，那个人只能是我，而不是她。晚上结束时，她输给我一大笔钱，她说会寄支票给我，但根本没寄。我只能想，下次见面时，带着可怜巴巴的表情的不是她，是我。

罗杰把她介绍给自己的朋友，送她漂亮的珠宝，带她到这里、那里——没有不去的地儿。他们宣布婚礼将在不久后举行。罗杰感到非常快乐，他是在做一件好事，同时也是他喜欢的事。这个情况非同寻常，可以毫不奇怪地说，他是对自己的做法更满意些，而没有考虑两人是否完全适合。

但突然间，他就抽身而退了，原因不得而知。不大可能是他厌倦了她的说话方式，因为她根本就不同人交流，或许只是——她那悲惨的表情已不能触动他的心弦。他的眼睛又睁开了，又重新成为了过去那个精明之人。他心里跟明镜似的，露丝·巴罗是下定了决心要嫁给他，但他庄严赌誓说：任何东西都不能诱惑他跟露丝·巴罗结婚。不过他的处境有些窘迫。现在，他重新掌握了自己的判断力，清楚地看到过去交往的是一个什么样的女人；他也明白，如果他请她主动放手的话，她一定会以自己的迷人方式去无限拔高所受到的情感伤害。再说，对一个男人来说，抛弃一个女人总是让人尴尬的，人们会倾向于认为他的行为有失检点。

罗杰决定保守自己的秘密。无论在言辞上还是姿态上，他都不让自己表现出对露丝·巴罗任何的情感变化。对她的心愿他仍然留意，他带她到饭店吃饭，两人一起出去玩耍，他送她鲜花，他依然令人愉快、魅力十足。他们决定，一旦找到适合自己的房子就立马结婚。之前他住的是单人套房，而她住的是带有家具的房子，他们决定找一处合意的住宅。代理商寄给罗杰一些看房券，他带着露丝看了几套房子，但找到十分满意的房子很难。罗杰向更多的代理商提出了申请。他们看了一座又一座房子，看得甚是仔细，从地下室里的酒窖，到房顶下面的阁楼。有的房子太大，有的又太小了；有的离闹市太远，有的又太近了；有的过于昂贵，有的需要太多的修补；有的通气不佳，而有的室内风速过大；有的光线过暗，有的则一点儿遮蔽都没有。罗杰总能找到房子的毛病，不能购买。当然，要让他这个人感到满意是困难的，他怎么能忍心让亲爱的露丝住在一套不完美的房子里呢？完美的房子是需要找的。找房是个累人活儿，又让人烦心。不久，露丝开始焦躁起来。罗杰请她耐心些——在某个地方肯定有一套房子正是他们所渴望的，只需要再坚持一下，就一定能找到。他们找了几百套房子，爬了几千段楼梯，看过了难以尽数的厨房。露丝精疲力竭，不止一次动了肝火。

“如果你不能尽快找到房子，”她说，“我会再考虑我的想法的。哎呀，你老是这样，我们多少年也结不了婚。”

“不要说这样的话，”他回答，“我求你再耐心些。我刚刚收到一批全新的房源，都是最近听说过的代理商提供的。他们手里至少有六十套房子。”

两人又开始了新一轮的求购，看的房子越来越多。他们找了两年啦！

露丝的话越来越少，不时流露出轻蔑，她凄楚美丽的眼睛又增添了愠怒的神色。人类的忍耐是有限度的，巴罗夫人有着天使般的耐心，但最终还是抗议起来。

“你到底想不想跟我结婚？”她问他。

她的话语里有一种不熟悉的强硬，但对他没有影响，他的回答仍温文尔雅。

“啊，当然会的。我们一找到房子就结婚。顺便告诉你，我刚听说有个房子，很适合我们。”

“我感觉不舒服，再也不想看什么房子了。”

“可怜的宝贝儿，恐怕是你太累了。”

露丝·巴罗病倒在床。她不愿再看到罗杰，罗杰倒是乐意前去她的住所看她，并给她带去鲜花。他像往常一样勤勉有加、殷勤备至。每天，他给她写信，告诉她刚听说的房子。一星期过去了，罗杰收到了下面的信：

罗杰：

我认为你并没有真心爱我。我遇到了一个人，他愿意照顾我，我今天就同他结婚。

露丝

他让专门送信人给她带去了回信：

露丝：

你的来信让我心碎，我永远都不能从这个打击中走出来，不过，你的幸福当然是我要首先考虑的。我给你寄去七张看房券，都是今天早上邮来的。我敢肯定，你一定能从中找到最适合你的房子。

罗杰

审 判 席

还没轮到自己，三个人耐心地等待着。对他们而言，“耐心”算不上新鲜东西，因为他们已坚定地践行了三十年。为了这一刻，他们在自己的人生里准备了太久，一直在期待着最后审判的到来。即便对自己没有信心——因为在这样一个庄重的场合，信心可能会用错地方，无论如何，他们怀有希望和勇气。他们穿过了海峡和狭窄的小径，鲜花盛开的罪恶之源这时迷人地展示在他们面前。三人虽然肝肠寸断，但他们高昂着头，抵御住了诱惑。现在艰难的旅行已经结束，他们期待着得到回报。三人无需说话，因为彼此的想法大家都是清清楚楚，他们的心里除了共同的欣慰，还有感激。假如他们屈服于那种激情——当时它几乎是不可抵御的，现在他们该有多么痛苦；假如他们牺牲了永生，而仅仅获得几天短暂的欢娱，那该有多么愚蠢！——永生最终如此明亮地照亮了他们的生命。他们觉得自己像是那些九死一生的人，刚刚从突如其来的狂暴的死亡中挣脱出来，摸摸自己的手脚，惊讶地看着周围，简直不敢相信自己还活着。他们没做任何需要自责的事，不久，他们的天使就会到来，告诉他们时刻到了，他们就会继续前进，就像他们过去走过的世界——现在早已抛到身后，他们开心地意识到，他们履行了自己的职责。他们在一边站了一会儿，因为人群太庞大了。一场可怕的战争正在进行。几年来，那些生命力旺盛、勇敢无畏的各国年轻士兵，行走在无尽头的队列里，走向最终审判席。还有女人和孩子，他们可怜的生命被暴力剥夺了，或者更痛苦地被悲伤、疾病和饥饿夺取。天堂里的法庭，没有一丝紊乱。

也是这场战争的缘故，让这三个苍白的颤抖着的灵魂站在那里，等待着他们的最终判决。约翰和玛丽当时是一艘船上的乘客，船被潜艇发射的鱼雷击沉了；另一人叫露丝，由于过于辛苦的工作而损坏了她的健康——她从来都是全身心地投入工作当中。当听说自己所挚爱的男人死亡后，露丝投水自杀了。如果不去营救自己的妻子，约翰是可以自救的，事实上，三十年来，他一直对妻子恨之入骨，但是对她他一直没忘记自己的义务。在巨大危险降临的那一刻，他没想到还有其他的选择。

最后，天使牵着他们的手来到了上帝面前。刚开始的一小会儿，上帝根本没有注意到他们。如果一定要说实话，那就是——在那一刻，上帝正有些心情不佳。此前是给一个哲学家做的审判。哲学家尽享天年，活得荣耀，但当着上帝的面，他说他不相信他。当然这句话并不能让万王之王平静的心灵受到干扰，而只会让他微微一笑。但哲学家或许不公平地利用了人世间正在发生的不幸，质问冷静观察着这一切的上帝是如何把他的全能和全善融合在一起的。

“没人能否认邪恶的真实存在，”哲学家简简单单地说道，“现在，假如上帝不能阻止邪恶，那他就不是全能；假如他能阻止邪恶而不愿去做，那就不是全善。”

当然对于上帝来说，这并非什么新鲜说法，但他总是拒绝考虑这一问题。实际情况是，尽管上帝洞察一切，但他并没有解决问题的答案。即使上帝也不能算出二加二等于五。但哲学家充分利用了自己的优势——正像哲学家们经常做的那样，从一个合理的前提引出一个不合理的推论。在此情形下，哲学家得出的最后结论，当然是荒谬的。

“我不会相信一个做不到全能、全善的上帝。”他说。

或许就在这时，上帝注意到了在他面前恭顺并满怀期待地站着的三个魂灵，他不由地松了口气。活着的人生命如此短暂，但谈起自己的时候，说个没完没了；死去的人，面对着永恒的来世，啰里啰嗦，只有天使们才能不失礼仪地听完。下面就是他们三人讲述的自己的经历。约翰和玛丽快乐地度过了五年的婚姻生活。然后，约翰遇到了露丝，两人陷入了爱河。基本和已婚夫妇无异，他们真诚相爱，相互尊重。露丝十八岁，比约翰年轻十岁，是个迷人优雅的人儿，有着让人一见倾心、迷倒众生的魅力。她身心健康，追求生活中真实的幸福，也有一颗高尚、美丽的心灵。约翰爱上了露丝，露丝也爱约翰，但让两人深陷其中的这段激情跟普通感情不同，它是如此强烈，不可阻挡，让两人觉得，整个世界的漫长历史其意义就在于它的发展、前行让他们在那一时刻、那一地点相遇。他们像达芙尼斯和克洛埃、保罗和弗朗西斯卡那样相爱[①]。但最初的狂喜过后，两人开始不安起来。他们都是正派人，都很尊重自己的信仰，看重所处的社会环境。他怎能背叛一个纯洁的女人呢？她跟一名已婚男子又能怎样？这时他们也意识到，对他们的相爱玛丽是清楚的。她对丈夫的爱一直抱有信心，但现在这种信心开始动摇了。她心里五味杂陈，让她不堪承受。她嫉妒、恐惧、恼怒，她害怕会被抛弃，愤怒于对丈夫感情的掌控受到了威胁。她还产生了一种奇特的情感饥渴感——它要比爱更让人痛苦。她认为，如果丈夫离开了自己，她会死掉的。她还知道，如果丈夫陷入了那种恋情，那是因为别人爱上了他，而他不会主动去追求。她没有责怪他。她祈祷上天给她力量，她默默地哭泣，流下痛苦的泪水。约翰和露丝看着她在自己眼皮底下日益憔悴。抗争漫长而惨烈。有时候，他们在内心里放弃了，因为他们感觉到无法抵御那种蚀骨销魂般的激情。但他们仍在抵抗，在跟邪恶进行斗争，像雅各布同上帝的使者那样搏斗。最后终于战胜了自己，他们带着破碎的心分开了，但他们为自己的纯洁感到自豪。他们像献祭一样，把自己对幸福的憧憬，所感受到的生命欢乐，还有人世间的美丽都向上帝倾诉。

曾经沧海的露丝再也无意重觅爱情，于是，她带着一颗冰冷的心投向了上帝的怀抱，并致力于慈善事业。她不知疲倦地照料那些病人，帮助穷人。她建立孤儿院，成立慈善机构。她不再关注自己的容貌，美丽一点点离她而去，她的面容变得像她的心一样坚硬。她的信仰是狂暴而

① 芙尼斯和克洛埃为希腊神话中的人物。保罗和弗朗西斯卡是英国剧作家斯蒂芬·菲利普斯戏剧作品中的人物。

狭隘的，她的善良是严厉的，因为她的善意不是来自爱，而是来自理性。她变得飞扬跋扈、偏执暴躁、睚眦必报。约翰辞去了自己的职务，人变得阴郁而易怒，过着萎靡不振的日子，唯有死亡才能让他释然。对于他，生活已然全无意义。他也做出了努力，试图改变环境，但被改变的只是他自己。他内心深处只剩下一种情感，那就是对妻子从未止息的潜滋暗长的恨意。他温柔而体贴地待她，做了一个基督徒和绅士所能做的一切，也尽了自己作为丈夫的职责。玛丽是一个忠诚于丈夫的好妻子，非常贤淑（这点必须承认）。她从来没有想过谴责丈夫曾有的疯狂，但尽管如此，她没法因为他为她做出的牺牲而原谅他。她变得刻薄而挑剔。虽然她也憎恨自己的做法，但她仍无法遏制自己不去说那些会伤害到丈夫的话。她愿意为他牺牲自己的生命，但她不能忍受的是，当她无数次因痛苦而希望自己赶快死掉的时候，他却享受着那片刻的欢娱。现在，她真的死了，他们都死了。过去的日子灰暗而单调，但毕竟过去了。他们没有犯下罪恶，正等待着即刻到来的回报。

他们讲完了，一切都安静下来。天堂的各个法庭都悄无声息。"下地狱去吧"，这是浮现在上帝嘴唇上的话，但他没有说出来，因为这句话会让人联想到一句日常口语，他觉得不太适合这一庄重的场合。另外，这一判决也不太适用该案例中当事人的功与过。不过他的脸阴沉下来。他在问自己，是不是因为这个原因，他让冉冉升起的太阳照耀在浩瀚无垠的大海上，让白雪闪耀在山顶；是不是因为这个原因，小溪快速流过山坡，唱着欢快的歌曲，金黄的谷物在晚风中掀起波浪？

"我有时想，"上帝说，"路旁沟渠里的泥水反射的星光最为明亮。"

但是那三个魂灵站在他的面前，把他们并不快乐的故事讲给他听。他们是感到有些满意，这是一场痛苦的斗争，但他们都尽了自己的职责。上帝轻轻地吹了口气，就像一个人吹灭一根燃烧的火柴棒一样。啊，看！那三个可怜的魂灵站立的地方——已空空如也！上帝让他们化为了乌有。

"我总是奇怪，人类认为我如此看重性的紊乱，"他说，"如果他们观察过我所做的一切，他们就能明白，我对人类的这一弱点是怀有同情心的。”

然后，他转向哲学家——他正等着上帝就他的问题给出回答。

“你得承认，”上帝说，“在这个事件中，我很高兴地把我的全能和全善结合在了一起。”

无所不知先生

早在我认识马克斯·凯拉达之前，我就开始讨厌他了。那时大战刚刚结束，远洋客运航线非常繁忙，预订舱位非常困难，代理人无论给你订到什么舱位，你就只能凑合着用了。对于单人舱，根本不要抱什么希望。我比较幸运，住进了一个双人客舱。但被告知同伴的名字后，我便有些垂头丧气。“凯拉达”这个名字，会让人联想到一个密闭的、连一丝一缕的夜风都无法进入的舱口。跟任何人合用一间客舱长达十四个昼夜，都算是糟糕的事（我从旧金山到横滨），但假如我同伴的名字是史密斯或者布朗，我也不至于那样沮丧。

我登上客船时，发现凯拉达先生已经在下铺放好了行李，那个样子我一点儿都不喜欢。行李箱上贴着太多的标签，而衣箱又过大了些。他把自己的洗漱用品都打开了，我注意到他是顶级品牌“科蒂先生”的老主顾，因为我在洗脸架上看到了他的那些香水、洗发水和润发油。他的牙刷由乌木制成，上面用金字镂刻着他的名字，但牙刷本身确实该清洗了。我对凯拉达先生丝毫谈不上喜欢，于是决定到吸烟室去。我要来一副扑克，开始玩佩辛斯[①]。我几乎刚拿起牌，一个人跑上前来，他认为我叫什么什么名字，问我对不对。

“我是凯拉达先生。”他补充道，然后冲我笑了笑，露出一排亮闪闪的牙齿。最后，他坐了下来。

“哦，是的，我想我们住在一个客舱。”

“我把这个叫作小小的运气。你根本不知道你会跟谁住在一起。当我听说你是个英国人时，我觉得非常开心。到了国外，我希望咱们英国人

① 一种单人纸牌游戏。

能够抱成团儿——如果你明白我的意思的话。”

我冲他眨了眨眼。

“你是英国人吗？”我问，或许问得有些笨拙。

“当然啦！你不会认为我看起来像个美国人吧，是不是？我是百分百的纯粹英国人，我本来就是。”

为证明这一点，凯拉达先生从他口袋里掏出了一张护照，在我鼻子下面轻轻晃了晃。

乔治国王的臣民真是无奇不有。凯拉达先生身材不高，长相粗壮，脸上刮得干干净净，皮肤黝黑，长着一个肉乎乎的鹰钩鼻和一对熠熠发光的明亮大眼睛，又黑又长的头发顺滑而卷曲。他说话流利，但毫无英国口音，还夹杂着过分的手势。我非常肯定，如果仔细查验一下他的那张英国护照，真相恐怕就要暴露了：凯拉达先生出生的地方一定有着更蓝的天空，而在英国一般是见不到的。

“你要喝点儿什么？”他问我。

我疑惑地看着他。禁酒令正在执行，船上显然是绝对禁酒的。不渴的时候，我说不清姜汁酒或柠檬水哪个会让我更讨厌。但凯拉达先生向我露出了东方人的微笑。

“威士忌加苏打水，或者干马提尼，你只需一句话。”

从他两个屁股口袋里，各掏出一个装了酒的细颈瓶来，放在我面前的桌子上。我选了干马提尼，他又叫来服务员，要了一杯冰块和两个玻璃杯。

“非常不错的鸡尾酒。”我说。

“啊，酒有的是，可以说是应有尽有。你船上要有什么朋友，告诉他们，说你有个哥们儿，全世界的酒他都有。”

凯拉达先生非常健谈。他谈纽约，谈旧金山，谈戏剧、绘画，也谈政治。他还是个爱国者。英国国旗是一块令人肃然起敬的布片儿，但让一个来自亚历山大或贝鲁特的先生挥舞的话，我只能觉得多少有损它的尊严。凯拉达先生表现得很亲近，我也不想装腔作势，但我还是忍不住想，一个完全的陌生人在称呼别人时，如果在名字前面加上“先生”二字，无论怎样都是得体的。凯拉达先生显然是想让我轻松随意些，而没使用这类客套。我不喜欢凯拉达先生。他刚坐下时，我把纸牌放在了一边，不过现在我认为，就第一次见面而言，我们的谈话已经够长了，于是继续玩我的纸牌。

“‘3’放到‘4’上。”他说。还有什么比这更让人恼火的！你打佩辛斯时，还没来得及考虑呢，就有人告诉你翻起的牌应该放到哪里！

“有了，有了，”他嚷道，“‘10’放到‘J’上面。”

我感到满腔的怒火和愤恨在翻腾，我不再玩了。这时，他一把抓起了纸牌。

“你喜欢玩扑克魔术吗？”

“不喜欢，我讨厌扑克魔术。”我回答。

“那，我给你表演一个。”

他给我表演了三个魔术。我说我该到楼下餐厅占座位了。

“哦，已经搞好了。”他说，“我给你占好了座位。我想我们住在同一客舱，也不妨在同一张桌上吃饭嘛。”

我不喜欢凯拉达先生。

我只不过是跟他同住一个客舱，在同一张桌上吃上三顿饭而已，但每次甲板上的散步总少不了他，要制止他绝无可能。他从没想到他并不受待见，而是肯定你乐于见到他，正像他乐于见到你一般。要是在你自己家里，你可以一脚把他踢到楼下，或者当着他的面砰地把门关上，他也断然不会想到，他是个不受欢迎的访客。他是个优秀的交际家，三天过后，甲板上的每个人他都熟识了。他什么都问，什么都管，参加大扫除，经营拍卖，为运动会的奖品集资，筹备套环和高尔夫比赛，组织音乐会，安排化装舞会。他无处不在、无时不在，肯定是船上最遭怨恨之人。我们都叫他无所不知先生，甚至当着他的面也这么称呼他，但他把这当作是奉承话。不过，最让人无法忍受的还是在饭桌上。在一个小时的时间里，我们只能听凭他摆布。他精神饱满、兴致勃勃、夸夸其谈、争辩不休，任何事都比他人懂得多，如果你不同意他的意见，那就会伤害他那不可一世的虚荣心。无论一个话题多么无足轻重，他都会抓住不放，直到你同意他的想法为止。他从未想过他会有出错的可能，仿佛就是那种无所不知的人。我们跟医生坐在一张桌子上，凯拉达先生当然可以按照自己的想法安排一切，因为医生是个懒人，而我又完全地漠不关心，但有一个叫拉姆塞的人是个例外，他正好也坐在那里。他有着凯拉达先生同样的武断，对那种黎凡特式的自以为是极为痛恨。两人之间已经爆发了尖刻而无止休的争论。

拉姆塞在美国领事服务处工作，驻地在神户。他来自美国中西部，是个人高马大的家伙，多余的脂肪使他的皮肤绷得紧紧的，穿着一件现买的衣服，被撑得鼓鼓囊囊。他这是返回驻地上班的，前不久坐飞机回纽约把在家里已待了一年的妻子接来了。拉姆塞夫人是个非常娇小美丽的人儿，举手投足都叫人喜欢，而且还颇有幽默感。领事服务处的待遇不好，她的穿戴总是很朴素，不过她懂得怎样穿衣打扮，总能达到一种娴静文雅的效果。我本来是不会特别注意到她的，但她身上散发出一种独特的气质——谦逊。如果说这种气质对于女人来说并不稀罕，但如今在她们的举止和仪态中并不容易见到。你看她一眼，就不能不被她的谦卑有礼所打动，就像外套上的一朵鲜花，让她整个人都亮丽起来。

一天晚上吃晚饭时，大伙无意中谈到了关于珍珠的话题。当时，报纸上曾连篇累牍地报道精明的日本人正在用人工方法培育珍珠。医生评论道，天然珍珠的价值一定会受到影响。人工珍珠已经够好了，将来很快就能变得完美无瑕。凯拉达先生习惯性地立马加入到这个话题中，给我们讲述了关于珍珠的所有应了解的知识。我相信拉塞姆先生在这方面一无所知，但他不会错过嘲讽那个自大者的任何机会。五分钟不到，我们中间便掀起了一场激烈的争论。以前我见识过凯拉达先生的如火激情和口若悬河，但和今天相比，根本不值一提。最后，拉姆塞说的什么话终于刺激到他了，他砰地一拳砸在桌子上，嚷道：

“听好了，我很清楚我在说些什么。我这次到日本正是去调研那里的珍珠产业。我是业内人士，我的说法是每个行业人员都能告诉你们的，我熟悉全世界最好的珍珠，那些我所不了解的都没有任何价值。”

这对我们来说倒是个新闻，因为凯拉达先生虽然口才了得，但从来没告诉任何人他所从事的行业。我们只是模糊地知道，他到日本是去从事某种商业活动。他得意扬扬地环顾了一下坐在桌边的几个人。

“无论他们培育出什么样的人工珍珠，像我这样的专家一眼就能认出来。”他指了指拉姆塞夫人戴着的一条项链说，“拉姆塞夫人，你得听我的，你戴的那条项链绝不会因此而少值一分钱。”

拉姆塞夫人一向谦虚惯了的，脸不由得泛红了，顺手把项链塞进了衣服里。拉姆塞向前探了探身。他看了我们所有人一眼，眼睛里闪过一丝笑意。

“拉姆塞夫人的项链还不错吧，是不是？”

“我一眼就看出来了，”凯拉达先生答道，“啊，我刚才心里想，那都是些好珍珠。”

“项链当然不是我买的，不过我很想知道，你认为它值多少钱。”

“哦，在这一行当，大约是一万五千美元左右。不过，如果是在第五大街购买的话，你说花了三万美元，我也不感到惊讶。”

拉姆塞冷冷地笑起来。

“你会惊讶的。那条项链是我们离开纽约的前一天，拉塞姆夫人在一家百货商店买的，花了十八美元。”

凯拉达先生的脸涨红了。

“胡说。项链不仅是真实的，而且就其大小来说，也是我见过的最好货色。”

“你愿意打赌吗？这是仿制品，我可以跟你赌上一百美元。”

“赌就赌。”

“哦，埃尔默，关于实实在在的东西，你不可以跟人打赌的。”拉姆塞夫人说。

她嘴唇上浮起一丝笑意，语气温柔，但对丈夫的做法不以为然。

“怎么不可以打？这钱来得容易，这样的好机会不抓住，我就是个十足的傻瓜。”

“但你怎么证明呢？”她继续说道，“不能光听我的话，也不能光听凯拉达先生的话。”

“让我看看这个项链，如果是仿制品，我马上告诉你，一百美元，我还是出得起的。”凯拉达先生说。

“摘下来吧，亲爱的。让这位先生看个够。”

拉姆塞夫人犹豫了一下，然后把手伸向项链的卡子。

“我解不开，”她说，“凯拉达先生一定要相信我的话。”

我突然模糊地感觉到，可能要发生让人不开心的事情，但也想不出说些什么好。

拉姆塞跳了起来。

“我来解。”

他把项链递给了凯拉达先生。这位自以为是的先生从口袋里掏出一个放大镜，对着项链开始仔细地观察起来。随之，胜利的微笑从他那光滑、黝黑的面皮上滑过。他把项链还了回去，正要开口说话，突然看到拉姆塞夫人的脸色一下子变得惨白，整个人似乎要晕倒了。她睁着恐惧的大眼睛盯着他，发出绝望的哀求眼神。事态如此明显，我不知道她丈夫为什么根本没有看到。

凯拉达先生张大了嘴愣住了，脸涨得通红。你几乎能看到他内心里的激烈斗争。

“是我错了，”他最后说，“非常不错的仿制品，当然，我用放大镜一瞧就看出是假的了。我想，这样的烂货也就顶多值十八美元。”

他掏出了钱包，从中抽出一张一百美元的纸币，一句话没说递给了拉姆塞。

“或许这个可以给你一个教训，下次不要这么自以为是了，我的年轻朋友。”拉姆塞说着，把钱接了过去。

我注意到凯拉达的手在发抖。

这个故事跟其他故事一样，很快不胫而走，整个船上都知道了。那天晚上，他不得不忍受各种各样的冷嘲热讽。无所不知先生终于栽了，真是个不错的笑话。不过，拉姆塞夫人因为头疼回到了客舱休息。

第二天早上，我起床后，开始刮胡子。凯拉达先生躺在床上抽烟。突然传来一阵轻微的摩擦声，我看到一封信从门下缝隙里塞了近来。我打开门，朝外看了看，什么人都没有。我捡起信来，看到是给马克斯·凯拉达的，名字用大写字母写成。我把它递给他。

“谁写来的？”他撕开了信封，“哦！”

他从信封里抽出的，不是信纸，而是一张一百美元的钞票。他看了看我，脸又红了。他把信封撕成了碎片，然后交给我。

“请帮我从舷窗口扔出去，你会介意吗？”

我按照他说的做了，然后我看着他笑了笑。

“没人乐意被当作一个大傻瓜。”他说。

“珍珠是真的吗？”

“假如我有一个娇小美丽的妻子，我不会自己待在神户，而让她一个人在纽约待上一年。”他说。

那一刻，我不完全讨厌凯拉达先生了。他摸出钱包，把那一百美元小心地放了进去。

幸福的人

为别人安排生活是件危险的事，我一直对政治家、改革家等此类人物的自信心感到奇怪——他们总是强迫自己的同胞接受他们提出的某些措施，从而试图改变他们的行为、习惯和观点。我历来不愿意给别人提供建议，因为若非对对方熟悉得如果熟悉自己一般，你怎能给出你的建议呢？老天知道，我对自己了解甚少：对别人更是一无所知。我们只能对自己邻居的思想和情感进行猜测。我们每个人都是相互独立的监狱里的囚犯，跟构成人类的其他囚犯用惯用的符号进行沟通——这些符号的意义对于我们自己和他人都是不同的。不幸的是，生命只能活上一次，很多错误都无法挽回。我是谁呢？我怎能够告诉这个人或那个人他们该如何度过自己的一生？生命并非易事，要让自己的生命变得完整、圆满尚且感到困难，我更无意去教给我的邻居在他的生命里该如何去做。不过有些人刚刚踏上人生征途便挣扎于困境之中，前程一片迷茫、危险重重，在此情形下，即使万分的不情愿，我还是会被迫举起手指来，给他们说说命运之事。有时，有人会问我，我该如何面对自己的人生？命运的黑色斗篷已经将我覆盖了一段时日。

曾有一次，我知道我给出了很好的建议。

我是一名年轻人，住在伦敦维多利亚火车站附近的一所廉价公寓里。一天傍晚，我正想着该结束一天的工作了，便听到了门铃响。我打开了房门，看到一个完全的陌生人。他问我叫什么名字，我告诉了他。他又问我能否到屋里来坐坐。

“当然可以了。”

我把他领进了起居室，并请他坐下。他看起来有点儿局促。我递他一支烟，他很费劲地点上了，这个期间，他一直戴着帽子。当他终于令人满意地把帽子摘掉后，我问要不要帮他放到椅子上。他马上自己放过去了，不过手中的伞掉到了地上。

“我希望你不会介意我来看你，”他说，“我叫斯蒂芬斯，是一名医生。你也是学医的，我想？”

“是的，不过，我不行医。”

“你不行医，我知道的。我读过你写的一本关于西班牙的书，我想跟你咨询一下。”

“恐怕那算不上一本好书。”

“实际情况是，你对西班牙是了解一些的，而我认识的人都不了解。我想你或许不介意给我提供一些信息。”

“我很乐意。”

他沉默了一会儿，然后伸出手抓过那个帽子，一只手拿着，另一只手心不在焉地摩挲着。我猜，这样可以给他一点儿自信。

“一个素未谋面的陌生人这样同你说话，我希望你不会感到怪异，”他抱歉地笑了笑，“我并不打算把我的人生经历讲给你听。”

每次人们这样说话的时候，我都能知道，他们恰恰准备这样做。我不介意。事实上，我很喜欢。

“我是我的两个老姑妈养大的。哪里都没去过，也没做过其他任何事。结婚六年啦，没有孩子。我是坎伯韦尔养老院的一名卫生干事。但这个工作我没法坚持下去了。”

他那些短而急促的话语留给人以强烈的印象，语气非常有力。我还没来得及大致看他一眼，现在开始好奇地打量他。这是个个头矮小的男人，长得粗壮有力，或许三十岁左右，一张红润的圆脸盘，上面有一双非常明亮的黑眼睛。黑色头发剪成薄薄的一层，紧贴在子弹状的脑瓜上。他穿着蓝色的西服，但已破旧不堪，膝盖处像个袋子一样膨起，而口袋全部鼓鼓囊囊的。

“你知道养老院卫生干事的职责是什么，一天天基本上不变样。这就是我今后整个一生都要面对的。你认为值吗？”

“那只是个谋生的手段罢了。”我回答。

“是的，我知道。挣的钱还是蛮多的。”

“我不是很清楚你找我来有什么事。”

“啊，我想知道的是，一名英国医生到了西班牙去会不会有机会，你怎么看待这个问题？”

“为什么要去西班牙？”

“我不知道，我只是喜欢它。”

“它跟《卡门》里描写的不一样，你知道。”

“但那里有阳光呀，有好酒，那里色彩斑斓，有清新的空气。我不妨跟你直说吧。我偶然听说，在塞维利亚尚没有一名英国医生。你认为我到了后能不能养活自己？放弃了一份好工作，而去追求那种未知，你觉得疯狂吗？”

“你妻子怎么想的？”

“她也愿意去。”

“这里面风险很大。”

“我知道。不过你只要说可以去，我就去；你说留下来，我就不走了。”

他用他那双明亮的黑眼睛专注地看着我，我知道他是当真的。我思索了一会儿。

“这涉及你的整个将来，你必须自己做出抉择。不过，我可以告诉你：假如你不是想去挣钱，而是满足于只要能够维持基本的生活水平就可以，那你就去吧，因为这样你可以过上一种精彩的生活。”

他走了。开始的一两天，我还想着他，但后来就把他抛在了脑后，这个小插曲也完全从我的记忆里消失不见了。

多年后，至少十五年后，我正好到了塞维利亚。一次我稍微感到有些不适，便问宾馆的行李搬运工城里有没有英国医生。他说有，然后给了我一个地址。我打了辆出租车，赶到那家诊所，一个矮胖的男子从里面走出来。当看到我时，他犹豫了一下。

“你是来看我的吗？我是英国医生。”

我跟他说了我来这里的目的，他请我进去。他住在一座普通的西班牙房子里，带有一个庭院，一间诊室通向外面。诊室里到处堆放着报纸、书籍、医疗器械和一些杂物。这样的情景会让一个患有洁癖的患者受到惊吓的。我们做了治疗，然后我问医生需要付他多少钱，他摇了摇头笑了。

“不要钱。”

“为何不要？”

“你不记得我了？你看，我到这里来，还是因为你跟我说的那番话。你改变了我的一生，我是斯蒂芬斯医生。”

我根本没听懂他在说什么。他给我提示当时的见面情形，重复了一遍我说过的话。渐渐地，我的记忆走出了黑暗，朦朦胧胧地记起了当时的那件事。

“我不知道还能再见到你，”他说，“我一直在想是否还有机会感谢你为我所做的一切。”

“这么说你成功了。”

我对他打量了一下。现在，他变得非常肥胖，头也秃了，不过眼睛在快活地眨着，红润、丰满的脸上挂着极开心的表情。身上的衣服尽管非常破旧，但一眼就能看得出是出自西班牙裁缝，而帽子是西班牙人常戴的那种宽边帽。他用那种一眼就能辨认出好酒坏酒的眼神看着我。他的外表尽管完全令人愉快，但看起来仍有些放纵。你可能会犹豫于让他为你做阑尾切除术，但要找人喝上一盅，没有比他更让人快活的了。

“你当然是结婚的人了。”我说。

“是的。但我妻子不喜欢西班牙，她回坎伯韦尔去了，在那里她更舒心些。”

“哦，真让人遗憾。”

他的眼睛闪烁着极快意的微笑，外貌真得有点儿像年轻的森林之神西勒诺斯。

“生活有的是补偿。”他嘟囔道。

这话还没说完，一名西班牙女子出现在了门口，尽管她已不是特别年轻，但长相依然扎眼而艳丽。她用西班牙语跟他交谈，但我还是明白她是这间房子的女主人。

他站在门口领我出去的时候，跟我说：

“上次我跟你见面的时候，你说我在这里也就仅能挣够基本生活所需，但我会过上精彩的生活。啊，我要告诉你，你是对的。过去我很穷，将来也会很穷，但老天在上，我过得很幸福。世上任何国王的生活我都不愿意跟他交换。”

浪漫的年轻女人

现实生活中有很多让人烦心之事，其中之一便是难以寻觅一个圆满的故事。有些事件能激起你的兴趣，但当事人却是个超级糊涂虫，你都不知道下一刻会发生什么——啊，一般来说，什么都不会发生。你所预测到的不可避免的灾难也并非难以避免；那些令人动容的悲剧，毫不顾及艺术的体面，最后萎缩成了休息室喜剧。当前，人的老龄化会带来很多麻烦，但也有一样补偿（我们得承认，还有其他不少），就是说，有时候它会给你带来机会，让你亲眼看到很久前目睹的事件会出现什么样的结果。对于故事的最后，你本来已经放弃了了解的希望，但就在这时——在你最不期待的时刻，它就像一道菜，被端到了你面前。

当我护送德·圣艾斯特万侯爵夫人去坐汽车时，我的脑海中浮现出这些想法。回到宾馆后，我又在休息室坐下，要了杯鸡尾酒，点上支烟，让自己镇静下来，开始整理自己的思绪。宾馆是全新的，看上去金碧辉煌，跟欧洲其他任何一家顶级宾馆没有区别。不过遗憾的是，为了享用现代化的水暖设施，我放弃了老式的、优美如画的德·马德里酒店，往常我驻留塞维利亚时一般住在那里。从我现在住的宾馆，可以看到一条宽广的河流——瓜达基维尔河，这没错，但不足以弥补原来酒店里每周两三次的酒吧茶舞会，总有一屋子的时尚男女在热烈地讨论着，声音几乎淹没了刺耳的爵士交响乐。

我在外面待了整整一个下午，回来时，发现一群人正吵吵闹闹。我走到前台要我房间的钥匙，这样我就可以直接回到房间去。不过，守门人把钥匙递给我时告诉我，有一个女士找我。

“找我？”

“她很想见到你。是德·圣艾斯特万侯爵夫人。”

“我认识的人群中没有叫这个名字的。”

“那一定搞错了。”

我说这话的时候，向四周随便瞥了一下。一位女士伸着手走过来，嘴唇上挂着灿烂的微笑。根据我的记忆，我是从未见过她的。她抓住我的两只手，热情地晃动着，说的是流利的法语。

“这么多年了，再见到你真是高兴。我从报纸上看到你在这里，我心里想：我必须得去拜访拜访他。上次跳过舞以来有多少年了？我都不敢想。你还跳吗？我是跳的。我现在当祖母了，当然也胖了，不过我不介意，跳舞能防止我变胖。”

她说话语速太快了，让我听得差点儿喘不过气来。她长相粗壮，人已过了中年，画着浓妆，深红色的头发显然是染过的，剪得短短的；穿着巴黎最流行的服装，但根本不适合西班牙女人。她的笑声欢快而圆润，让你听了也想跟着笑起来。显而易见，她是极其享受生活的人。她的身材不错，我相信，她年轻时是个美人。但我还是想不起来她是谁。

“走，跟我去喝杯香槟，我们谈谈过去的那些好日子。要不你来杯鸡尾酒？我们亲爱的老塞维利亚跟过去不一样喽，你知道。什么茶舞会啊，鸡尾酒啊，现在都变得跟巴黎和伦敦一样了，都让我们赶上了，我们是文明人嘛。”

她把我领到舞池边上的一张桌子前，然后两人坐了下来。我不能再装作轻轻松松的样子了，否则只能将事情搞成一团糟。

“我恐怕真是蠢不可及，”我说，“在塞维利亚那些过去的日子里，我似乎想不起来一个叫你这个名字的人。”

“圣艾斯特万？”我还没说完，她打断我问：“当然你没听说过。我丈夫来自萨拉曼卡，以前在外交部门工作。我现在是个寡妇。你知道，当时我叫皮拉尔·卡伦。当然，我的头发染成了红色，这让我看起来跟以前有点儿不一样，不过，在其他方面，我认为变化不很大。”

“根本没变化，”我赶紧说道，“让我感到困惑的只是名字。”

现在我自然是想起来了。不过，我这一刻关注的只是如何把我的惊愕和好笑掩盖起来。她竟然是我在德·马贝拉伯爵夫人家的聚会以及园游会上一起跳舞的那个皮拉尔·卡伦，现在已变成如此矮胖粗壮、性格张扬的遗孀了！我简直难以相信，但我还是小心为妙。我不清楚她是否知道，当年那个轰动塞维利亚的事件我可一点儿都没忘记。不过让我高兴的是，她最后热情地跟我告了别，这样我可以带着轻松的心情回忆那些往日的故事。

当时——那是四十年前，塞维利亚尚未成为一个繁华的商业城市。城里有安静的铺着鹅卵石的白色街道，还有众多的教堂，钟楼上有白鹳筑造的鸟巢。斗牛士、学生还有游手好闲的人整天在塞尔佩斯街闲逛。生活是轻松而悠闲的。当然，那时还没进入汽车时代。塞维利亚人过着紧巴巴的日子，省吃俭用，以便能买上一辆马车。为了这一奢侈品，他们宁愿把生活中的一些必需品都节省掉。每个快乐的下午，从五点到七点，那些跟上流社会沾边的人们就会驾上马车来回驶过德利西亚斯——那是瓜达基维尔河畔跟公园相仿的几座花园。在那里，你可看到各类马车，有时尚的伦敦维多利亚式马车，还有破旧不堪的两轮轻便马车（似乎随时都要分崩离析）；你还会看到高大雄奇的骏马，以及可怜巴巴的老马（它们死于马圈的悲惨结局已经为时不远）。不过有一辆马车不会不引起陌生人的关注。这是一辆维多利亚式马车，车新而漂亮，由两头好看的骡子拉着，车夫和侍从都身着浅灰色的安达卢西亚民族服装。这是塞维利亚人所见过的最奇异的一幕，马车属于德·马贝拉伯爵夫人。她是一个法国女人，嫁给了一个西班牙人。她热情地接受了西班牙人的风俗习惯，而把巴黎人的优雅保留了下来，这让她显得与众不同。别的马车总是如蜗牛般慢慢前行，以便让马车主人看到别人，同时也让别人看到自己，而伯爵夫人坐在两头骡子后面，在两个马车队列之间一阵小跑，一直冲到德利西亚斯的尽头，然后再折返回来，如此反复两次后便离开了。

行动举止颇有些皇室气派。当你看着她优雅地端坐在飞跑着的维多利亚马车上，头漂亮地昂着，头发闪耀着极灿烂的金黄色（太鲜亮了，以至都让人觉得不是真的），你这时不会怀疑，是她法国人的活泼和决心赋予了她现在的地位。她是潮流的引导者，她的命令即是法律。伯爵夫人的崇拜者太多了，正因如此，她的敌人也少不了多少，其中最坚定的敌人便是德·多斯帕罗斯公爵夫人。公爵夫人靠自己的出身和社会影响在社会上赢得了最显赫的位置，而法国女人靠的是自己的优雅、智慧和个性。

当时公爵夫人只有一个女儿，就是皮拉尔小姐。我最初认识她的时候，她只有二十岁，长得非常漂亮，有一双极美的眼睛。至于皮肤，无论你试图用什么好听的笔调去描述，你只能称之为“白里透红”。她腰肢非常纤细，身材甚是高挑（相对于西班牙女孩来说），嘴唇红润，牙齿雪白而晶莹。浓密、黑亮的头发非常精心地梳理成了当时流行的西班牙发型。真是个魅力无限的人儿！她那双黑漆漆眼睛里燃烧着的火焰，微笑里透出的热情，还有她的一举一动散发出的魅惑力，都表明她是个激情四溢的人，这点倒不见得让当时的人喜欢。她属于这样一代人：他们在努力打破一些古老的习俗——那些有着良好家庭背景的西班牙女孩在结婚前都要遵守的习俗。我经常和她一起打网球，在德·马贝拉伯爵夫人家的聚会上也常在一起跳舞。公爵夫人认为在法国女人举行的聚会上喝香槟、吃正式的晚餐太过铺张。因而，当她在自己的豪宅举行聚会时（一年仅有两次），她为客人们提供的是柠檬水和饼干。不过，像丈夫以前那样，公爵夫人也饲养了些斗牛。碰到挑选年轻公牛的场合，她会为朋友们提供野餐午饭，大家吃得很快乐，很随意，但感受到了封建时代才有的那种兴奋劲儿。这就激发起了我的浪漫想象。一次，公爵夫人的斗牛将在塞维利亚的斗牛场参加比赛。晚上，皮拉尔小姐率领队伍进场，她穿的衣服让人想起了戈雅[①]的一幅画。我以皮拉尔小姐护卫人员之一的身份也跟他们骑马进去了。真是一次诱人的经历——骑在那跳跃欢腾的安

① 西班牙画家。

达卢西亚马身上，后面跟着六头公牛（周围也到处是牛），如雷般的哞哞叫声从身后传来。

很多男人——富有的、高贵的、两者兼而有之的，纷纷向皮拉尔小姐求婚，但是她不顾母亲的反对，全部回绝了他们。公爵夫人十五岁就嫁了人，女儿二十岁还保持单身在她看来有失体面。她问女儿到底在等什么；要说太难找那是荒唐，结婚是她的义务。但皮拉尔非常固执，找了些理由把每个求婚者都拒之门外。

随后便真相大白了。

白天在德利西亚斯驾驶马车时，公爵夫人由女儿陪着，坐的是大型的旧式四轮马车。一次，她们从伯爵夫人旁边经过——当时她正沿着大道来回猛跑。那时女士们之间的关系非常糟糕，彼此都装作视而不见，但皮拉尔却久久地看着那辆别致的马车和两头漂亮的骡子。她不想碰上伯爵夫人那带着些许讥讽意味的扫视，于是把目光停留在为伯爵夫人驾车的车夫身上。那是塞维利亚最英俊的男子了，穿着漂亮的制服，看起来极其迷人。当然，没有人准确地知道发生了什么事，但显而易见，皮拉尔对那个马夫看得越多，就越喜欢他的样子。不知通过什么方式——因为这一部分的故事仍然是个不解之谜，两个人最终见面了。在西班牙，不同的阶级之间是奇怪地融合在一起的。一个管家的血管里流淌的血液可能比主人还要高贵。皮拉尔获悉，车夫来自古老的利昂家族，比安达卢西亚的任何家族都要辉煌得多。至于出身问题，两人几乎是无可选择的，只是她的生活是在公爵的府邸度过，而他却被命运驱使着靠驾驶一辆维多利亚式马车来养活自己。他们并不为此感到遗憾，因为正是坐在那辆马车的驭者座上，他才吸引到塞维利亚这个最难追求的年轻女孩。他们彼此陷入了疯狂的恋情之中。恰巧就在这时，一个叫做德·圣艾斯特万侯爵的年轻人给公爵夫人写信，向皮拉尔求婚，她们于上一年的夏天在圣塞巴斯蒂安见过他。这是个极适合的求婚者。双方家庭自从腓力二世统治以来就不时地联姻。公爵夫人决心再不能任女儿胡闹，她把侯爵的求婚告诉了皮拉尔，并对她说，她优柔寡断太久了。她必须要么跟他结婚，要么就进修道院。

“我两个都不会。”皮拉尔说。

“那你要干什么？我给你这个家已经够久了。”

“我要和约瑟·利昂结婚。”

“他是谁？”

皮拉尔犹豫了片刻，她的脸或许红了些，她也希望如此。

“他是伯爵夫人的车夫。”

“哪个伯爵夫人？”

“就是德·马贝拉伯爵夫人。”

我对公爵夫人这个人是记得清清楚楚的，当她被激怒时，几乎无所顾忌。她暴怒、哀求、痛哭、争吵，情形非常可怕。人们说，她掌掴了自己的女儿，拽她的头发，但是我对皮拉尔的印象是，她会坚持自己的立场的，能够做出反击。她一遍遍说自己爱的是约瑟·利昂，他也爱她，她下定决心嫁给他。公爵夫人召集了家庭会议，把事情摆在了桌面上。最后决定，为使家庭免遭耻辱，必须把皮拉尔带到乡下去，待在那里，直到她迷途知返。皮拉尔听到了风声，一天晚上，趁家人都在睡觉时，从卧室的窗子逃了出去，跑到恋人家里，跟他父母住到一起。他们都是令人尊敬之人，住在瓜达基维尔河畔较偏远的一套小公寓里。那个地方叫特里亚纳。

此后，消息便不胫而走。生米做成了熟饭，丑闻在塞尔佩斯街的酒吧里四处传播。侍者不停地用托盘把小玻璃杯的曼赞尼拉端给来自附近酒店的人们。他们叽叽喳喳，开怀大笑。那些遭皮拉尔拒绝的求婚者收到了很多的祝贺。竟然跑了！公爵夫人一下子陷入了绝望之中。她实在没办法可想，于是去找大主教先生。他是她可资信赖的朋友，也是她以前的告解神父。她请求他去规劝一下那个鬼迷心窍的女孩。皮拉尔被传唤到了主教宫。这个善良的老人已经习惯于介入、调停家庭争端，他使出了浑身解数告诉女孩她的行为有多么愚蠢。但皮拉尔并没有被说服。任何人任何话都不能诱惑她放弃自己挚爱的男人。公爵夫人就在毗邻房间里等着，被人喊了去，向女儿做最后的劝告，毫无用处。皮拉尔又赶回了她粗陋的住处，把眼泪汪汪的公爵夫人留在了大主教那里。跟他的虔诚相比，大主教的智谋一点儿都不含糊。当他看到这个心力交瘁的女人很想听听他的建议时，他便告诉她最后一个办法是去找德·马贝拉伯爵夫人。她是塞维利亚最聪敏的女人，或许能帮上一点儿什么忙。

起初，公爵夫人愤怒地拒绝了。她可不愿意向自己最大的敌人请求帮助，这个脸丢不起。否则，多斯帕罗斯那个古老家族的荣誉就会毁于一旦。但大主教已习惯于跟这种不省心的女人打交道，他温和而聪明地劝她改变自己的想法。很快，她就同意了，答应前去请求法国女人发一番慈悲。她心头窝着怒火给她写了封信，问能否前去见她。那个下午，她被领进了伯爵夫人家里的休息室。伯爵夫人当然是最早听说这件事的人之一，不过当听这位郁郁寡欢的母亲讲述这个事件时，她的表现似乎让人觉得她是第一次听说。她极其快活地品味着整个情形，让睚眦必报的公爵夫人屈服于她那是无比的胜利啊！不过伯爵夫人在内心里终究是个温厚之人，而且也有幽默感。

"真是最不幸的情况，"她说，"我很抱歉，我的一个仆人引起了这件事。不过，我不是很清楚我能做点儿什么。"

公爵夫人很想上去扇她那张涂脂抹粉的脸，但她尽力控制住了自己的愤怒，声音微微有些颤抖。

"我请你帮忙不是为了我自己，是为了皮拉尔。你知道，我们都知道，你是城里最聪明的女人。在我看来——大主教也这么觉得，如果有什么解决办法的话，你头脑敏锐，一定会想到的。"

伯爵夫人清楚她在受到大肆吹捧，但她不介意，相反，她是喜欢的。

"你得让我想想。"

"当然了，如果他是一名绅士，我可以把我的儿子叫来，他会把他杀了，但多斯帕罗斯公爵不会跟德·马贝拉伯爵夫人的车夫决斗的。”

“或许不会吧。”

“在以前的时代，事情就简单多了。我只需雇上几个流氓，他们在晚上的大街上就可以把那畜生的喉咙割断。现在我们有那么多法律，但好人没法保护自己免遭侵害。”

“无论用什么方法解决这一难题，我都感到难过，因为它都会让我那位尽职尽责的车夫无法为我提供服务了。”伯爵夫人嘟囔道。

“但假如他跟我的女儿结婚的话，他就没法做你的车夫了。”公爵夫人生气道。

“你会给皮拉尔一笔收入，让他们赖以生活吗？”

“我？一个比塞塔[①]都不给。我当时就给皮拉尔说过了，我这里她什么也拿不到。他们只能饿死，我根本不管。”

“啊，我会这么想，当然不会去做——他可以继续做我的车夫。在我的马棚上面有几间非常不错的房子。”

公爵夫人的脸一会儿白，一会儿红。

“忘记我们之间曾发生的一切吧。让我们成为朋友。你不可以让我蒙受这种羞辱。如果我曾经冒犯过你，我请求你原谅。”

公爵夫人哭了起来。

“擦干泪，公爵夫人，”法国女人最后说，“我尽力而为吧。”

“你能做什么呢？”

“或许可以。皮拉尔自己没有钱，将来也没有，是不是？”

“没有我的同意就结婚的话，她一个便士都得不到。”

伯爵夫人给了她一个最灿烂的微笑。

“人们有一个普遍印象，南方人浪漫，而北方人务实。其实反过来才是对的。浪漫得不可救药的是北方人。我跟你们西班牙人生活在一起的时间够长了，我很清楚，如果你不务实点儿的话，你将一无是处。”

① 西班牙基本货币单位。

公爵夫人心神不定，对这些令人不快的话语，她没有直接表现出怨恨的情绪。不过，啊，她这个女人是多么让人憎恨！德·马贝拉伯爵夫人站了起来。

“今天白天你就能听到我的说法。”

她坚定地打发走了来客。

马车定好了五点出发。四点五十，伯爵夫人在梳妆打扮，准备驾车出门，她叫人去喊约瑟。他来到休息室，一身浅灰色的制服，瞧那风度！她不能否认，他看上去真是养眼。假如约瑟不是自己的车夫——啊，现在不是想这类事情的时候。他站在她面前，表现得很轻松，带着些殷勤和神气活现，但没有一丝一毫的媚态。

“简直就是个希腊之神，”伯爵夫人嘟哝道，“只有安达卢西亚才能出这样的美男子。”随之，她大声道：“我听说你要跟多斯帕罗斯公爵夫人的女儿结婚了。”

“如果伯爵夫人您不反对的话。”

她耸了耸肩。

“你跟谁结婚，我根本不关心。你当然知道，皮拉尔小姐不会得到任何财富。”

“是的，夫人。我有个好的住处，我能养活我的妻子。我爱她。”

“就这个事我不会谴责你。她是个漂亮女孩。不过，我觉得我该告诉你，我从骨子里反对让一名已婚男子做我的车夫。从你结婚那天起，你不用为我服务了。我就跟你说这些，你现在可以走了。”

她开始翻阅从巴黎刚刚寄来的日报。正像她预料的那样，约瑟并没有离开，只是耷拉着头看着地面。很快，伯爵夫人抬起了头。

“你还在等什么？”

“我从没想到夫人会赶我走。”他不安地回答。

“我敢肯定你可以在其他地方找到活儿。”

“是的，不过……”

"哦，不过什么？"她尖刻地问道。

他痛苦地叹了口气。

"整个西班牙都没有一对骡子能跟我们的相比。它们简直跟人无异。我说的每句话它们都懂。"

伯爵夫人冲他笑了笑，那笑容会迷住让任何一个没有陷入过疯狂恋爱的人。

"恐怕你只能在我和你的未婚妻之间选择一个了。"

他把两只脚换了个位置，把手伸进口袋里准备掏支烟，不过随即想到了这是什么场合，便没有掏出来。他扫了伯爵夫人一眼，他那安达卢西亚人都熟悉的特别精明的微笑浮现在脸上。

"如果是那样，我就不再犹豫了。皮拉尔一定明白，那样会完全改变我的处境的。一周中的任何一天，我们都可以找到一位妻子，但像这样的职位，人一辈子也只能遇到一次。如果为了一个女人而放弃了，那我就是个傻瓜。"

那个传奇故事就这样结束了。约瑟·利昂继续给德·马贝拉伯爵夫人驾车。不过，当他们在德里西亚斯来回驰骋时，伯爵夫人注意到，那些关注她的漂亮车夫的眼睛跟关注她的最新帽子的眼睛一样多。一年后，皮拉尔嫁给了德·圣艾斯特万侯爵。

名誉问题

若干年前，我在写一本关于黄金时代的西班牙的书，所以有了重读考尔德戏剧的机会。

其中一本书叫作“El Médico de su Honra”，意思是“好名声的医生”。这本书情节残忍，让你读得战战兢兢。但是再读之后，它让我想起了自己很多年前的一次遭遇——我从未经历过那样离奇的事，一直存储在我的记忆中。那时我还年轻，一次去塞维利亚做短暂停留，以观看基督圣体节的节日庆祝活动。当时正值盛夏，酷热逼人。狭窄的街道上空张挂着片片巨大的帆布，制造出宜人的阴凉，但广场上，太阳毒辣辣地暴晒着。早上我观看了游行盛典，壮观宏大，令人难忘。当圣体被庄严地抬着前行时，人群都跪了下来，卫队身着全身制服立正敬礼，向天上的君王表达敬意。下午，我随着拥挤的人流前去斗牛场观看表演。卖香烟的女孩，还有裁缝店里的女孩，乌黑的头发上插着康乃馨，她们的男友都穿上了最好的衣服。此时正值美西战争之后不久，人们还穿着带刺绣的短夹克、紧身裤，戴着宽边低顶的帽子。有时候，人群会被骑着劣马的骑马斗牛士冲散（那些劣马绝不会活过这个下午）；骑马者穿着别致的制服，脸上故意流露出自豪的神情，跟那些滑稽的人们相互取笑着。一支长长的由破旧马车组成的队伍沿街驶过，发出巨大的声响，上面挤满了斗牛迷们。

我去得很早，因为眼看着观众一点点增多，最后挤满了整个偌大的竞技场，让我感到开心。曝晒在烈日下的便宜座位早已坐满了。当无数的男女斗牛迷们手持扇子狂扇不止的时候，营造出了一种奇异的氛围，就像一群蝴蝶在振翅翻飞一般。我所在的阴凉区，观众来得很慢。但即便在这里，要在演出前的一个小时找到自己的座位，你也得看得非常仔细。

不久，一名男子在我面前停下来。他冲我愉快地笑了笑，问我能否给他让出点儿地方。他坐下后，我用眼角瞥了他一眼，看到他穿衣甚是考究，一身英国服装，看起来像个绅士。他的手很好看，不大，但有力，手指细细长长。我想抽支烟，于是把烟盒拿出来，觉得给他让支烟也是一种礼节。他接受了。他显然看出我是个外国人，于是用法语向我表达了谢意。

“你是英国人？”他接着问。

“是的。”

“这里这么热，你怎么还没走？”

我解释说，我是专门来看基督圣体节的。

“不管怎样，你到塞维利亚来，这个必须得看。”

然后，我就满场子的观众随便评论了一番。

“没人会想到，西班牙曾为帝国的损失而流血，但现在，她昔日的荣耀已经不复存在，只剩下了一个名字。”

“剩下很多呀！”

“阳光，蓝天，还有未来。”

他冷冷地说道，仿佛他的国家的衰败与他无关。我不知该如何回答，便没有言语。我们在等着表演开始。包厢里开始坐满了人。女士们戴着黑色或白色花边的头纱走了进来，然后把马尼拉披肩铺开了挂在栏杆上，于是便出现了一面鲜艳而多彩的挂毯。不时地，如果她们中间出现一位特别漂亮的女士，如雷掌声就会响起，来欢迎她的到来，而她会微微一笑，并弯腰致意，毫无尴尬之态。最后，斗牛比赛的主席走了进来。乐队开始演奏音乐。斗牛士们，穿着缎子衣服，带着金银饰物（看上去闪闪烁烁），大摇大摆走进了场地。一分钟后，一头健硕的黑色公牛冲了进来。比赛的紧张和恐惧让人难以自制，但我注意到，我的邻座一直保持着冷静。一名斗牛士倒下了，但又奇迹般地躲开了暴怒公牛用犄角展开的攻击。这时几千名观众腾地站了起来，而他却一动不动。公牛被杀死了，骡子把动物的尸体运了出去。我精疲力竭地跌坐在座位上。

“你喜欢斗牛吗？”他问我，“大多数英国人都喜欢，尽管我注意到，在他们国家他们会说些极难听的话。”

“一个人会喜欢令他感到恐怖、又让他憎恨的东西吗？每次我来看斗牛比赛，我都发誓再也不来了，但最后还是来了。”

“这是一种奇怪的情感，它让我们在面对别人的危险时感到快乐。或许对于人类的天性来说，这是自然而然的。古罗马人有角斗士，现代人有情节剧。在杀戮和折磨中获得快乐或许是人的本能之一。”

我没有直接回答。

“你难道不认为，在西班牙斗牛活动的存在是因为人的生命几乎无足轻重吗？”

“那么你是认为人的生命很重要喽？”

我扫了他一眼，因为他的声音里有种讥讽的口吻，任何人都能听出来。我还注意到，他的眼睛里也满是嘲讽的神色。我的脸有些泛红，因为他让我突然感觉到自己过于年轻了。对他表情的变化，我感到惊讶。他看起来是个相当和善的人，有一双柔和、友好的大眼睛，但现在，他的神情是嘲弄和傲慢的，有些让人不安。我又缩回到自己的壳里。在这个下午的其余时间，我们几乎没再说话。但当最后一头牛被杀死后，我们两个都站了起来。他跟我握手，并说希望能够再次见面。这当然只是一种礼节，我想我们两个人都认为不会再有什么可能了。

不过非常巧合的是，两三天后我们又见面了。那天下午，我去了塞维利亚一个不太熟悉的住宅区参观阿尔巴公爵宫邸。我知道，公爵的官邸有一个漂亮的花园，其中一个房间的天花板极其华美，都认为是格拉纳达[1]衰落前，由摩尔人的专属公司制造的。要进入宫邸并不容易，我非常想进去看看。当时心里想，这样的酷热天气里，没有什么游客，只需花上两三个比塞塔我就可以进去了，但结果让我大失所望。看门人跟我说府邸正在维修，没有公爵代理人的书面同意书，任何陌生人不得入内。

① 安达卢西亚的首府。

由于无他事可做，我便去了城堡皇家花园，也就是唐佩德罗国王的旧日宫殿（对这个暴君，塞维利亚人现在仍记忆犹新）。漫步在橘子树和柏树丛中，让人心旷神怡。我随身携带了考尔德的一本书，便找地方坐下来读了一会儿，然后又去闲逛。塞维利亚的那些更古老的区域，街道狭窄而弯曲。徜徉在那些遮阳棚下，让人觉得惬意，但找到路径并不容易。我很快迷了路。就在我不知朝哪个方向走时，一个人向我走过来，我认出了就是在斗牛场认识的那个人。我叫住了他，问他能否给我指指路。他想起我来了。

“你是永远出不去的，”他转过身来，微笑道，“我陪你走一走，直到你不会出错为止。”

我表示反对，但他没听。他请我放心，说不会麻烦。

“你还没走啊？”他问。

“我明天走。我去了阿尔巴公爵的府邸，我想看看他那个摩尔天花板，但他们不让进。”

“你对阿拉伯艺术感兴趣？”

“啊，是的。我听说，那是塞维利亚最好的天花板之一。”

“我想最好我带你过去。”

“去哪？”

他若有所思地看了我一会儿，好像在考虑我是个什么样的人。假如他是这样想的，显然，他得出了令他满意的结论。

“如果你能抽出十分钟的时间，我就带你去。”

我向他表达了衷心的谢意，然后两人转过身来往回走了。我们聊着一些琐碎的话题，来到一幢大房子前。房子刷成了浅蓝色，看起来像是一座阿拉伯监狱。对着街的窗子锁得严严实实，塞维利亚的许多房子都有这样的窗子。我的导游在门口拍了拍手，一个仆人从对着庭院的一个窗子里探出头来，扯了扯窗绳。

“这是谁的房子？”我问。

“我的。”

我感到吃惊，因为我知道西班牙人总是小心翼翼地保护自己的隐私，非常不乐意让陌生人进入自己的房子。大铁门打开了，我们进了院子，然后穿过院子，从一个狭窄的过道走过去。就在这时，我突然发现自己置身于一个迷人的花园中。花园三面环墙，墙跟房子一样高，古老的红色砖块由于岁月的侵蚀，色彩已变得柔和。墙上种满了玫瑰，长得密密实实，花枝繁茂，清香四溢。花园里，园丁似乎已无法遏制自然界的盎然生机，郁郁葱葱地长着一些树——有高耸挺拔、热切渴盼着阳光的棕榈树，有深暗色的橘子树，以及不知道名字的花树，树木之间除了玫瑰还是玫瑰。第四面墙是一座摩尔凉廊，带有马蹄形的拱门，上面装饰有细密的花纹。我一进去，就看到了壮观的天花板。它跟城堡花园有些相似，但没有像那座宫殿一样历遭修复，以致魅力全无，它是完好无损的，精致而温润，是个宝物。

“相信我，你没看到公爵的房子，但无需为此感到遗憾。而且，你可以说见到了任何其他外国人一辈子都没见过的东西。”

“你带我到这里来，真是太好了，我感激不尽。”

他四下里看了看，带着些自豪，我是能感受到的。

“这是我的一个祖先在残暴的唐佩德罗时代建造的。国王很可能不止一次跟我的祖先在此天花板下畅饮。”

我拿出了正在读的书。

“我在读一部戏剧，唐佩德罗是其中的主要人物之一。”

“什么书？”

我把书递给他，他扫了一眼书名。我打量了一下四周。“当然，给书添彩的部分就是关于那个优美花园的描写，”我说，“它给人留下了极其浪漫的印象。”

西班牙人显然对我的热情感到满意。他笑了起来。我注意到他的笑容是那样庄重，但脸上一直挂着的忧郁很难消失。

“想不想坐一会儿抽支烟？”

“好呀。”

我们走进花园，看到一位女士正坐在贴有摩尔瓷砖的长椅上，椅子跟城堡花园的那些椅子相似。她正在做刺绣活儿，突然抬起头来，看到走过来的陌生人，显然吃了一惊。她盯着我的同伴，露出奇怪的神色。

“允许我把我的妻子介绍给你。”他说。

女士向我郑重地弯腰致意。她很漂亮，眼睛极美丽，鼻子挺拔，鼻孔精巧，皮肤光滑而苍白。黑发浓密得像大多数西班牙女人一样，但中间夹杂着很粗的一缕白发。脸上几乎看不到皱纹，顶多不超过三十岁。

“你的花园太漂亮了，夫人。”我这样说，因为我得说点儿什么才好。

她漫不经心地朝花园瞥了一眼。

“是的，很漂亮。”

我突然感到尴尬起来，我并不期待她对我表现出热心，假如她认为我的闯入只会让人生厌，我也不会谴责她。对于她我有些没有看懂，那不是主动的敌意。尽管听起来荒谬，但我感觉到她身上有股死气沉沉的气息，虽然她很年轻漂亮。

“你们要坐一会儿吗？”她问丈夫。

“如果你允许，我们就坐上几分钟。”

“我不打扰你们了。”

她把丝线和用来做活的帆布收好，然后站了起来。这时，我注意到她比一般的西班牙女人身材要高。她严肃地向我鞠了个躬，举止高贵而镇定，步态庄重。在那些日子里，我尚有些轻率，记得当时心里想，她可不是那种可以胡闹的女人。我们在色彩斑斓的长椅上坐下来，我给了主人一支香烟，并把火柴递给他。他手里还拿着我的那本考尔德，随便地翻了翻。

“你在读哪部戏剧？”

“《好名声的医生》。”

他看了我一眼。我能看出他那双大眼睛发出了嘲讽的光。

“你觉得它怎么样？”

“我想这部戏剧令人厌恶。事实上，里面的一些想法跟现代人的观念肯定是格格不入的。”

“什么想法？”

“名誉问题，以及诸如此类的所有东西。”

我应该对此解释一下：名誉问题是很多西班牙戏剧中推动情节发展的主要力量来源。贵族们的行为准则是，如果妻子对自己不忠诚，或者闹出了丑闻——不管在其中她们应承担的责任是多么微小，丈夫都可以残忍地杀死妻子。这部特别的戏剧就是关于这一主题的，其对该问题的深思熟虑超过了我读过的任何一部书：一个有着良好名声的医生只是因为礼节问题，而对妻子展开报复，尽管他意识到她是无辜的。

“这种想法已经渗透到西班牙人的骨子里了，”我的朋友说，“外国人要么接受它，要么别去理会。”

“哦，别这样说，自从考尔德的时代以来，历史已发生了太多变化。你不会假意认为现在还有人会那样做吧？”

“恰恰相反，我仍认为，假如一名丈夫陷入这种耻辱和荒唐的处境，他只有让侵害者损命才能重获自尊。”

我没有答话。在我看来，他是在做出一种浪漫的姿态。我在心里嘀咕道，胡扯！他讥讽地冲我笑笑。

“你听说过唐佩德罗·阿加利亚吗？”

“从没听过。”

“在西班牙历史上，这是个著名的名字。其祖先之一便是效力于腓力二世的西班牙海军上将；另一个是腓力五世的契友，国王曾命令贝拉斯克斯[①]给他画肖像画。”

“在腓力王朝时期，阿加利亚家族非常富贵，但到了我的朋友唐佩德

① 西班牙著名画家。

罗这一代，情况就大不如从前了。不过，他仍不算贫困，在科尔多瓦和阿吉拉尔之间拥有若干庄园；在塞维利亚，他家至少继承了祖上少许的显赫名声。塞维利亚是个小小的世界，当听说他宣布跟没落的阿卡巴伯爵的女儿索莱达订婚后，人们都感到震惊，因为尽管她的家族非同寻常，但她父亲是个老流氓，债务缠身，为勉强度日，他所采用的那些手段根本上不了台面。不过，索莱达长得漂亮，唐佩德罗爱上了她，两人结了婚。他对她的那份迷恋或许只有西班牙才会做到。不过，令他感到沮丧的是，他发现她并不爱他。她温柔而善良，是个好妻子，一个持家好手。她对他充满感激之情，但仅此而已。他认为当她生了孩子后，也许就能改变。但有了孩子后，事情并没有两样。他们之间一开始就存在的障碍仍然没有消除，这让他痛苦不堪。最后，他告诉自己，她的性情过于高贵，精神过于雅致，而不能屈尊接受尘世的激情，只好听天由命了。是呀，她高出他太多太多，怎能与他缔结世俗的恋情？

我在座位上挪动了一下，感到有些不安。我想西班牙人过于夸张了些。他继续说了下去。

"你知道，塞维利亚的歌剧院只在复活节后开放六周时间，因为塞维利亚人不太在意欧洲音乐，他们宁愿跟朋友们聚会，而不愿听歌唱家演唱。阿加利亚一家在歌剧院有个包房，像其他人一样，他们在演出季节的第一个晚上，会前去观看演出。当时上演的是《唐浩塞》。跟典型的西班牙人一样，唐佩德罗和他妻子，一天到晚无所事事，但仍会迟到。他们到第一幕即将结束时，才赶到剧院。在演出间隙，阿卡巴伯爵，也就是索莱达的父亲，由一名炮兵部队的军官陪着进了包厢。这名军官唐佩德罗以前从没见过，但索莱达似乎对他很熟悉。

"'这位是佩佩 · 阿尔瓦雷斯，'伯爵说，'刚刚从古巴回来，我坚持要带他来见见你。'

"索莱达笑了，伸出手，然后把新来者介绍给了自己的丈夫。

"'佩佩是卡莫纳的律师的儿子。我们从小就在一起玩耍。'

“卡莫纳是塞维利亚附近的一个小城。伯爵是在那里退休的，当时，他的债权人让他不胜其烦。他的财产几乎已挥霍殆尽，仅在那里留下一座房子。他现在生活在塞维利亚，靠着女婿的慷慨资助度日，但唐佩德罗不喜欢他。唐佩德罗颇为生硬地向军官弯腰致意。他猜是军官的父亲——那位律师，在跟伯爵从事一些不光彩的交易。过了一会儿，伯爵跑到对面的包厢，跟他的侄女，圣加德尔公爵夫人说话。几天后，唐佩德罗在塞尔佩斯街自己的俱乐部见到了佩佩·阿尔瓦雷斯，跟他聊了聊。他吃惊地发现这是个非常让人愉快的小伙子，在古巴建立了赫赫功勋。他幽默地把自己的经历讲述了一番。

“复活节后的六周以及大展览会期间是塞维利亚最快乐的时候，世人聚在一起，闲聊谈笑，节庆活动一个接着一个。好性情的佩佩·阿尔瓦雷斯兴致勃勃，广受欢迎，阿加利亚家人总会时不时碰到他。唐佩德罗发现他总能让索莱达感到快乐。有他在身边，她就会活泼许多，她的笑声——以前他都没怎么听到过，现在让他感到开心。像其他贵族一样，他在展览会上租了一个摊位。在那里，他们跳舞、宴饮，喝香槟一直喝到凌晨。佩佩·阿尔瓦雷斯总是聚会上最活跃有趣的人物。

“一天晚上，唐佩德罗跟圣加德尔公爵夫人一起跳舞，他们从索莱达和佩佩·阿尔瓦雷斯旁边擦过。

“‘索莱达今晚好漂亮。’公爵夫人说道。

“‘也很快乐。’他回答。

“‘她以前是不是跟佩佩·阿尔瓦雷斯订过婚？’

“‘当然没有。’

“但这个问题让他震惊。他知道索莱达和佩佩早在孩童时就认识了，但他从没想过他们之间会发生过什么事。阿卡巴伯爵虽然是个流氓，但出身高贵，要他把女儿嫁给一个小地方律师的儿子是不可思议的。到家后，唐佩德罗把公爵夫人的问话以及他的回答跟妻子说了。

“‘但我是跟佩佩订婚了。’她说。

“‘那你怎么从来都没跟我说过？’

“‘一切都结束了。他在古巴，我从没想到还会见到他。’

“‘一定有人知道你们订婚了。’

“‘我敢说会有的。那有什么关系？’

“‘很有关系。他回来后，你不该再跟他恢复联系。’

“‘那是不是说你对我没信心了？’

“‘当然不是，我对你完全有信心。但不管怎样，我希望你现在跟他断绝交往。’

“‘如果我拒绝呢？’

“‘那我就杀了他。’

“他们彼此盯视了很久。然后，她向他微微欠了欠身，回到自己的房间去了。唐佩德罗叹了口气。他不知道她是否还爱着佩佩·阿尔瓦雷斯，是不是因为这个原因，她从来没爱过自己。但他不愿让自己陷入这种毫无价值的嫉妒情绪中。他审视自己的内心，有一点他是肯定的：对那个年轻的炮兵军官他并没有恨意。相反，他喜欢他。这不是个爱与恨的问题，而涉及对人的尊重与否。他突然想起前几天，他到自己的俱乐部去，刚进门，那里的谈话便戛然而止了。现在再回想这事，他似乎记得，其中几个正坐着聊天的人曾好奇地打量他。他们是不是正谈自己呢？一想到此，他全身有些哆嗦起来。

展览会接近尾声了，等结束后，阿加利亚一家计划到哥多华去。在那里，唐佩德罗有一处庄园，他需要不时地去瞧一瞧。塞维利亚这段时间过于喧闹了，他期待着乡下的平静生活。

那次对话后，索莱达说身体不舒服，待在房子里没出门，第二天依旧如此。唐佩德罗一早一晚去看了她，他们谈了些无关紧要的话题。但到了第三天，他的侄女康琦塔·德·圣加德尔举行了一场舞会。这是这个季节的最后一场娱乐活动，她那个圈子的人士无一例外都会参加。但索莱达说自己仍然身体不适，宣布说留在家里。

“‘你不愿参加是不是因为前天晚上的那场谈话？’唐佩德罗问。

“‘你的话我反复思考过了。我认为你的要求并不合理，但我还是答应你。我跟佩佩断绝友谊的唯一方式就是不去任何我可能碰到他的场合。’她可爱的脸蛋上现出了一丝痛苦，‘或许这是最好的办法。’

“‘你还爱他吗？’

“‘爱。’

“唐佩德罗觉得自己快气疯了。

“‘那你为什么还要嫁给我？’

“‘佩佩远在古巴，没人知道他何时回来。或许永远都不回来了。我父亲说，我必须同你结婚。’

“‘为了不让他破产吗？’

“‘比破产还要糟糕。’

“‘我真为你难过。’

“你对我很好。我做了我可以做的一切，来证明我对你是心怀感激的。’

“‘佩佩爱你吗？’

“她摇了摇头，凄惨的一笑。’

“‘男人跟男人不一样。他还年轻，爱玩乐，不会长时间地去爱任何人。是的，对他来说，我只是他幼年时的玩伴，少年时逗弄的对象。他以前对我的爱，他现在甚至可以开玩笑。’

“他抓住她的手紧紧握了握，吻了一下，然后离开了她。他是一个人去参加的舞会。他的朋友们听说索莱达身体不适后，都为她感到难过，但在表达了适当的同情后，他们立刻投身到晚会的快乐中去了。唐佩德罗溜到了纸牌室。房间里有一张牌桌，他坐下来开始打十一点[①]。他的运气极好，挣了不少钱。一个牌友笑着问怎么没见索莱达，唐佩德罗看到另一人吃惊地瞥了他一眼。不过他笑了，回答说，她正好好地躺着床上睡觉呢。这时，发生了件倒霉事。几个年轻人走进了房间，问正在玩牌

① 一种纸牌游戏。

的一个炮兵军官佩佩·阿尔瓦雷斯到哪里去了。

"'他没在这里？'军官问。

"'没有。'

"晚会有些怪异地安静下来。唐佩德罗竭力控制住自己，不让心中突然产生的想法显露在脸上。他脑中滑过一个念头：牌桌上的那些家伙怀疑佩佩跟自己的妻子索莱达在一起。哦，真是丢脸！耻辱啊！他强迫自己又打了一个小时，依然赢钱，这时是不可以出错的。游戏结束了，他回到舞池，走到侄女面前。

"'我还没怎么跟你说话呢，'他说，'到另一个房间来，我们坐下谈一谈。'

"'只要你愿意。'

"康琦塔的会客室没人。

"'今晚佩佩·阿尔瓦雷斯去哪了？'他漫不经心地问。

"'我不知道。'

"'你以为他今晚会来吗？'

"'当然。'

"她跟他一样微笑着，但他注意到她正用尖锐的目光看着他。他一改随意的语气，尽管只有两个人，还是压低了嗓门。

"'康琦塔，我求你给我说真话。有人说他是索莱达的情人？'

"'佩德里托，你的问题有多荒唐！'

"但他看到她的眼睛里有一丝恐惧，本能地用手碰了一下脸。'

"'你已经给出回答了。'

"他站起来离开了她。回到家，从庭院里抬头看了看，妻子房间里有盏灯正亮着。他上了楼梯，敲了敲门，没有回音，便走了进去。他惊讶地看到，天虽然很晚了，她仍坐在那里做着刺绣。她把很多时间都用在了那上面。

"'这个时间怎么还在忙？'

“‘我睡不成觉，也看不进书，我想做点活儿，可以让我分一下心。’

“他没有坐下。

“‘索莱达，我跟你说点儿事，一定会让你伤心的。我请求你一定要勇敢些。佩佩·阿尔瓦雷斯今晚也没参加康琦塔的聚会。’

“‘那跟我有什么关系呢？’

“‘不幸的是，你也没去。晚会上的每个人都认为你们两个在一起。’

“‘可笑！’

“‘我知道，但于事无补。你可以打开门让他出去，或者你可以自己溜出去，反正你们进进出出谁也看不到。’

“‘但是你相信吗？’

“‘不相信。我同意你的说法，事情很可笑。佩佩·阿尔瓦雷斯去哪里了？’

“‘我怎么知道？我会知道吗？’

“‘他竟没来参加这个最精彩的晚会，这个季节的最后一次聚会。’

“他沉默了一会儿。

“‘你跟我谈到他的第二天晚上，我给他写了封信，告诉他，鉴于目前的情况，我想以后最好不要再见面，这样对事情好一些。他或许出于跟我同样的原因，没有参加聚会。’

“他们沉默了一会儿。他低着头看着地板，不过，他感觉到她的目光在盯着自己。忘记跟你说了，唐佩德罗有一长处，使得他超越了他周围的人，但同时也是他的缺陷。他是安达卢西亚最好的射手。每个人都知道这一点，谁要想冒犯他，那得需要很大的勇气。就在几天前，在塔布拉达举行过一次飞碟射击比赛，是在塞维利亚郊外瓜达基维尔河河畔的一片开阔公地进行的。唐佩德罗击中了面前所有的飞碟。而佩佩·阿尔瓦雷斯表现得极其平庸，人人都笑话他。年轻的炮兵军官幽默地接受了那些玩笑话。大炮才是他的武器，他说。

“‘你要干什么？’索莱达问。

“‘你知道我只能做一件事。”

“她明白他的意思。但她只是把他的话当成了玩笑话。

“‘你太幼稚了。我们已经不是生活在十六世纪了。’

“‘我知道。所以我现在跟你谈这件事。如果我有机会挑战佩佩，我会杀掉他。我不想那样做。假如他辞去任职，离开西班牙，我就放手。’

“‘他怎么会呢？他能去哪里？’

“‘他可以去南美，在那里能发财。’

“‘你要我告诉他吗？’

“‘如果你爱他的话。’

“‘我太爱他了，所以我不能让他像个懦夫那样逃走。失去了名誉让他如何面对人生？’

“唐佩德罗大声笑起来。

“‘佩佩·阿尔瓦雷斯，卡莫纳律师的儿子，跟名誉有什么关系？’

“她没有回答，但在她的眼睛里，他看到了对自己的无比憎恨。那眼神像匕首一样刺中了他的心，因为他爱她，一如既往地深爱着她。

“第二天，他到俱乐部去，看到几个人正站在窗口，看窗外塞尔佩斯街上来回行走的人群，佩佩·阿尔瓦雷斯也在其中，他便加了进去。

“‘你到哪里去了，佩佩？’有人问。

“‘我母亲病了，我不得不回了趟卡莫纳。’他回答，‘我感到极其失望，不过这也许是最好的结果。’他笑着转向唐佩德罗：‘我听说你运气很好，赢了所有人的钱。’

“‘你什么时候让我们复仇啊，佩德里托？’另一人问。

“‘恐怕你们得等一等了，’他回答，‘我得到哥多华去。我发现我的律师在偷我的东西。我知道所有的律师都是贼，但我竟愚蠢地认为这一个是诚实的。’

“‘我想你的说法太夸张了，佩德里托。不要忘了，我的父亲就是名律师，至少他是诚实的。’

“‘我才不信，’唐佩德罗笑道，‘我丝毫不怀疑，你父亲跟那些江洋大盗没有任何区别。’

“真没料到他说出这种无端的侮辱人的话来，佩佩·阿尔瓦雷斯一时间惊呆了。其余人也吃惊不浅，一下子都僵住了。

“‘你什么意思，佩德里托？’

“‘千真万确。’

“‘谎言，你知道你说的是谎言。你必须马上收回你的话。’

“唐佩德罗笑了。

“‘当然，我不会收回。你父亲不但是个贼，而且是个流氓。’

“佩佩做了他唯一能做的事：他从椅子里跳起来，张开手，朝唐佩德罗的脸扇了一巴掌。结果是不可避免的。第二天，两人来到了葡萄牙的边界。佩佩·阿尔瓦雷斯，律师的儿子，像一个绅士一样死了，一颗子弹击中了他的心脏。”

西班牙人讲完了他的故事，语调之轻松，让我的大脑一时间没有转过弯来。等弄明白了，我感到极其震惊。

“真残忍啊，”我说，“简直就是冷血的谋杀。”

主人站了起来。

“你在胡说什么？我的年轻朋友，在当时的情况下，那是唐佩德罗唯一能做的事。”

第二天，我离开了塞维利亚。从那时起到现在，我始终没弄清楚给我讲故事的那个人姓甚名谁。我一直在想，我看到的那个女士，那个有一缕白发的女士，是否就是不幸的索莱达。

诗　　人

我对名人一向兴趣了了，至于跟世上的那些伟人握手，我既无耐心，也乏激情，而这些曾令多少人备受折磨。当有人建议我跟某一个职位或成就远胜其同胞的杰出人士会面时，我会有礼貌地找到一个借口让我谢绝这份荣耀。一次，我的朋友迭戈·托雷提出把我介绍给圣安纳，我婉言拒绝了。但仅此一次，我的借口是真诚的。圣安纳不仅是个伟大的诗人，还是个浪漫主义者，一生的冒险经历富有传奇色彩（至少在西班牙是如此)，倘若能在他的暮年时期对他做一拜访，对我而言将是件开心事。不过，我知道他已老弱多病，跟一个陌生的外国人晤面只会让他感到烦心。卡利斯托·德·圣安纳是宏大流派的最后一位继承者。在反拜伦风格的一片聒噪中，他延续了拜伦风格的存在，用一系列的诗歌讲述了他生命中的冒险故事，从此名声斐然——而这份荣誉是他的同时代人所不知晓的。我无意判断其诗歌的价值，因为我最初阅读这些诗歌时只有二十三岁，然后便迷恋住了。诗歌蕴含着激情，还带有英雄主义的冲天傲气，以及斑斓多彩的生命力，使我神魂颠倒、欲罢不能。时至今日，我脑海中仍纠缠着那些悦耳的诗行，强烈的节奏，以及关于青春岁月的迷人记忆。每次读起那些诗作，我总会心跳加速。我倾向于认为卡利斯托·德·圣安纳在讲西班牙语的民族中所享有的声望是名副其实的。那些岁月里，他的诗篇跳动在所有年轻人的嘴唇上，我的朋友们无止无休地跟我谈起他疯狂的处世,激情的演讲（因为他既是诗人,又是政治家)，深邃的智慧，以及种种风流韵事。他是个叛逆者，有时还是个以身试法的人，勇敢无畏、喜欢冒险，但首先他是个情人。他跟这个著女名演员或者那个天才女歌手的恋情故事，我们都是耳熟能详——在那些如火焰般燃烧的十四行诗歌里，他描写自己的爱情、痛苦和愤怒，我们读啊读，直至倒背如流。我们了解到，一位西班牙公主，最让波旁家族自豪的后代，答应了他的求爱，但当他对她的爱情不复存在时，她去做了修女。公主的皇家祖先——腓力国王，曾经对一名情妇产生了厌倦，最终只能让她进了修道院，因为国王爱过的女人，不会再有他人爱上。卡利斯托·德·圣安纳不比人世间的国王还要伟大吗？我们为该女士的浪漫举动鼓掌，因为这让她得到赞扬，同时让我们的诗人感到欢喜。

但这一切都是很久前的事啦！四分之一个世纪以来，卡利斯托先生从那个他已无可奉献的世界，带着点儿轻蔑抽身而退，在自己的家乡埃西哈过起了隐居生活。当我宣布要前去埃西哈时（我已在塞维利亚待了一两周），并非因为他的缘故——迭戈·托雷已经把我向卡利斯托先生做了介绍，只是因为那是一个迷人的安达卢西亚小城，它使人产生的联想让我觉得亲密。看起来，卡利斯托先生是同意年轻作家偶尔前去拜访他的，他会不时地用他满腔的激情跟他们交谈——那火样的激情在他最辉煌的日子里曾经那样震撼过听者的心。

“他现在什么样？”我问。

“很高贵。”

“你有没有他的照片？”

“我希望有，但自从过了三十五岁后，他就拒绝面对镜头了。他说他不想让后代看到他不再年轻的样子。”

我承认，这些许的虚荣心让人很是感动。我知道，他刚进入成年时期的那些年，长相极其俊朗。但以后，他逐渐意识到青春永远地离他而去了，眼瞅着让人疯狂迷恋的容貌悄然消失，他一定感到了强烈的痛楚和苦闷。在他写的那些令人感动的十四行诗里，一切都表露无遗。

不过，我拒绝了朋友的提议。我很乐意重读一下我再熟悉不过的那些诗歌。其余时间，我更愿意在埃西哈安安静静、洒满阳光的街道上自由漫步。因此，在我到达的那天晚上，当我收到这个伟人亲笔书写的便条时，我感到有些惊慌失措。迭戈·托雷已经给他写信告诉了他我要前去拜访的消息。他在便条中说，倘若我能在翌日十一点前去见他，他将感到非常开心。事情到了这一步，我别无选择，只好等到约定时间上门了。

我住的宾馆紧靠城市的广场。在那个春日的早晨，广场上一片生机，但一离开那里，便宛然进入了一片废城之中。那些街道——蜿蜒的白色街道，空空荡荡，只是偶尔能看到一两个刚做完早祷归来的黑衣女子，正迈着从容不迫的步子往前走。埃西哈是个布满了教堂的小城，你无须走多远就能看到斑驳陆离的教堂门面，或者塔楼，白鹳在上面构造了自己的巢穴。一次我停下来，看着一列小个子的毛驴从身边经过。它们红色的鞍辔已经褪去了颜色，驮框里不知装些什么东西。不过，埃西哈自建城来一直是个重要的城市，很多白色房子都建有石门，上面覆盖着壮观的盾形纹章，因为来自新世界的财富滚滚而至这个偏僻之所，还有在美洲积攒了足够财富的探险家们也到这里来安度余年。卡利斯托先生就是在这里的一套房子里长大。我来到铁格栅前，拉响了门铃。我很高兴地想到，他住在这样一个相宜的地方。那个巨大的门楼显示出一种颓败的庄严，与我对激情四射的诗人的印象恰相符合。虽然我听到门铃在房间里回响，但没人前来开门。我又拉了一次，再来一次。终于一个竟然有着浓密小胡子的年老女人来到了门口。

“你要干啥？”她问。

她有着好看的黑眼睛，但神情阴郁。我猜测是她在照顾那个老人吧。我把我的名片递给她。

“我和你的主人约好了的。”

她打开铁门让我进去。她让我等着，然后离开我上了楼。庭院处于街道后面，凉爽宜人，面积可观。可以推测出，这是征服者的某一个属下建成。不过油漆已经有了污点，地板上的瓷砖也已破损，这里那里尽是灰泥白点。一切显示出贫困的迹象，但并不脏乱。我知道卡利斯托先生是贫困潦倒的。有时候，钱也来得容易，但他从没有看重这个东西，随便就花掉了。显然，他目前过着拮据的生活，但他根本不会留意这点，除了鄙视别无其他。院子的中央有一张桌子，每边放着一把摇椅，桌子上堆着些报纸，足足有两周的高寿了。我不知道在夏日的夜晚他坐在那里，点上一支烟，会有什么梦想充盈了他的想象。柱廊下面的墙上挂着西班牙绘画，又黑又破。房间里随处放着些陈旧的布满灰尘的家具，上面贴上了发光的金属板。靠门口悬挂着一对古老的手枪，我愉快地想象到，那是在他最有名的决斗中所使用过的武器。为了那个舞蹈演员佩帕·蒙塔涅滋（现在，我猜应该是一个牙齿全无、涂脂抹粉的丑老太婆了），他杀死了达斯·海默诺斯公爵。

我大致预想的场景，以及由此引发的想象，跟这个浪漫诗人极迅速地吻合起来，我的精神立刻被这里的氛围所控制。高贵和贫困包围着他，还有那份荣耀，几乎等同于他青年时代的辉煌；他的身上有种古代征服者的气息。如果就在这个破败而又华美的房子里，他最终走完自己著名的人生是再合适不过了。一个诗人当然理应如此生、如此死。我刚到的时候镇定异常，甚至对即将开始的见面有一丝的厌烦，不过现在，我开始有点儿紧张起来，于是点上一支烟。我是准时赴约的，不知道什么事情把老人耽搁住了。周围的寂静让人感到怪异和不安。过去的鬼魂涌入了静谧的庭院；我觉得，一个人老了、死了、走了，但也从此获得了一种虚无生命。那个时代的人们有一种激情和狂野精神，但现在在这个世界上早已找不到了。我们不会像他们那样做事不计后果，也做不到他们的那种英勇无畏（如戏剧般）。

我听到一个声音，心脏跳动加快了，感到兴奋起来。终于，我看到他沿着楼梯慢慢走下来，我屏住了呼吸。他手里拿着我的名片。这是个高个子老人，极其消瘦，皮肤呈象牙色，一头浓密的白发，但眉毛依然粗重、乌黑。他的眼睛很大，向我闪烁着忧郁的光芒。在那样的年纪，他黑色的眼睛仍能光亮如昨，真是让人感到奇妙。他长着鹰钩鼻，嘴唇紧紧闭着。当他向我走近时，他严肃的目光停留在我身上。从他的眼神我能看出，他正冷冷地对我进行着判断。老人身着一身黑衣，一只手里拿着一个宽边礼帽。他的举止里透出自信和尊严。他的样子跟我希望的毫无二致。当我看着他的时候，我明白了为什么他能震撼人们的头脑、触动他们的心灵。他是个纯粹的诗人。

他慢慢跟在我后面，来到庭院。他的确有着鹰隼一般的眼睛。那一刻对我而言真是非同寻常。他站在那里，他就是那些伟大的西班牙诗人的继承人——庄严的埃雷拉，怀旧的、令人感动的弗雷·路易斯，神秘、晦涩、含混的贡戈拉。他是那一长串诗人的最后一位，他踩着他的步伐，受到人们同样的尊重。我的心里开始奇怪地唱起一首美丽而轻柔的歌曲，那是卡利斯托先生最著名的抒情诗之一。

我感到有些窘迫。幸运的是，我提前准备好了向他表达问候的话。

“大师，像我这样一个外国人，能跟您这样的伟大诗人结识，是我至高的荣幸。”

那双敏锐的眼睛里闪过一丝快意，一时间，微笑使他严肃的嘴角的皱纹变得弯曲了。

“我不是诗人，先生，我是个鬃毛商人。你弄错了，卡利斯托先生住在隔壁。”

我走错了门。

母　亲

有两三个人听到了庭院里的争吵声，他们从各自房间里跑出来，听听是怎么回事。

“是新来的房客，”一个女人说道，“她跟她的行李搬运工吵起来了。”

这是一座两层楼的出租房，环绕着一个庭院。房子地处拉·马卡雷纳（塞维利亚最混乱的街区）的一条小街上。房子租给了工人、小公务员（这类人西班牙遍地都是）、邮递员、警察，或者电车售票员。这里孩子众多，成群结队。住户有二十家。邻里之间吵吵闹闹，然后再握手言欢，见了面便胡吹神侃、喋喋不休。哪个需要帮助了，大家就会伸出援助之手。因为安达卢西亚人都是温柔敦厚之人，总体而论，大伙相处得很是不错。有一间房已经空闲了一段时间。今天早上由一名女子租去了。一小时后，她带着大小细软来了。她本人携带着尽可能多的东西，一名加利西亚人——在西班牙，搬运工一般都是加利西亚人——运来了其他所有行李。

但争吵愈加激烈。二楼上的两个女人，正兴致勃勃地听着，生怕漏听了任何一句话，于是趴在栏杆上向前探了探身。

她们听到新来者尖厉的声音越来越高，不停地咒骂着，搬运工不时愤怒地插几句话。两个女人彼此用胳膊推了推。

“你不付钱我是不会走的。”搬运工坚持道。

“我已经给你付过钱了。你说过收三里尔的。”

“我从没说过！你答应给四里尔。”

他们在针尖大的利益上争辩个不休。

“搬那几样东西就要四里尔？你疯啦！”

她试图把他推开。

“你不付钱我是不会走的。”他重复道。

“我再给你一个便士。”

“我不要。”

争吵越来越响。女人对着搬运工尖叫着、咒骂着，在他面前晃动拳头。最后，他终于失去了耐心。

“哦，好吧，给我一便士，我走。我可不愿在你这样的荡妇身上浪费时间。”

她给他付了钱，然后搬运工把她的褥子扔在地上，走了。看着他离开，她又冲他骂了句脏话。等她从房间出来，再把东西拖进去时，栏杆上的两个女人看清了她的脸。

“天哪！那真是一张邪恶的脸！看起来就像个女杀人犯。”

就在这时，一个女孩沿着楼梯走了上来，她母亲冲她喊道：“罗莎莉亚，你看到她了吗？”

“我从她来的地方叫了个加西利亚人，他说他把东西从特里亚纳带来了。她答应给他四里尔，但又不愿意给了。”

“他没告诉你她的名字？”

“他不知道她的名字。不过在特里亚纳，他们都叫她拉·卡奇拉。”

她扫了一眼栏杆上那两个漠然地看着她的女人，什么话也没说。罗莎莉亚哆嗦了一下。

“她让我感到害怕。”

拉·卡奇拉年届四十，面容憔悴，瘦骨嶙峋。两手和手指骨骼突出，就像秃鹫的爪子。她两颊深陷，皮肤蜡黄，皱纹密布。当她张开苍白的厚嘴唇时，能看到尖尖的牙齿，跟食肉动物无异。她的头发是黑色的，但很粗糙，打着一个笨拙的结，似乎随时都会掉到肩膀上；每个耳朵的正前方，都耷拉下直直的一缕。眼睛深深地陷在眼窝里，又大又黑，发着凶光。她脸上的表情如此凶残，没有人敢走上前跟她说话。她又是个完全自闭的人。邻居们的好奇心不由地被唤起了。他们知道她很穷，因为她身上的衣服破烂不堪。每天早上六点，她就出了门，直到晚上才回来。他们甚至不知道她靠什么谋生。于是，他们敦促住在这座房子里的一名警察前去做一番查问。

“只要她不扰乱治安，我就不应管她。”警察说。

不过在塞维利亚，丑闻的传播总是快之又快。几天后，一名住在楼上的泥瓦匠带来了消息，说他在特里亚纳的朋友知道她的底细。拉·卡奇拉一个月前刚从监狱出来，她在那里待了七年——因为一桩谋杀案。她原先住在特里亚纳的一所房子里。不过在孩子们发现她以前的劣迹后，便向她投石子，辱骂她，她便用脏话回击他们，还动手打他们，搞得那个地方乌烟瘴气。房东通知她限期内离开。她对房东及所有赶走她的人破口大骂。后来一个清晨，她就突然消失不见了。

“那她杀的谁呢？”罗莎莉亚问。

“他们说是她的情人。”泥瓦匠回答。

“她不可能只有一个情人哦。”罗莎莉亚嘲笑道。

“圣玛利亚！皮拉尔——”她的母亲叫道，“我希望她不会把我们中的任何人杀掉。我说过，她看起来就像个女杀人犯。”

罗莎莉亚颤抖着，用手在自己身上画了个十字。就在这时，拉·卡奇拉忙完她白天的活计回来了。突然间，谈话者们都感到了一阵压抑，大伙都彼此向前靠了靠，仿佛要挤在一起，然后紧张地看着对他们怒目而视的那个女人。她似乎从他们的沉默中也看出了一丝不祥，带着怀疑的神色飞快地瞥了他们一眼。为找个话题，警察向她问好。

“谢谢好意。”她答道。然后阴沉着脸回到了自己的房间，砰地关上了门。

他们听到她锁上了门。那双邪恶、阴郁的眼睛将他们笼罩在了一片愁云惨雾之中。他们小声地嘟哝着，好像中了恶意的魔咒。

“她恶魔附体了。”罗莎莉亚说。

“我很高兴你在这里保护我们，曼纽尔。”她母亲对警察说。

但拉·卡奇拉看起来无意给大伙儿制造麻烦。她依然我行我素，不肯屈服于人，从不愿跟人打一声招呼。任何人想跟她表达友谊，都会被她断然阻止。她感觉到邻居们已经发现了她的秘密——那桩谋杀案以及多年的牢狱生活。她脸上的皱纹更加冷峻，深陷的眼睛露出更残酷的神色，但她给众人带来的焦虑慢慢地消失了。当她偶尔从庭院里坐着的人群中穿过时，甚至连多嘴多舌的皮拉尔也不再去注意这个不苟言笑、憔悴不堪的女人。

“我敢说监狱生活让她发疯了，他们说这种事常有。”

但有一天发生了一件事，让小道消息又疯长起来。一个年轻人来到铁格栅（这座塞维利亚住宅的前门，熟铁制成）前找安东尼亚·桑切斯。皮拉尔正坐在庭院里缝补裙子，她抬头看了看女儿，耸了耸肩。

“这里没有叫这个名字的。”她说。

“有的，她就住在这里。”年轻人回答道，然后停顿了一下，又说道，“他们也叫她拉·卡奇拉。”

“噢！”罗莎莉亚打开了大门，给他指了指房门，“她在家。”

“谢谢。”

年轻人冲她笑了笑。罗莎莉亚是个漂亮女孩，脸色红润，有一双好看的、引人注目的眼睛。一支红色康乃馨衬托着她乌黑光滑的头发。乳房饱满，乳头在罩衫下挺立着。

“祝福献给给你带来生命的母亲。”他说了句陈旧的祝福话。

“上帝和你同在。”皮拉尔答道。

他走过去，敲响了门。两个女人的目光好奇地跟着他。

“他是谁呢？”皮拉尔问，“拉·卡奇拉以前从来没有过访客。”

他的敲门没有回应，他又敲了一次。他们听到拉·卡奇拉用令人焦躁的声音问谁在敲门。

“妈妈！”他叫道。

一声尖叫传来。门一下子打开了。

“古利托！”

女人张开双臂搂住了他的脖子，然后热烈地亲吻他。她抚摸着他，双手满怀爱意地轻轻摩挲着他的脸庞。女孩和她母亲看着这一切，从来没想到那个女人会如此温柔。最后，她高兴地轻轻啜泣起来，然后把儿子拉进了屋里。

“是她儿子，”罗莎莉亚惊讶道，“谁会想到呢？她还有这样的好儿子。”

古利托有一张清瘦的面孔，牙齿整齐、洁白，头发剪得很短，紧贴头皮，太阳穴附近都刮净了，喷上了一种正宗的安达卢西亚香水。早熟的胡须在褐色的皮肤下形成蓝色的影子。当然他是个极好打扮的人。像他的同胞一样，对漂亮的衣服有着强烈的爱好。他的裤子是紧身的，短夹克和带饰边的衬衣都新得没法再新，还戴着宽边的礼帽。

最后，拉·卡奇拉的房门打开了，她从里面走出来，靠在儿子的臂膀上。

“你下周日还要来吗？”她问。

“如果没什么事耽搁就来。”

他扫了罗莎莉亚一眼，然后跟母亲道了晚安，又冲她点了点头。

“愿上帝跟你同在！”她说。

她冲他笑了笑，黑漆漆的眼睛闪烁了一下。拉·卡奇拉截住了那个眼神。早已被巨大的快乐扫荡无存的阴郁又像雷雨云一样使她的面孔黯淡下来。她狠狠地、阴沉沉地看着那个漂亮女孩。

“那是你的儿子吗？”年轻人走后，皮拉尔问。

“是的，是我儿子。”拉·卡奇拉粗声说道，然后回到自己的房间去了。

任何事情都不能软化她那颗坚硬的心。纵使她的心里溢满了欢乐，但还是不去理睬那份友谊的序曲。

“他是个俊小伙。”罗莎莉亚说道。在接下来的几天，她不止一次地想到了他。

拉·卡奇拉对儿子爱得可怕。他就是她在这个世界上的全部。她带着火一样的激情和强烈的嫉妒爱着自己的儿子，这份爱反过来又要求儿子对自己表现出无法做到的忠诚。她希望对儿子来说，自己就是最重要的。由于工作的原因，儿子没法跟自己住在一起。一想到他远离自己时不知在做些什么，她就感到备受折磨。她无法忍受儿子去关注别的女人。对于儿子可能会向一名女子求爱这一赤裸裸的想法，更是让她痛苦不堪。在塞维利亚，跟年轻女子谈情说爱是最普遍的快乐：在此过程中，少女会花半个晚上的时间坐在窗口（由铁窗条保护着），或者站在门口，而她的情人站在街上，向她倾诉着对她的迷恋，当然，那是她乐意听到的。拉·卡奇拉意识到儿子是个非常迷人的年轻人，一定备受女人青睐，所以曾问过儿子有没有情人（心肝宝贝）。儿子发誓说，他每个晚上都用在工作上了，她知道他在说谎。不过，儿子的断然否认让她感到了疯狂的快乐。

她看到罗莎莉亚令人气愤地瞥了儿子一眼，而儿子对她报以微笑，狂怒占据了她的心。她以前憎恨自己的邻居，因为她们都很快乐，而自己却很凄惨，因为她们知道自己的可怕秘密。不过现在，她对他们的恨意更深了一层。她甚至有些疯狂地想到，他们那些人共谋要把儿子从自己身边夺走。下个周日下午，拉·卡奇拉走出房间，穿过庭院，来到大门口站着。她这一举动非同寻常，邻居们开始议论纷纷。

“你知道她为什么去那里吗？”罗莎莉亚问，笑得快要窒息了，“她的宝贝儿子要来了，她不想让我们见到他。”

“她认为我们会吃了他？”

古利托到了，他母亲迅速把他带回自己房里。“她在嫉妒儿子，好像他是她的情人一般。”皮拉尔说。

罗莎莉亚看了看那扇紧闭的房门，又一次笑了，亮闪闪的眼睛里充满了恶作剧的意味。她突然想到，如果跟古利托说句话将会非常有趣。一想到拉·卡奇拉的愤怒，罗莎莉亚洁白的牙齿开始闪烁出光彩来。她便在大门口坐下，这样当她母子俩出门时，就只能从她身边走出去。但当拉·卡奇拉看到她后，便走到儿子的另一侧。如此一来，她跟她儿子连瞥一眼都做不到了。罗莎莉亚耸了耸肩。

“你不会如此轻易打败我的。”她想。

到了下一个周日，拉·卡奇拉又在门口占据了那个位置。罗莎莉亚直接走到了大街上，朝着她猜想的古利托可能前来的方向走去。一分钟后，她看到了他，又继续往前走，故意装出没看到他的样子。

“你好！”他停下来，说道。

“是你吗？我还以为你害怕跟我说话呢。”

“我没有什么害怕的。”他吹嘘道。

“除了你母亲。”

她继续往前走，好像让他离开她。不过她很清楚，他是不会这么做的。

“你去哪里？”他问。

“跟你有什么关系，古利托？找你母亲去吧，小帅哥，她会打你的。当她和你在一块时，你是不敢看我的。”

“胡扯。”

“好吧，愿上帝与你同在！我还有事。”

他非常扭捏地走了。罗莎莉亚笑起来。当他和母亲穿过庭院准备出门时，罗莎莉亚又一次待在院子里。这一次，他的羞怯变成了勇气，他停下来跟罗莎莉亚道了声晚安。拉·卡奇拉气红了脸。

“快点，古利托，”她烦躁地叫道，“你在磨蹭什么？”

他走了。这个女人在罗莎莉亚面前停了一会儿，似乎想说点儿什么。但显而易见，她控制住了自己，然后回到了自己幽暗、沉寂的屋子里。

几天后便是塞维利亚的守护神圣伊西多罗的节庆日。为庆祝佳节，泥瓦匠和其他一两个人在庭院里挂上了一串中国灯笼。在晴朗的夏夜，灯笼发出柔和的光。天空是温婉的，星星在闪烁。房子的住户们都在庭院的中央聚集了，大家坐在椅子里。一些女人在给孩子喂奶，手里摇着小小的纸扇。那些大点的孩子惹是生非了，女人就会骂他们几句，这时，她们没完没了的闲谈才会暂时中止一会儿。白天让人窒息的酷热过后，晚上清凉的空气让人心旷神怡。那些去看了斗牛比赛的，正讲给运气稍差没机会前去的人听。他们绘声绘色地描述了著名斗牛士贝尔蒙特的伟大功绩。在生动的想象力的帮助下，他们把那里每时每刻发生的一切，所有的细节——各类事物，各种颜色，都无一偏漏地描绘了一番，似乎在塞维利亚的历史上，现在的斗牛运动已经登峰造极，超越以往任何时候。除了拉 · 卡奇拉，每个人都在场。在她的房间里，大家看到一支孤独的蜡烛正发出摇曳的光芒。

"她儿子呢？"

"他在呀，"皮拉尔答道，"一小时前，我看到他过去了。"

"他一定在自得其乐。"罗莎莉亚大笑道。

"哦，不要打扰拉·卡奇拉了，"另一人说，"你跳支舞吧，罗莎莉亚。"

"跳吧，跳吧，"他们嚷道，"来吧，我的女孩，跳支舞吧。"

在西班牙，人们喜欢跳舞，也热衷于观看跳舞。很多年前，据说，没有一个西班牙女人天生不会跳舞。

椅子很快围成了一圈。泥瓦匠和电车售票员拿来了吉他。罗莎莉亚取来了响板，和另外一个女孩向前迈了一步，开始她们的表演。

古利托正待在那个狭小的房间里，听到音乐响起后，他急得抓耳挠腮。

"他们在跳舞呢。"他说，这时他的四肢都痒痒起来。

他透过窗帘向外看了看，看到那群人正坐在中国灯笼柔和的灯光里，看到两个女孩在跳舞。罗莎莉亚身着节日盛装，而且按照习俗涂上了厚厚的浓妆。一支鲜艳的康乃馨插在头上，闪烁着光泽。古利托的心猛跳起来。西班牙人的爱情来得总是那样迅速。自从那天跟她第一次说话以来，这个漂亮女孩的身影一直在他脑海里萦绕不去。他走到门口。

"你要干什么？"拉 · 卡奇拉问。

"我去看看他们跳舞。我开心一下你总不让。"

"你是想去看罗莎莉亚。"

当她试图挡住儿子时，他把她推开了，来到观看跳舞的人群中。拉·卡奇拉向前跟了一两步，然后停下了。她站在半明半暗的阴影里，狂怒啮咬着她的心。这时，罗莎莉亚看到了他。

“你不害怕见到我吗？”当跳着舞蹈从他身边经过时，她小声问。

舞蹈让她有些头晕目眩，而对拉·卡奇拉她是毫无怯意的。跳完舞，她的舞伴坐回到椅子里。她向古利托走过来，直挺挺地站在他面前，头后仰着。因为刚才跳舞跳得太快，她的胸部还在剧烈起伏着。

“你当然不会跳舞的。”她说。

“我会，我会跳。”

“那来跳吧。”

她挑衅地冲他笑着，但他有些犹豫。他回过头来看了看母亲，但没看到，他想她一定正躲在阴影里。罗莎莉亚瞧见了他的眼神，明白他的意思。

“你是害怕吗？”

“我害怕什么？”他耸了一下肩问。

他走进了那圈椅子里。吉他手弹起了吉他，观众有节奏地拍着手掌，不时会喊上一声“噢嘞”。一个女孩递给古利托一副响板，他跟罗莎莉亚两人跳起舞来。这时，他们听到了一声嘶嘶声，就像黑暗中的毒蛇发出的声音。罗莎莉亚已经不顾一切了，看着阴影里的那张惨白可怖的脸，她朗声大笑起来。拉·卡奇拉呆立着一动没动。她注视着跳舞者的动作，晃动的身体，还有那些复杂的舞步。她看到罗莎莉亚优雅地向后仰着身，冲着正绕着她旋转、拍打着响板的古利托微笑。她的眼睛在冒火，她感觉它们像煤炭一样正在眼窝里熊熊燃烧。但没人注意到她，她发出了愤怒的哀号声。跳舞结束了，罗莎莉亚微笑着，掌声、喝彩声让她非常开心。她告诉古利托没想到他跳舞跳得这么好。

拉·卡奇拉跑回自己的房间，插上了门。当古利托回来让她开门时，她没吱声。

“要不，我回去了。”他说。

她的心在痛苦地流血，但不愿说一句话。儿子就是自己的一切，爱的全部寄托，然而，她恨他。这个晚上她一宿未眠，躺在那里，神智已经有些迷乱，想的是他们要将儿子抢走了。第二天早上，她没去做活儿，而是等罗莎莉亚出来。最后，女孩走了出来。昨晚的狂欢使她看上去有些蓬头垢面。当拉·卡奇拉突然站在她面前时，她吃了一惊。

“你想把我儿子怎么样？”

“你什么意思？”罗莎莉亚回答，脸上带着诧异的表情。

拉·卡拉奇气得发抖，她朝自己的手咬了一口，以便让自己镇定下来。

“哦，你明白我的意思。你想偷走我的儿子。”

“你认为我想要你儿子吗？叫他离我远远的。如果我到哪里他都跟着，我也没办法。”

“那是谎言！”

“你问他好了！”罗莎莉亚强烈的讥讽口气让拉·卡奇拉几乎无法自控，“为了见到我，他会在街上等上一个小时。你怎么不拉住他？”

“你在说谎，你在说谎！是你拼命讨好他的。”

“如果我想找情人，有的是。我可不想要一个女杀人犯的儿子。”

这时，一切都让拉·卡奇拉头脑迷糊了。血液涌上了脑门，堵住了视线，她扑上去扯住了罗莎莉亚的头发。女孩发出厉声尖叫，拼命保护自己。这时，一个过路人一下子把她们分开了。

“如果你不离开我的儿子，我就杀了你！”拉·卡奇拉吼道。

“你认为我会怕你吗？假如你有本事，就让他离开我。你个蠢蛋，难道看不出他爱我胜过爱自己的眼睛吗？”

“好了好了，你走吧，”那个男人劝道，“别跟她说了，罗莎莉亚。”

拉·卡奇拉愤怒地咆哮了一会儿，像一头没能捕到猎物的野兽，然后到街上去了。

但那次跳舞让古利托疯狂地爱上了罗莎莉亚。第二天一天，他都在想她红艳艳的嘴唇和眼睛里闪烁的光芒——那光芒照到了他的心里，让他迷恋不已。他强烈地渴望得到她。黄昏时分，他漫步来到马卡雷纳，并很快到了她家门口。他在门廊的阴影里等着，直到看到她来到庭院里。庭院的另一头，他母亲屋里的灯正发出孤独的光。

“罗莎莉亚。”他轻声喊道。

她转过身，差点惊叫起来，但没发出声音。

“你今天怎么来了？”她向他走过去，小声说道。

“我没法离开你。”

“为什么？”她笑道。

“因为我爱你。”

“你知不知道，今天早上你母亲差点儿杀了我？”

她把发生的情况讲给他听，当然是带有修饰成分的——对安达卢西亚人的性情而言，这是一种必要的说话方式。不过，她没有提到最后让拉·卡奇拉怒不可遏的那句嘲讽话。

“她的性格简直就像魔鬼。”古利托说。随后，他又故作勇敢道：“我要告诉她你是我的心上人。”

“她会很开心的。”罗莎莉亚讽刺道。

“明天你会到铁格栅门口吗？”

“或许吧。”她回答。

他咯咯地笑了笑，因为从她的语气他能听出来她会的。他昂首阔步地穿过塞尔佩斯街朝自己的住处走去，只是头比往常抬得更高，步子迈得更大。第二天他到了后，她已在那里等着他了。跟塞维利亚的其他恋人一样，他们隔着铁门悄声细语了几个小时。古利托从没想过，这种障碍的设置其实是不必要的。当他问罗莎莉亚爱不爱自己，她含情脉脉地叹息了一下。他们都想从彼此的眼睛里看到燃烧的激情。于是，他天天到那里去。

古利托害怕母亲知道他到这里来，因此，到了周日他没去看她。这个可怜的女人痛苦地等待着儿子的到来，她想跪下来请求他原谅自己。

但他没来，她心中就对他充满了怨恨——她甚至愿意看到他死在自己面前。一想到还要再等上一周才有可能见到他，她变得心痛欲裂。

一周过去了，他依然不见踪影。她已经无法忍受。痛苦，还是痛苦！她爱儿子胜过她的任何情人。她告诉自己，这都是罗莎莉亚造成的。一想到她，愤怒便充溢了她的心胸。最后，古利托积攒了足够的勇气来看母亲了，但她已等了太久，她的爱似乎已经死亡。当他想吻她时，她一把推开了他。

“你以前怎么不来？”

“你锁上了门不让我进。我想是你不愿见我。”

“就这些吗？还有没有别的原因？”

“我很忙。”他耸了耸肩膀说道。

“忙？一个无所事事、游手好闲的人，你在忙什么？你不会忙得没法来见罗莎莉亚吧？”

“你为什么打她？”

“你怎么知道我打她？你见到她了？”拉·卡奇拉大步走到儿子跟前，眼睛冒着火，“她叫我女杀人犯。”

“哦，那又怎样？”

“那又怎样？”她尖叫起来，以至院子里的人都可以听到了，“如果说我是个女杀人犯，那也是为了你。没错，我杀了佩佩·桑提，是因为他打你。为了你，我坐了七年牢——七年啊！哦，你个傻瓜，你以为她喜欢你，她每个晚上都待在门口。”

“我知道。”古利托咧开嘴笑了。

拉·卡奇拉猛地吃了一惊。她困惑地看了儿子一眼，然后就明白了。她因痛苦和暴怒喘着粗气，把手抓在胸前——似乎剧烈的痛楚已让她无法忍受。

“你每晚都到铁格栅那里去，却从不来看我？哦，多么残忍啊！我为你付出了一切。你认为我爱佩佩·桑提吗？我忍受他的殴打只是为了让你能有面包吃；我杀了他是因为他连你也打。哦，上帝，我是为你活着的呀。要不是为了你，我宁愿死，也不会在监狱遭那么多年的罪。”

“别说了，母亲，理智点。我已经二十岁了，你想怎么样？假如不是罗莎莉亚，也会是别人。”

“你个畜生。我恨你，你滚！”

她狂暴地把他推到门口。古利托耸了耸肩。

“你别以为我想留这儿。”

他轻快地穿过庭院，砰地把身后的铁门关上了。拉·卡奇拉在狭隘的房间里来回大步走动着。几个小时过去了。她长时间地待在窗口，如可怕的野兽般定定地看着窗外，准备随时跳起来。她一动不动地站着，压制着要把她的心脏撕裂的痉挛性躁动。铁格栅门口传来拍手的声音，这说明周围无人。她嘴里喘着粗气，从窗子里往外瞥，喷着怒火的眼睛几乎从眼眶里跳出来。不过，那是泥瓦匠。她又等了等，皮拉尔——罗莎莉亚的母亲，走了进来，然后慢慢地上楼回到自己房间。拉·卡奇拉抓住自己的喉咙，来减缓一下让她无法忍受的呼吸压抑。她还在等着，四肢不时地令人惊异地颤抖起来。

等到了！门口又传来轻轻的拍手声，上面有个声音叫道：“谁啊？”

“小声点！”

拉·卡奇拉认出是罗莎莉亚的声音，她发出得意的喘气声。门从上面打开了，罗莎莉亚走了过来，迈着轻松活跃的步子穿过了庭院。她的每个动作都充满了生命的欢欣。当她准备迈上楼梯时，拉·卡奇拉冲过去挡住了她。她抓住她的胳膊，女孩无法挣脱。

“你想干什么？”罗莎莉亚说，“让我过去。”

“你跟我儿子都干了什么？”

“让我过去，否则，我就喊了。”

“你们每晚在铁格栅见面，是不是？”

“妈妈，救命啊！安东尼亚！”罗莎莉亚尖声叫喊起来。

“回答我。”

“啊，既然你想了解真相，那我可以告诉你。他要跟我结婚了。他爱我，我也真心爱他。”她突然动起手来，试图摆脱她的恶意抓握，“你认为你能阻止我们吗？你认为他怕你吗？他恨你，他是这样跟我说的。他希望你待在监狱里永远都不要出来。”

“是他跟你说的吗？”

拉·卡奇拉后退了一步。罗莎莉亚占据了上风。

“是的，是他说的。他还告诉我更多的话。他说你杀死了佩佩·桑提，在监狱待了七年，还说他希望你会死掉。”

罗莎莉亚的这番恶毒的话让这个邪恶女人似乎受到了明显打击，变得蔫头耷脑起来。看到此，罗莎莉亚尖声笑了。

“我没有拒绝嫁给一个女杀人犯的儿子，你应该感到自豪。”

然后，她推了拉·卡奇拉一把，然后跳起来上了楼梯。但这个动作让那个女人清醒过来。罗莎莉亚的嘲弄让她震惊，她暴怒地叫起来，扑向罗莎莉亚，抓住她的肩膀把她拖下来。罗莎莉亚转过来朝她的脸打去。她从胸口抽出一把刀子，刺向女孩的脖子。罗莎莉亚尖叫起来。

“妈妈，她杀了我。”

她倒在了楼梯下面，蜷缩在一堆石头上。地上留下了一摊血。

听到那绝望的叫喊，六七扇门突然打开了，人们冲过来，试图抓住拉·卡奇拉，但她向后退到墙边，直视着他们，脸上的凶残表情让人不敢靠近。但犹豫只是持续了片刻，皮拉尔尖叫着从阳台处跑过来，大伙的注意力稍一分散，让拉·卡奇拉瞅准了机会，向前面跑了。她赶回自己的房间，锁上门锁，插上了门闩。

一下子，院子里挤满了人。皮拉尔撕心裂肺地哭喊着，趴在女儿身上，不让他们把自己拉开。有人跑去找医生，有人去找警察。一群人从街上涌过来，中间的那位便是医生。医生匆忙赶来，手里拿着一个黑色的袋子。警察到后，十几个人激动地跟他介绍发生的情况。他们指了指拉·卡奇拉的房间，警察破门而入，冲了进去。一番扭打之后，他们出来了，拉·卡奇拉戴着手铐也走了出来。人群跑上前去，但警察把她包围起来，用刀鞘把人群驱散开了，但大伙还是挥舞着拳头咒骂着。她轻蔑地看着他们，不愿屈尊给出任何回答，眼睛发出胜利的光芒。警察领着她穿过了庭院，从罗莎莉亚的身体边走过。

“她死了吗？”拉·卡奇拉问。

“是的。”医生严峻地回答。

“感谢上帝！”她说。

来自格拉斯哥的男人

谢利第一次开车去那不勒斯就目睹到一件引起他关注的事，这样的好运气并不是每一个初次到大城市的人都能碰到。一个年轻人从一家店里跑出来，后面追着一个拿着刀子的男人。男人撵上了年轻人，举起刀子刺向他的脖子，年轻人倒在了路上，死了。谢利有一颗温柔的心，他认为这类事情哪里都有，但内心里仍然感到恐惧和愤怒。当他把自己的心情讲给一名跟他一起旅行的来自卡拉布里亚的牧师听时，牧师朗声大笑起来，还试图开他的玩笑。谢利说，他从来没有过如此强烈的揍人的冲动。

我从未遇到过那种刺激性事件，不过，当我第一次去阿尔赫西拉斯时发生的一件事看起来也绝非寻常。阿尔赫西拉斯那时还是个杂乱无章、遭人遗弃的小城。晚上当我到达时，天色已经有些晚了，我于是去了码头上的一家客栈。客栈相当破旧，但能看到直布罗陀海峡的美妙景色，海水连成一片——事实上，一眼便能看到海湾的另一端。当时正值圆月。办公室在二楼。当我提出要一房间时，一个邋里邋遢的女服务员带我上了楼。房东正在打牌，见到我时似乎有些不悦。他抬起头上下打量了我一番，随便说了个房号，然后就不再管我，继续打自己的牌。

女服务员把我带到房间后，我问她有什么东西可吃。

“那看你想吃什么了。”她回答。

我当然清楚这种表面上的慷慨有多么虚假。

“房间里有什么？”

“你可以吃点儿鸡蛋和火腿。”

宾馆的那个样子就能让我猜想到几乎不可能有其他东西可吃。服务员带我去了一个窄小的房间。房间的墙面粉刷过了，房顶低矮，为第二天的午餐专门放了一张长桌。一个高个子男人背对着门坐着，蜷缩着身子靠在火盆旁。火盆是圆形的铜制盘子，里面装着热烘烘的木灰——有人认为，对于安达卢西亚并不太寒冷的冬天来说，一个火盆就足以帮人御寒，真是错误的想法。我在桌边坐下，等着少得可怜的晚餐端上来。我漫不经心地扫了陌生人一眼，他也正在看我，但一碰到我的目光，他的视线就转移开了。我等着我的鸡蛋上来。最后，女服务员终于端来了，男人又一次抬起了头。

"我希望你能及时叫醒我，以便坐上首班客船。"他说。

"好的，先生。"

他的口音告诉我英语是他的母语，而他宽宽的身材，显著的五官特征则让我想到他应该是个北方人。在西班牙，看到更多的是强壮的苏格兰人，而不是英格兰人。不管你是去富裕的力拓矿区，还是去赫雷斯酒庄，或者去塞维利亚、加的斯，你听到的都是特威德河[①]对岸那慢悠悠的口音。在卡莫纳的橄榄园里，在阿尔赫西拉斯与博巴迪拉之间的铁路上，甚至在梅里达的偏远软木林里，你到处都能见到苏格兰人。

吃完了饭，我走到火盆旁烤火。这时正值仲冬时分，沿海湾形成的风道让我的血液变得冰冷。我把椅子向前挪了挪，那名男子把自己的椅子向后拉了拉。

"不用动，"我说，"就两个人，地方够大了。"

我点上一支烟，也给他递上一支。在西班牙，直布罗陀地区的哈瓦那烟从来都是备受欢迎的。

"抽一支也行。"他说着伸出了手。

我认出了他宛如唱歌般的格拉斯哥口音。但陌生人并不健谈，在他的单音节单词面前，我做出的交谈努力也只能付诸东流。我们于是便沉默着抽烟了。他的身材比我想象的还要高大，肩膀宽阔，四肢笨拙，

① 英格兰和苏格兰之间的界河。

脸色晒得黑黝黝的，头发短而斑白。他五官粗大，嘴巴、耳朵和鼻子硕大肥厚，皮肤皱纹密布，眼睛呈现浅蓝色。他总是用手拉扯着他乱蓬蓬的灰色胡须。这是一种紧张的姿势，让我隐隐觉得有些不悦。不一会儿，我感觉到他在看我。他直愣愣地瞧着我的眼神让我逐渐愤怒起来。我扫了他一眼，希望能像上次那样让他低下脑袋。他果然低了一会儿，但不久又抬起来。他的目光从他那长长的、浓密的眉毛下面射出来，审视着我。

“刚从直布罗陀来的？”他突然问道。

“是的。”

“我明天就走了——要回家去。感谢上帝。”

“你不喜欢西班牙？”

“哦，西班牙不错。”

“你到这里很久了吗？”

“太久了，太久了。”

他说话时微微喘着气。我很惊讶，随随便便的几句问话似乎触动了他的情绪。他一下子站起来，来回踱步。他走过来走过去，像笼中的野兽一般，还把挡路的椅子撞到了一边。他叹息着，不时地重复着那几个字“太久了，太久了”。我静静地坐在那里，感到有些尴尬。为了让自己沉住气，我搅了搅火盆，把那些更热的木灰翻上来。他突然站住不动了，并向我俯下身来，好像我的动作让他意识到了我的存在。然后，他又重重地坐回到椅子里。

“你是不是觉得我有些怪？”他问。

“比大多数人怪不到哪里去。”我笑了。

“你没看出我身上有些奇怪的东西？”

说着，他向前探了探身，以便让我看得清楚些。

“看不出来。”

“看出来你就说，好不好？”

“我会的。”

我不太明白他话里的意思，心里想他是不是喝醉了。接下来的两三分钟，他什么都没说，我也不想打破这份安静。

“你叫什么名字？”他突然问道。我告诉了他。

“我叫罗伯特·莫里森。”

“苏格兰人？”

“格拉斯哥。我来到这个该死的国家已经很多年了。有烟吗？”

我把我的烟草袋递给他，他装好烟斗，然后就着一块燃烧的木炭点着了。

“我不能再待下去了。我待得太久了，太久了。”

他又要冲动地跳起来，来回地走，但这次压抑住了，仍坐在椅子里。从他脸上我能看出他在做着努力。我的判断是，他的躁动不安是由于长期的酗酒造成。我觉得酒鬼令人讨厌，所以决定找个机会溜回去睡觉。

“我一直在经营一块橄榄园，”他继续说道，“我在这里为格拉斯哥和西班牙南方橄榄油有限公司工作。”

“哦，是这样。”

“我们找到一种新的炼油工艺，你知道。如果方法得当，西班牙生产的橄榄油就跟卢卡的油一样好，但我们的销售价格可以做到更低。”

他说话的方式很乏味，事实上，他是在用一种商务的方式说话。他以苏格兰人的精确性挑选着措辞。这一刻，他看起来极其清醒。

“你知道，埃希哈差不多是个橄榄油贸易中心。在那里有一个西班牙人帮我们照料生意，不过我发现，他总是监守自盗，所以我不得不把他赶走。我以前住在塞维利亚，那里搞油料运输比较方便。但我无法找到一个可资信赖的人前往埃希哈，所以去年我自己去了那里。你知道吗？”

“不知道。”

“公司在离城两英里的地方有一处种植园，就在圣洛伦索村村外。园子里有一幢不错的房子。它坐落在一座小山上，看起来非常漂亮，房子是全白的，你知道。房顶上还栖息着几只白鹳。那里没人居住，我想如果我住在那里的话，就能省去住到城里的租金了。”

“但一定有些荒凉的。”我说。

“是的。”

罗伯特·莫里森又沉默着抽了一会儿烟。我不知道他跟我讲的意义在哪里。

我看了一下手表。

“要马上走吗？”他尖声问道。

“也不是很着急。天有些晚了。”

“哦，那又怎样呢？”

“我想你在那里见不到几个人吧？”我说，又回到那个话题上。

“不多。我跟一个老人和他妻子住在那里，他们照顾我。有时我会下山到村里跟药剂师弗尔南德兹和我在他店里遇到的一两个人玩踹思路[①]。我偶尔还去打猎、骑马。”

“在我听起来，生活不错嘛。”

“到去年春天，我已在那里待了两年。我从没想到仅仅是五月份天气就那样炎热。任何人都没法干活。劳工们只能躺在阴凉里睡大觉。羊热死了，一些动物发疯了。甚至连牛也不工作了，它们只是站在那里，脊背抬得高高的，大口地喘气。该死的太阳暴晒着大地，那光线让人害怕怕，你感觉到你的眼睛都要从眼眶里掉出来了。土壤干裂破碎，庄稼卷曲，橄榄树也变了形，全毁了。整个园子如同地狱一般。晚上热得你一分一秒都不能睡着。我从一个房间赶到另一房间，只想喘口气。当然，我把窗子关了，地上也洒了水，但根本没用。晚上跟白天一样热浪滚滚。就像生活在烤炉中一样。

“最后，我想我应该在楼下靠北面的一个房间里搭张床，那个房间从没用过，平常天气里一直非常潮湿。我想不管怎样，在那里或许能睡

① 一种纸牌游戏。

上几个小时的觉。这无论如何都是可以试试的。但该死的，这个办法也不管用，一点儿作用没有。我在床上翻来覆去；床太热了，让人无法忍受。我从床上起来，把通往游廊的门打开，走了出去。这是个极好的夜晚。月亮那么明亮，我敢向你发誓，你可以在月光下读书。我跟你说过房子是在山顶上吗？我靠在栏杆上，看着那片橄榄树，它们就像海洋一样。这使我想起了我的家乡。我想起故乡的杉树林里吹过的凉风，我想起格拉斯哥大街上的喧闹。不管你信不信，我可以闻到它们，闻到大海。上帝啊！那样的空气我若能呼吸上一小时，我可以把我在世上的一切都抛掉。有人说，格拉斯哥的天气让人讨厌，但你可能不相信，我喜欢那里的雨天和灰色的天空，也喜欢那里黄色的海洋和波浪。我忘记了自己是在西班牙，正身处那片橄榄丛中。我张开嘴，深深地吸了一口气，仿佛是在海雾中呼吸。

"但这时，我突然听到一个声音，是一个男人的说话声。不响亮，你知道，声音很小，似乎是从寂静中爬出来的。哦，我不知道它是什么样子，但让我惊异。我想不出在那个时间谁会出现在橄榄园里。那时已过了半夜。我听出来了，那是一个人的笑声，很奇怪的那种笑。我想你可以称它为'咯咯笑'。它似乎正慢慢地爬上山来——但笑声是不连贯的。"

莫里森看了我一眼，看我是否听懂了他用的那个奇怪的词——他用它来表达他当时的感觉，但不知道怎样去描述。

"我的意思是，它本来是微微颤抖着的，却突然传上来了，或者说像是从水桶里向外射出石子。我向前探了探身，凝视着那个方向。那一刻，一轮满月正明晃晃地挂在天上，大地亮如白昼。但是要说能看到什么东西，那我该死！声音这时又停止了，我还是朝着它传过来的方向看着，以免会有人上来。过了一分钟，声音又响起来，而且更响了。你现在不能称它为'咯咯笑'了，而是真正的'捧腹大笑'。它是通过夜色传过来的。我想它并没有把仆人吵醒。听起来像是有人在耍酒疯。

"'那里是谁？'我大声叫道。

"我得到的回答是一阵大笑。我不介意跟你说，当时我是有点儿恼怒。我想下去看看是怎么回事。我可不想让任何醉鬼在深更半夜，在我的地盘上大吵大闹。就在这时，传来一声喊叫声，天哪！接着，又是哭喊声。那个人笑得低沉，但哭得尖厉，就像一头猪被割断了喉咙。

"'天哪！'我叫道。

"我从矮护墙上跳过去，朝着声音的方向跑去。我想是有人被杀了。这时周围一片寂静，接着又传来刺耳的尖叫声。接下来是呜咽声、呻吟声。我可以告诉你，那声音听起来好像是有人马上要死掉了。长时间的呻吟后，又没声音了，又是一片寂静。我从这里跑到那里，从那里跑到这里。什么人也没找到。最后，我又爬上山，回到了自己的房间。

"你可以想象那一晚我睡了多少觉。天一亮，我就从窗子朝声音传来的方向看去。我惊讶地看到一座白色小房子，坐落在紧靠橄榄园的一个小的谷底中。谷底另一侧不属于我们的园地，我从没到过那里。房子那个地方我也几乎不可能去，以前更没看见过那座房子。我问约瑟谁住在那里。他告诉我，那里住着一个疯子，还有他哥哥和一个仆人。"

"哦，那不就清楚了？"我说，"不是个好邻居呦。"

苏格兰人一下子弯下腰，抓住了我的手腕，把脸贴近我的脸，惊恐地睁大了眼睛。

"那个疯子已经死了二十年了。"他嘟哝道。

他松开了我的手腕，坐回到椅子里，向后靠了靠，喘着粗气。

"我顺着山坡走到那里，围着房子转了转。窗子都关得严严的，门上了锁。我摇了摇门把手，摁响了门铃。我听到里面叮当一声，但没人过来开门。这是个两层房子，我抬头看了看。百叶窗都紧闭着，看不出任何有人居住的迹象。"

"那么房子状况怎样？"我问。

"啊，非常糟糕。墙粉都已脱落殆尽，门上和百叶窗上的油漆也几乎看不到了。地上尽是些从房顶上掉下的瓦片，看起来是被大风吹落下来的。"

“奇怪。”我说。

“我去找我的朋友——药剂师弗尔南德兹，他告诉我的情况跟约瑟讲的一模一样。我问那个疯子是怎么回事，弗尔南德兹说没人见过他。平时，他都处于昏迷状态，但偶尔就会突然发疯，这时从老远的地方就能听到他又哭又笑。他过去常让人受到惊吓，最后死于一次袭人事件，他的监护人随之就搬走了。从那以后，没人敢住在这个房子里。

“我没有告诉弗尔南德兹我听到的声音。我想他会笑我的。那天晚上我一夜未睡，一直保持警觉。但什么事情都没发生。没有任何声音。我等到凌晨才上床睡觉。”

“你再也没听到什么吗？”

“一个月内再没听到。干旱还在持续，我继续在后面的储藏室睡觉。一天晚上，我很快就入睡了，但这时似乎发生了什么事，不过我不知道该如何准确地去描述它。那是一种奇怪的感觉，好像有人用肘轻推了我一下，给我一个警告，我一下子全醒了。我躺在床上，就在这时，跟上次一样，我听到了长长的低低的咯咯笑声，就像一个人听到了一个古老的笑话而感到乐不可支。它从下面的谷地传来，然后，笑声逐渐响起来。这时已是狂笑了。我从床上跳起来，走到窗口。我的腿开始发抖。站在那里听着大笑声从夜幕里传来，让人感到非常恐怖。那一刻，声音又没有了，随之又是痛苦的尖叫声，和可怕的呜咽声。听起来不像是人的声音。我是说，你可能觉得那是一头受到折磨的动物发出的。我不介意告诉你，我当时是吓坏了，就是想动也动不了。过了一会，声音停止了，不是突然停下的，而是慢慢消失的。我仔细地倾听，但再听不到任何声音。我爬回到床上，把脸埋了起来。

“我记得当时费尔南德兹跟我说过，疯子的发狂只是间歇性的，其余的时间他都非常安静。很冷漠，费尔南德兹是这样说的。我想，疯子的发狂既然是有规律的，我可以算出我听到的两次发作之间的时间。二十八天。根据实际情况进行推算无需花太多的时间。很显然，是满月引发了他的疯狂。我实际上不是个犹疑不定的人，所以决定把这件事追查到底。我查看了日历，算准了下次月圆的日子。到了那天晚上，我没上床睡觉。我擦了一下左轮手枪，上好了子弹，又准备了一盏灯笼，然后坐在房子的矮护墙上等着。我感到极其镇定。实话说吧，我对自己非常满意，因为我一点儿都没感觉到害怕。这时，空中的微风正从我的房顶刮过。它吹动橄榄树的叶子，发出沙沙的声音，正像波浪漫过沙滩上的鹅卵石。月光正洒在空谷那座房子的白墙上，我的心情是不错的。

"终于，我听到了那个小的声音，声音我是熟悉的。我几乎要笑起来了。对啊，今晚又是满月，疯子的狂乱就像钟表一样发作了。那再好不过了。我从墙上跳过去，进了橄榄林，然后直直地朝那个房子走去。随着我不断走近，咯咯的笑声变得更响了。我来到房子前，抬头看了看，没有一丝灯光。我把耳朵靠近房门，听到疯子正狂笑不止。我用拳头砸门，同时按响了门铃。门铃声似乎让他感到快乐。他又哈哈大笑起来。我再次敲门，一次比一次响。敲得越多，他笑得越多。最后，我扯着嗓子喊叫起来。

"'把这个该死的门打开，要不我就砸门了。'

"我向后退了几步，使出全身的力气踹向门闩，然后再用整个体重朝房门撞去。门发出了破裂声。接下来我用最大的力气继续撞去。终于，这个该死的东西哗啦开了。

"我从口袋里掏出左轮手枪，另一只手举起灯笼。现在门开了，笑声也就更响了。我走了进去。里面的恶臭几乎将我熏倒，我是说——你想窗子关了二十年。这时，声音之大已足以把死人吵醒，但我不知道是从哪里发出来的，几个墙面把声音反射来反射去，更让人搞不清声音的来源。我打开旁边的一扇门走了进去，里面空空如也，连件家具都没有。声音更响了，于是我循着声音找去。我走进另一个房间，依然什么都没有。我又打开一扇门，发现来到了一段楼梯下面。疯子就在我头顶大声笑着。我小心地上了楼梯——你知道，我不是在冒险。在楼梯的顶端有一个过道。我沿着过道走过去，把灯笼举在前面。我来到过道尽头的一个房间前，停了下来。他就在这里。现在我跟那个声音只有薄薄的一层门之隔。

“听到那个声音真是可怕。一阵战栗传遍了我的全身，我开始咒骂自己，因为我全身都开始颤抖起来。那声音根本不像人声。天哪！我几乎就要逃之夭夭了。我咬紧牙关，强迫自己不要跑开。但我几乎无法鼓足勇气去转动那个把手。就在这时，笑声戛然而止了，你可以说，那就像用刀子一下子割断了一样。我又听到了因痛苦发出的嘶嘶声，以前从没听到过的——是声音太小了，传不到我住的地方去。接着是一阵喘气声。

“‘唉！’我听到一个人在说西班牙语，‘你在杀我。拿走。哦，上帝，救救我！’

“他尖叫起来。畜生们正在折磨他。我踹开了房门冲了进去。气流使一扇百叶窗向后飘去，月光照了进来，非常明亮，使得我灯笼的光芒都显得暗淡了。我的耳朵如此近、如此清晰地听到那个可怜家伙的呻吟声，正如我现在听你说话一样。真是太可怕了，呻吟、呜咽，还有吓人的喘气声。没有人能那样生存下来，他已经走到了死亡的边缘。我告诉你，我亲耳听到了他的哭喊声，时断时续，让人窒息。房间里什么都没有！”

罗伯特·莫里森跌坐到椅子里。这个高大、结实的人，很奇怪地有着画室人体模特的神情。你感觉到，你只要推他一下，他就会跌倒在地上，瘫成一堆。

“然后呢？”我问。

他从口袋里掏出一块脏兮兮的手帕，擦了擦额头。

“我觉得，我不太想在北面那个房间睡觉了。所以，不管热还是不热，我又搬回自己的房间里去。啊，就在整整四周后，差不多凌晨两点，我又被疯子的咯咯笑声吵醒了。几乎就在我的胳膊肘处。我不介意告诉你，从那以后，我的神经变得有些脆弱起来。所以，到了下一次那个讨厌的家伙又发疯的时候，下一次月亮变圆的时候，我是说，我把费尔南德兹找来陪我，跟我一起度过那个晚上。我什么都没告诉他。我一直跟他打牌直到凌晨两点，然后，我又听到那个声音了，我问他是否听到了什么。‘没有啊。’他说。‘有人在笑。’我告诉他。‘你喝醉了，兄弟。’他说，然后他就大笑起来。太过分了。‘闭嘴，你个傻瓜！’我说。笑声越来越响。我叫起来。我用手捂住耳朵，试图把声音遮挡住，但没有丝毫用处。我又听到了，我又听到了痛苦的尖叫声。费尔南德兹觉得我疯了，但他不敢说，因为他知道假如他那样说，我会杀了他。他说他要睡觉了。第二天，我发现他已偷偷走了。他的床根本没动，他昨晚一离开我，人就走了。

“从那以后，我就无法待在埃希哈了。我在那里找了个代理人，然后回到了塞维利亚。我终于感觉到自己相当安全了，但随着月圆夜晚的临近，我仍感到害怕。当然我告诫自己不要做该死的傻瓜，但是，你知道，我他妈的就是控制不了自己。事实上，我害怕那个声音跟着我，我知道，如果在塞维利亚还不能摆脱掉它的话，我就要听一辈子了。我的勇气不比任何人差，但该死的是，万事都有局限性，我的身体受不了啦！我只是愣愣地睁大了眼睛，完全跟疯了一样。我的状况极其糟糕，便开始酗酒。心老悬着让人感到可怕，我总是毫无困意地躺在床上数着日子。最后，我知道那一晚就要来了。的确来了。我听到了那些声音——在塞维利亚，埃希哈六十英里之外。”

我不知道该说些什么，沉默了一会儿。

“你最后一次听到那些声音是什么时候？”我问。

“四周前。”

我迅速抬起头来，非常吃惊。

“那你什么意思呢？今晚没有满月。”

他阴沉、恼怒地看了我一眼。他开始张嘴说话，但又突然停下了，好像无法说出。你可以说那是他的声带麻痹了。最后，他终于能用嘶哑的嗓音说话了。

“不，今晚有。”

他直视着我，浅蓝色的眼睛闪烁着，露着血丝。我从没见过哪个人脸上的神色是那样恐惧。他迅速站起身来，大步走出了房间，砰地关上了门。

我必须承认，那晚我睡得一点儿也不好。

晚会之前

斯金纳夫人喜欢热闹。现在她已穿戴完毕——穿的是黑色绸料衣服，适合她的年纪和悲痛的心绪（为女婿而穿），又戴上了她的丝绒帽。不过她不是太确定戴这个是否合适，因为装饰帽子的白鹭羽毛会让她遭到那些朋友的严厉告诫——她可能会在晚会上碰到他们。当然了，为了这些羽毛而杀掉那些漂亮的白鸟儿的确太糟糕啦（在鸟儿的交配期也是如此）。不过，羽毛都是实实在在的，它们那样美丽，那样时尚，要是拒绝就太傻了！再说这也会伤害到女婿的感情，他把它们从婆罗洲一路带来的，希望她会开心。凯思林因为这个曾让别人很是不快，发生了那些事后，她一定希望自己不曾拥有这些东西。不过，凯思林从来没有喜欢过哈罗德呀！斯金纳夫人站在梳妆台前，把丝绒帽戴在头上。不管怎样，这是她唯一喜欢的帽子。然后，她又戴上一个有着硕大黑玉圆头的饰针。要是有任何人跟她谈起那些鸟儿，她已想好怎么回答了。

"我知道很不好，"她可以说，"我做梦都不会想到买这些东西，它们是我可怜的女婿上次回家休假时给我带来的。"

那样，她就能够解释为何拥有它们了，并找到了使用的借口。大家都是善良之人嘛。斯金纳夫人从抽屉里掏出一块干净的手帕，然后在上面喷了点古龙水。她从来不用香水，她认为香水太黏稠，而古龙水却让人神清气爽。现在她已差不多准备好了。她的目光正穿过梳妆镜后面的窗子向外飘去。卡农·海伍德为花园晚会挑选了个好日子。天气暖融融的，天空一片碧蓝，树木尚未褪去春日里的鲜绿。小外孙女琼正在房子后面的带状花园里忙个不停——她在自己的花坛里耙土呢，斯金纳夫人不由得笑了。她不希望琼的脸色那样苍白，让她在热带待那么久，真是个错误，而且对于她的年龄来说，她也太一本正经了——你从来看不到她跑来跑去，而总是静静地玩自己发明的游戏，或者给花园浇水。斯金纳夫人轻轻拍了拍裙子的前摆，然后拿起手套下楼了。

凯思林正坐在靠窗子的书桌前，忙着手里的清单。她是女子高尔夫球俱乐部的义务秘书，做完了这个还有其他很多事情等着她，不过，她还要为晚会做些准备。

“我看你还是穿上套衫了。”斯金纳夫人说。

吃午餐时，她们讨论过凯思林是穿套衫还是雪纺衫的问题。套衫是黑白相间的，凯思林觉得非常时尚，但不太适合服丧，不过米莉森特支持她穿。

“干吗让我们看上去都像刚参加完葬礼回来？”她说，“哈罗德已经死了八个月了。”

对斯金纳夫人来说，这样的话让她觉得太过绝情。米莉森特从婆罗洲回来后，人就显得很怪。

“你不会不戴黑纱了吧，亲爱的？”她问。

米莉森特没有直接回答。

“人们现在穿丧服跟以前不一样了。”她稍稍停顿了一下，等再次开口时，语气变了，让斯金纳夫人觉得非常怪异。显然，凯思林也注意到了，她奇怪地看了姐姐一眼。“我敢肯定，哈罗德也不希望我永远为他穿着丧服。”

“我早穿好了，因为我想跟米莉森特说说话。”凯思林就母亲的意见回答道。

“哦？”

凯思林没有解释。不过，她把清单放在一边，皱着眉头重读了一位女士的来信。那位女士在信中满腹牢骚，说俱乐部委员会极不公平地把给予她的有利条件从二十四减到了十八；还说，要做女子高尔夫球俱乐部的义务秘书，做事必须得非常得体。斯金纳夫人戴上了她的新手套。

遮阳帘使房间变得凉爽幽暗，她看了一眼那个涂着鲜艳油漆的巨大木制犀鸟——那是哈罗德留给她的，能保佑她一辈子安然无虞。在她看来，犀鸟有些古怪、粗糙，但是哈罗德非常喜欢，这个东西有一定的宗教意义，卡农·海伍德曾非常迷醉于它。沙发上面的墙上，挂着些马来武器，她记不得它们叫什么名字了。在那些临时用的小桌子上，到处放着一些银器和铜器，都是哈罗德在不同时期寄给他们的。她喜欢哈罗德，她的眼睛不由自主地开始搜寻起他的那张照片来。照片以前是放在钢琴上的，与她两个女儿、外孙女、姐姐以及外甥的照片放在一起。

“哎呀，凯思林，哈罗德的照片哪里去了？”她问。

凯思林转过头来，照片不见了。

“有人拿走了。”凯思林说。

她感到惊异和困惑，站起来走到钢琴旁。照片重新整理过了，这样照片之间就没了空隙。

“或许是米莉森特把它放到自己房间里了。”

“我应该会看到的，再说，米莉森特有好几张哈罗德的照片，都锁起来了。”

斯金纳夫人觉得奇怪，女儿的房间里竟然没有哈罗德的照片。事实上，有一次她曾提到过这件事，但米莉森特没有回答。自打从婆罗洲回来后，米莉森特一直沉默不语，让人感到怪异。斯金纳夫人本来非常渴望去安慰她的，但如此一来，她也没法表达自己的同情心了。米莉森特似乎不愿意谈起自己的巨大不幸。人们表达悲伤的方式千差万别，她丈夫说，最有效的做法是不要管她。一想到丈夫，斯金纳夫人的心思又回到了要参加的晚会上。

“孩子他爸问我，是不是觉得他应戴个高顶礼帽。”她说，“为稳妥起见，戴上也不妨。”

这将是一场相当隆重的盛会。他们会吃上糖果制造商博迪公司生产的草莓和香草冰淇淋。不过，海伍德一家也会提供自制的冰镇咖啡。每个人都会参加。他们已被邀请前去拜见香港主教——他正和卡农一家在一起，他是卡农的老同学，将做关于中国传教活动的演讲。斯金纳夫人的女儿曾在东方待过八年，而她的女婿原先就是婆罗洲某个地区的驻扎官员，所以她对此很感兴趣。当然，跟那些与殖民地之类毫无瓜葛的人相比，这对她来说有着更多的意义。

“只有英国人才知道的东西他们懂什么呢？”斯金纳夫人说。

正在这时，斯金纳先生走进了房间。他是名律师（他父亲以前也是律师），在林肯营田[1]有自己的办公室。他每天早上前去伦敦，晚上回来。这次他可以陪着妻子和女儿们去参加卡农家的花园晚会，是因为卡农非常巧妙地把晚会时间定在了周六。斯金纳先生身着燕尾服和黑白相间的裤子，看起来神采奕奕。他不是特别讲究穿着，但穿戴非常整洁，看起来像是一名受人尊重的家庭律师，事实上正是如此。那些不能完全摆上台面的事务，他的公司是不会接手的。假如一个遇到麻烦的客户找到他，但涉及的事务不那么光彩，他的脸色就会变得非常严峻。

“我觉得，这种案子我们是不会接的，”他说，“你最好到别处问问。”

他抽出便笺，快速写下了一个名字和地址，然后把纸撕下来交给客户。

“假如我是你的话，我想我会去见这些人。只要你提到我的名字，我相信他们一定会为你提供所有的服务。”

斯金纳先生脸皮刮得干净，秃顶严重，苍白的薄嘴唇紧紧抿着，一双蓝眼睛尽显羞涩。面颊看不到血色，脸上皱纹纵横。

“我看到你穿上新裤子了。”斯金纳夫人说。

“我觉得机会难得，”他回答，“我还在想，是不是应该别上枝花呀。”

“我才不会那样做，爸爸，”凯思林说，“我认为那个样子不太好。”

“很多人都会戴的。”斯金纳夫人说道。

“只有办事员那类人才会戴，”凯思林说，“海伍德一家会请所有人参加的，你知道。再说，我们还在服丧。”

---

① 英国伦敦最大的广场。

“不知道主教演讲后会不会要捐款。”斯金纳说。

“我不这么认为。”斯金纳夫人回答。

“我想那样不好吧。”凯思林发表看法道。

“最好要预防万一，”斯金纳先生说，“我给我们所有人都发点钱，不知道十个先令够不够，或者要捐一英镑才行。”

“假如你要捐款，我想你就得捐一英镑，爸爸。”凯思林说。

“到时看情况吧。我不能比别人给得少，但另一方面，也没有理由多给。”

凯思林把报纸放进写字台的抽屉里，然后站了起来，看了看腕表。

“米莉森特准备好了吗？”斯金纳夫人问。

“有的是时间。我们约好是四点，我认为四点半之前不用到的。我告诉戴维斯了，让他四点十五左右把车开过来。”

一般情况下是凯思林开车，但像今天这样的重大场合，园丁戴维斯就会穿上制服充当司机。凯思林开车的样子很好看，但今天穿上了新套衫，所以不太想开车。看到母亲正一根手指一根手指地费力戴着手套，她想到自己也需要戴上。她闻了闻手套，看看还有没有洗涤后的气味。味很轻，她想不会有人注意。

最后门开了，米莉森特走了进来，戴着寡妇用的黑纱。对那个东西斯金纳夫人一直没能适应过来，但她当然知道米莉森特需要戴上一年。很遗憾，黑纱并不适合她，只适合其他一些人。她给米莉森特试了试白带子、长面纱的软帽，看起来很是不错。当然，她希望亲爱的阿尔弗雷德比自己活得更长久，如果不能，她将永远为他戴着黑纱。维多利亚女王的黑纱就没有摘下过。但米莉森特不一样，她年轻得多，只有三十六岁——三十六岁就做寡妇太不幸了，而她再婚的可能性并不大。凯思林现在还不大可能结婚，虽然她已三十五。上次米莉森特和哈罗德回来时，她曾提出让凯思林去跟他们一起住，哈罗德似乎也非常愿意，但米莉森特说行不通。斯金纳夫人不知道为什么行不通，这至少能给她一个机会呀。

当然，他们不会对她不管不问，但女孩子终究是要嫁人的，不过问题是，他们熟悉的男子都已经结婚啦。她的肤色不好，这没错，但现在没人认为米莉森特是两人中更漂亮的那一个了。随着年龄的增长，凯思林长得越发精致（当然也有人说她太瘦），她剪短了头发，再加上不管刮风下雨坚持打高尔夫球，她的脸颊也逐渐红润起来，斯金纳夫人认为她现在很漂亮，但没人这样说可怜的米莉森特了。她的身材整个走了形，本来个子就不高，现在又发起福来，看起来一副矮胖粗壮的样子。她实在太胖了，斯金纳夫人认为是热带的高温让她无法进行锻炼。她的皮肤变得灰黄污浊，而那双蓝眼睛——那可是她当年五官中最漂亮的，现在颜色也浅了。

“她的脖子应该处理一下，”斯金纳夫人想到，“她现在的双下巴好可怕！”

她曾跟丈夫提起过一两次，他说米莉森特也不年轻了，这个说法没错，但她也不能破罐子破摔呀。斯金纳夫人决定跟女儿好好谈谈，当然女儿的不幸她要尊重，她可以等一年结束后再说。找到这个理由推迟跟女儿的谈话让她感到高兴，因为一想到这个都让她感到紧张。米莉森特肯定是变了，她脸上的阴郁让母亲觉得陌生。斯金纳夫人心里想什么就喜欢大声说出来，但你说话时（只是随便说说，你知道），米莉森特总不搭理你，这让人感到尴尬，因为你根本不知道她有没有听到。有时候，斯金纳夫人会变得怒不可遏，但为了不冲她发火，她不得不提醒自己可怜的哈罗德才刚刚死了八个月。

寡妇米莉森特默默地走向窗口，从窗子射进来的光线落在她那张肥厚的脸上。凯思林背对着她站着，她已经注视姐姐一会儿了。

“米莉森特，我想跟你说件事，”她说，“今天早上我跟格拉迪斯·海伍德一起打高尔夫球了。”

“你打败她了？”米莉森特问。

格拉迪斯·海伍德是卡农家唯一未嫁的女儿。

“她跟我谈到了你，我想你应该知道。”

米莉森特的目光从她妹妹身上转移开，投向了在花园里浇花的小女孩。

“你告诉安妮把厨房的茶端给琼了吗，妈妈？”她问。

“告诉了，仆人喝茶时她就会喝。”

凯思林冷冷地看着她。

“主教回家路上在新加坡待了两三天，”她继续说道，“他很喜欢旅行，去过婆罗洲。他知道很多你认识的人。”

“他很有兴趣见到你，亲爱的，”斯金纳夫人问，“他认识可怜的哈罗德吗？”

“是的，他在瓜拉索洛见过他，对他印象很深。他说听到他的死讯非常震惊。”

米莉森特坐下来，开始戴那双黑色的手套。让斯金纳夫人感到奇怪的是，听到这些话后，她一声没吭。

“哦，米莉森特，”她说，“哈罗德的照片不见了，你拿了吗？”

“拿了，我拿走了。”

“我应该想到是你拿走的。”

米莉森特再次不说话了，真是气死人的臭毛病。

凯思林稍稍转了下身，以便能正对着她的姐姐。

“米莉森特，你为什么跟我们说哈罗德死于热病？”

寡妇一动没动，她直直地看着凯思林，土黄色的面皮因为泛红而暗淡下来。她没有回答。

“你什么意思，凯思林？”斯金纳夫人惊讶地问。

“主教说，哈罗德是自杀的。”

斯金纳夫人吃惊地大叫起来，但她丈夫伸了伸手，叫她不要激动。

“是真的吗，米莉森特？”

“是真的。”

“那你为何不告诉我们？”

米莉森特停顿了片刻，把身边桌子上的一个文莱铜器拿在手里漫不经心地拨弄着。那也是哈罗德的一个礼物。

“让琼以为父亲死于热病我想会更好些。这件事我不想让她知道任何情况。”

“你让我们陷入了极大的尴尬，”凯思林微微皱了皱眉头，“格拉迪斯·海伍德说，我不告诉她真相太让人生气了。我极难让她相信我对这件事一无所知。她说她父亲很不高兴，他说我们认识这么多年了，想想是他给你们主持的婚礼，大家关系如此融洽，他认为我们应该相信他。无论如何，即使我们不想告诉他真相，那也不应骗他。”

“我得说，在这点上我同情他。”斯金纳先生不悦道。

“当然，我告诉格拉迪斯，这也不怨我们。我们只是把你的话转告给他们了。”

“我希望不会因为这个把你们的娱乐推迟掉。”米莉森特说。

“真得如此，亲爱的。我认为那样的说法极不恰当。”她的父亲大声说道。

他从椅子里站起来，走到空空的壁炉边。出于习惯，他把燕尾分开了站在壁炉前。

“这是我的私事，”米莉森特答道，“如果我不想说出去，我不知道有什么理由非说不可。”

“如果连你的母亲你都不告诉，你对她还有什么感情？”斯金纳夫人道。

米莉森特耸了耸肩。

“你或许知道这种事迟早会曝光的。”凯思林说。

“为什么？我没料到那两个喜欢传播流言蜚语的老神父会谈到我，他们看来是没什么可谈的了。”

“主教提到他去过婆罗洲，海伍德一家自然而然就会问他认不认识哈罗德了。”

“根本不是这个那个的问题，”斯金纳先生说，“你理所当然应该把真实情况告诉我们，那样我们就可以决定怎样做最好。作为一名律师，我可以告诉你，如果你想掩盖真相，从长远看只能把事情搞得更糟。”

“可怜的哈罗德，”斯金纳夫人道，泪水缓缓地从她涂着脂粉的脸颊上滑下来，“真是太可怕了！他一直是我的好女婿。到底什么原因让他做出这种可怕的事？”

“是气候。”

“我想你最好把所有的真实情况都告诉我们，米莉森特。”父亲说。

“凯思林会跟你们说的。”

凯思林犹豫了一下。她要说的的确太可怕了，这种让人恐怖的事情似乎不应该发生在他们这样的家庭。

“主教说他是割喉自杀的。”

斯金纳夫人的呼吸急促起来，她冲动地走到丧失了亲人的女儿身边，想把她搂在怀里。

“我可怜的孩子。”她呜咽道。

但米莉森特缩了回去。

“不要大惊小怪，妈妈。我真的受不了这种打击了。”

“是真的吗，米莉森特？”斯金纳先生皱了皱眉，说道。

他一直认为是她做得很差。

斯金纳夫人用手帕轻轻擦了擦眼，叹了口气，然后微微摇了摇头，坐回到椅子里。凯思林玩弄着脖子上的长项链。

“让一个朋友来告诉我关于姐夫死亡的细节，听起来有多么荒唐。这件事让我们显得像傻瓜一样。主教非常希望见到你，米莉森特。他想告诉你他对你有多么同情。”她停顿了一下，但米莉森特没有开口。“他说米莉森特带着琼出去了，当她回来时，发现可怜的哈罗德已经死在了床上。”

“那打击一定很大的。”斯金纳先生说。

斯金纳夫人又开始哭了，凯思林把手轻轻地放在了她肩上。

“别哭了，妈妈，”她说，“你的眼睛会哭红的，那会让人觉得可笑。”

他们都沉默下来。斯金纳夫人擦干了眼泪，努力控制住了自己。在她看来，就在这一刻，自己的羽绒帽上还戴着可怜的哈罗德给她买的白鹭羽毛，似乎非常奇怪。

“我还有话告诉你。”凯思林说道。

米莉森特又慢悠悠地看了妹妹一眼，目光很沉着，但充满了警惕，神情就像一个人在等待着一个声音的响起，但又唯恐错过了。

“我不想说任何伤害你的话，亲爱的，”凯思林继续说道，“但是还有些事情你应该知道。主教说，哈罗德喝醉了酒。”

“啊，亲爱的，多么可怕呀！”斯金纳夫人叫道，“这个事说起来真是让人震惊。是格拉迪斯·海伍德告诉你的吗？你怎么回答的？”

“我说了那全是假的。”

“这都是掩盖真相造成的。”斯金纳先生气愤道，“事情总是如此。如果你想保守秘密，各种流言就会满天飞，那要比真相坏上十倍。”

“他们跟身在新加坡的主教说，哈罗德是在震颤性谵妄发作时自杀的。我想，为了我们的缘故，你不要承认这个，米莉森特。”

“谈论哪个人死了都会让人觉得可怕，”斯金纳夫人说，“等琼长大了，对她来说那将是极糟糕的事！”

“不过这个说法有什么依据吗，米莉森特？”她父亲问，“哈罗德一向很节制的。”

“有依据。”寡妇回答。

“他喝酒吗？”

“简直就是暴饮，像鱼一样。”

这个回答如此出人意料，讥讽的语气如此强烈，让三个人都吓了一跳。

“米莉森特，你丈夫已经死了，你怎么能那样说他？”她母亲大声叫道，紧扣着的两只手上仍整整齐齐地戴着手套，“真让人不明白，自从你回来后就很怪异。我根本无法相信，我的女儿，对自己丈夫的死竟然会这样。”

“那个你不要管，孩子他妈。”斯金纳先生说，“以后都会搞清的。”

他走到窗口，向外看了看那个洒满阳光的小花园，然后又回到房间里。他从口袋里掏出夹鼻眼镜，虽然没有戴上的打算，但还是用手帕擦了擦。米莉森特看了父亲一眼，眼神里尽是讥讽和嘲弄。斯金纳先生十分气恼，他已完成了一周的工作，在下周一上午前，他都是个自由人。尽管他跟妻子说，那个花园晚会实在没啥意思，他宁愿在自家的花园里静静地喝上杯茶，但他内心里是期待着的。他对中国的传教活动不怎么在意，但觉得跟主教见面倒是有趣。唉，现在又发生了这档子事！他不愿让自己牵扯到这类事情中；再说，突如其来地被人告知说女婿是个酒鬼，还自杀了，多么叫人不快！米莉森特若有所思地按压着白色的袖口，以使它变平滑一些。她的冷淡神情激怒了他，但他没跟她说话，而是转向了小女儿。

“你怎么不坐下，凯思林？房间里凳子有的是。”

凯思林拉过一把椅子，一句话没说坐了下来。斯金纳先生走到米莉森特面前，直视着她。

“当然我明白你为什么跟我们说哈罗德死于热病了，我认为这个做法是错误的，因为这类事情根本掩盖不住。我不知道主教告诉海伍德一家的情况跟事实有多大出入，但是如果你想听从我的建议的话，你就应该按照当时的情况把一切告诉我们，然后我们看看该如何处理。这个事情卡农·海伍德和格拉迪斯既然知道了，别指望就此能够打住。在这种地方，这样的事必定会传出去。不管怎样，如果我们了解了真相，处理起来就会容易得多。”

斯金纳夫人和凯思林觉得他把话说得够清楚了，便等着米莉森特的回答。米莉森特漫无表情地听父亲讲完了，脸上突然出现的那道红晕又消失了，脸色变得跟平常一样苍白、灰黄。

“如果说出真相的话，我想你们不会太喜欢。”

"你必须记住，我们对你的同情和理解，你是可以放心的。"凯思林郑重说道。

米莉森特扫了她一眼，一丝微笑在她紧闭的嘴唇上颤动了一下。她朝三个人缓缓地看了一眼。斯金纳夫人心里有些不安：她看着他们，似乎把他们当成了服装公司的人体模特，她仿佛生活在一个迥异的世界里，跟他们没有任何关系。

"你们知道，我跟哈罗德结婚时，我并不爱他。"她沉思着说道。

斯金纳夫人正要发出惊叫，她的丈夫迅速摆了个手势，止住了她——多年的婚姻生活后，这样的手势已变得极为重要，很多时候几乎不需要任何话语。米莉森特继续说了下去，声音非常平缓，几乎没有任何语气变化。

"我当时二十七岁了，似乎没有其他任何人愿意娶我。他那时四十二岁，看起来非常老，但他有着很重要的地位，是不是？我不可能找到更好的机会了。"

斯金纳夫人又差点哭出来，但她想起来还有场晚会等着她。

"我现在当然明白你为什么把他的照片拿走了。"她悲痛地说道。

"不要说话，妈妈。"凯思林大叫道。

照片是哈罗德跟米莉森特订婚时拍的，哈罗德照得非常不错。斯金纳夫人一直觉得他是个很好的人。他体格健壮，身材高大，或许有点过于肥胖了，但他保养得很好，风度非凡。他那时已显露出秃顶的迹象，不过当今的男人秃顶的确很早，他说那些什么遮阳帽、太阳帽之类的，你知道，对头发非常不利。他有一撮小黑胡子，面庞被太阳晒成了深褐色。当然，他脸上最好的地方是他的眼睛——棕色的大眼睛，跟琼的一模一样。他的谈吐非常有趣，凯思林说他有些夸夸其谈，但斯金纳夫人并不这么认为，一个男人说话多一点她并不介意。当她发现——她很快就发现——他被米莉森特迷住了，她开始非常喜欢他。他对斯金纳夫人很是尊重，他给她讲他住的那个地方的情形，讲他杀死的大猎物，她似乎听得兴致盎然。凯思林说他自我感觉过于良好，但斯金纳夫人他们那代人完全相信一点，那就是男人应该要有自信。米莉森特很快看出了苗头，尽管她没跟母亲提及，但母亲已经知道，如果哈罗德向她求婚的话，她会答应的。

哈罗德跟一些人住在一起，那些人在婆罗洲已经待了三十年，都对这个国家赞不绝口。一个女人住到那里应该也会感到舒适的。当然，孩子们到了七岁后还要回家来，但斯金纳夫人认为没必要非得那样。她请哈罗德到家里来吃饭，告诉他他们总喜欢在家里喝茶。他当时似乎正好没事可做，便答应下来。当他对老朋友的拜访结束之时，她告诉他，如果他能前来跟他们一起住上两周，他们将非常高兴。就在两周的时间即将过去时，哈罗德和米莉森特订了婚。他们举行了一个漂亮的婚礼，然后前往威尼斯度蜜月。蜜月结束后，两人便去了东方。轮船到了哪个港口，米莉森特就从那里给家里写信。她看起来非常快乐。

“在瓜拉索洛，人们对我非常好。”她说。瓜拉索洛是塞姆布鲁州的中心城市。“我们跟驻外代表住在一起，每个人都请我们前去吃饭。有一两次，我听说有人请哈罗德去喝酒，但他拒绝了。他说他现在是已婚人士，一切要重新开始，我不知道为什么他们都笑了。格雷夫人，就是驻外代表的妻子，告诉我说，哈罗德结婚了他们都很高兴，她说驻扎地的单身汉们太孤独了。当我们离开瓜拉索洛时，格雷夫人跟我们告别的方式很古怪，让我感到惊讶。她似乎在郑重其事地把哈罗德托付给我，由我来负责。”

三个人都一声不响地听着。凯思林一直没有把视线从姐姐那张漫无表情的脸上移开。斯金纳先生盯着那些马来武器——克力士短剑和帕兰刀，它们挂在妻子坐着的沙发上面的墙上。

“一年半后我又回到瓜拉索洛，这时，我才明白他们的举止为何那样怪异。”米莉森特的喉咙里发出一种很轻的奇怪的声音，就像一种嘲笑的回响。“这时，我了解到了很多以前不知道的情况。哈罗德那时是为了结婚回到英国的，至于跟谁结婚他倒不在意。你们还记得我们当时是多么兴师动众地接待他吗，妈妈？其实根本不需要那么麻烦的。”

“我不懂你什么意思，米莉森特。”斯金纳夫人不无尖刻地说道，这种含沙射影式的讽刺让她感到不悦，“我看到他被你迷住了。”

米莉森特那肥厚的肩膀耸了耸。

“他是个确定无疑的酒鬼，以前每晚都是抱着一瓶威士忌上床，到第二天早上酒瓶就干了。首席秘书告诉他，如果他再不戒酒，他就得辞职，他答应再给他一次机会，可以请假回到英国，还建议他结婚，这样他回来后就有人照料了。哈罗德跟我结婚，是因为他需要一个监护人。他们在瓜拉索洛打赌，看我能让他保持多长时间的清醒。”

“不过他爱你呀。”斯金纳夫人打断了她的话，“你不知道，他经常跟我谈到你。那一次——你曾提到过，你回到瓜拉索洛生孩子，他给我写了一封极感人的信，是关于你的。”

米莉森特又看了一眼母亲，她的灰黄皮肤变得暗淡了，放在膝盖上的双手微微颤抖起来。她想起了结婚后的最初那几个月。她们坐上政府的汽艇到了河口，在那里的小木屋里度过了一个夜晚。哈罗德开玩笑说，这是他们的海滨豪宅。第二天，他们坐着一艘快速帆船沿河逆流而上。由于受以前所读小说的影响，她以为婆罗洲的河流是黑色的，充满了怪异和邪恶，但是她看到的是——碧蓝的天空点缀着些小小白云，红树林和尼帕林里的绿草被流水冲洗过了，在阳光下绿得发亮；河的两侧是成片的没有任何路径的灌木丛，远处映衬着天空的是蜿蜒起伏的山的轮廓。清晨的空气清新而湿润。她感到自己来到了一片友好而富庶的土地，拥有了无边的自由。他们的目光搜寻着河岸上枝叶缠绕的树木，看上面有没有猴子蹲伏。一次，哈罗德指着一块像是木头的东西，告诉她那是一条鳄鱼。助理代表戴着遮阳帽，穿着帆布裤子，正在浮动码头上迎接他们，十二个年轻士兵整齐地列队向他们致意。有人把助理代表介绍给他们，他的名字叫辛普森。

“啊，先生，”他对哈罗德说，“看到你回来，我太高兴了。你不在，晚上有多冷清！”

驻外代表的住所是一栋平房，坐落在一座低矮的山头上，周围是一座花园，各种鲜艳的花朵竞相开放。平房有点破旧了，家具稀稀拉拉的没有几件。但屋子很是凉爽，而且面积也不小。

“那里有个小村落。”哈罗德指着下面说。

她的视线跟着他的手势在动。这时，从那片椰子林里传来一阵锣响，这在她心里引起了一丝奇异的感觉。

虽然她没有太多的事情可做，但日子过得轻松。黎明时分，一个男仆给他们端来茶水。然后，他们到游廊漫步，呼吸清晨芳香的空气（哈罗德穿着汗衫和当地土人所穿的缠腰布；米莉森特穿着睡衣），接下来穿上衣服去吃饭。饭毕，哈罗德到自己的办公室去，她花一两个小时来学习马来语。午饭后，他再去办公室，她就睡上一觉。下午，他们会喝上杯茶，这样就能精神焕发了，然后出去散步，或者在九洞球场上打打高尔夫——球场是哈罗德在平房下面的一块水平开阔地里建成的。六点，夜幕降临了。辛普森先生会过来跟他们一起喝一杯。他们一直聊天，直到晚餐时分。有时，哈罗德和辛普森先生也会下下象棋。夜晚是妩媚动人的，空气中飘荡着阵阵清香。萤火虫把平房下的灌木丛变成了闪烁着冷光的、颤巍巍的灯塔。晚饭后，两人读读六个月前从伦敦寄来的报纸，然后很快上了床。米莉森特对自己的婚后生活是满足的：有一套属于自己的房子，穿着缠腰布的当地仆人也让她满意——他们在平房里赤着脚、安静而友好地到处忙碌着。驻扎官员妻子的身份让她觉得自己很重要，她为此觉得快乐。哈罗德说着流利的当地语言，发号施令的神色和身上透出的威严都让她印象深刻。她不时地前去法庭听他审理案件。他职责繁多，能力出众，让她对他多了分尊敬。辛普森先生告诉他，哈罗德对本地居民的了解不亚于这个国家的任何人，他身上融合了坚定、机智和良好的幽默感——在跟那个胆小怕事、报复心强、怀疑成性的民族的交往过程中，这些特质都极其重要。米莉森特开始有些崇拜起丈夫来。

在他们结婚近一年时，有两名英国博物学家在回国途中来到他们这里，跟他们一块住了几天。他们带着总督亲笔书写的言辞恳切的推荐信，哈罗德说能为他们效劳而感到自豪。他们的到来打破了两人原来的生活规律，但变化是让人愉快的。米莉森特邀请辛普森先生前来吃饭（他住在“要塞”，只有周日晚上才能跟他们一起共进晚餐）。晚饭后，男人们坐下来打桥牌，米莉森特很快起身睡觉去了。但他们太吵了，她很长时间都无法入睡。不知什么时候，哈罗德晃晃悠悠地进了房间，她被惊醒了，但没说话。哈罗德决定洗个澡再睡，洗浴间就在他们房间的楼下。他走下楼梯，显然他滑了一跤，因为她听到很响的扑通声，然后便听到他的咒骂声。随后，他剧烈呕吐起来，她听到他把一桶桶水浇到自己身上。过了一会，他回来了，这次非常小心。他上了楼梯，爬上了床。米莉森特假装睡着了，心中感到厌恶：他喝醉了。她决定第二天早上再谈这件事，博物学家会怎么看他呢？但第二天一早，他看起来又是那样体面尊贵了，这让她下不了决心来提及那个话题。八点，哈罗德和她及两位客人，坐下来吃早餐。哈罗德打量了一下餐桌。

“麦片粥，”他说，“米莉森特，客人们的早饭可来点伍斯特沙司，别的他们可能不想吃。至于我嘛，来点威士忌苏打，我就很高兴了。”

博物学家们笑了，但露出羞愧的神色。

“你丈夫太可怕了。”其中一人说。

“你们初来乍到，头天晚上就让你们头脑清楚地上床睡觉，是我没有尽到殷勤待客的职责。”哈罗德以他圆熟而郑重的说话方式说道。

米莉森特不悦地笑了笑，但客人们跟丈夫一样喝醉了，这让她心里轻松了些。第二天晚上，她跟他们在一起，没有离开，聚会在一个合适的时间结束了。客人们又重新踏上了旅程，她感到开心。他们的生活又恢复了平静。几个月后，哈罗德前去视察他的管辖区，但回来时染上了疟疾。这种疾病她以前听说的多了，但还是第一次亲眼见到。病愈后，哈罗德身体变得非常虚弱，她觉得也属正常。不过她发现他的举止有些古怪起来。从办公室回来，他总是瞪大了眼睛盯着她。他站在游廊上，身体微微摇晃着（但仍保持着自己的高贵），就英国的政治形势，喋喋不休地发表着长篇大论。有时说着说着思路就断掉了，他这时会用淘气的眼神看着她，但他天生的庄重使得这种淘气让她觉得不安，他说：

“这种讨厌的疟疾会让人变得虚弱无比。啊，老婆，你不知道，一个人要成为帝国的建造者，该承担多少压力。”

她想到辛普森先生现在看起来有些忧虑，有一两次当他们独处时，似乎有什么话已到了他的嘴边，但由于羞涩，他最终没有说出口。这种感觉逐渐变得强烈起来，这让她感到紧张不安。一天晚上不知何故，哈罗德在办公室里比平时待了更长时间，还没回来。她揪住了他。

“你得跟我说些什么，辛普森先生。”她突然大叫道。

他的脸红了，犹犹豫豫起来。

“没什么要说的。你怎么会认为我有什么特别的话要跟你说？”

辛普森先生是个二十四岁的年轻人，人很瘦弱，本来有一头好看的卷发，但被他费力地用发蜡弄平了。他腰部肿胀，留有蚊子叮咬过的伤疤。米莉森特直直地盯着他。

“如果哈罗德发生了什么事，你不认为直接告诉我会更好些？”

他的脸变成了紫红色，坐在藤条椅里紧张地推诿着，她坚持着。

“恐怕你会觉得极糟糕，”他最后说，“在背后说上司的任何话都是不光彩的。疟疾很可怕，一旦发作，整个人都感到崩溃了。”

他又犹豫起来，嘴角向下拉了拉，似乎要哭出来。在米莉森特看来，他就像个小男孩。

“我会守口如瓶的，”她微笑着，试图把自己的担忧掩饰起来，“你必须得告诉我。”

“我觉得遗憾，你丈夫在办公室有瓶威士忌。他喝得太多啦，他控制不了自己。”

辛普森先生因为激动嗓音变得嘶哑了，米莉森特感觉到一阵冷意突然传遍了全身，但她控制住了自己，因为她知道，如果想让这个年轻人说出一切，她就不能把他吓住。他还是不愿说，她给他施压，哄骗他，呼吁他的责任感，最后，她哭了起来，这时他就跟她说了。他说在过去两周，哈罗德多多少少都处于醉酒状态，当地人都在谈论这事。他们说，他将很快变得像婚前一样糟糕，那时他习惯于每天暴饮不停。但关于当时的细节，不管她采用什么手段，辛普森先生都坚决不说。

“你认为这一刻他还在喝吗？”她问。

“我不知道。”

米莉森特突然感到了强烈的羞辱和愤怒。法院设在“要塞”（之所以叫这个名字，是因为它是枪支弹药的存放地），它坐落在平房对面的花园里。这时，太阳就要落下去了，她无需再戴帽子，站起来向那边走去。她看到哈罗德正坐在一个大厅后面的办公室里——这是他处理司法案件的地方——前面放着一瓶威士忌。他抽着烟，正在跟三四个马来人说话。他们站在他的面前，带着一副讨好的神情和轻蔑的笑意。他的脸红扑扑的。

当地人一下子都走了。

“我来看看你在做啥。”她说。

他站了起来——因为他对她一直极有礼貌，不过趔趄了一下。他感到不能站稳，但仍努力使自己的举止显得庄重些。

“坐吧，亲爱的，坐吧。工作太多了，走不开。”

她气愤地看着他。

“你喝醉了。”她说。

他凝视着她，眼睛睁大了，肥大的脸上缓缓漫过一丝傲慢的神情。

“我根本不明白你的意思。”他说。

她本来准备好了一肚子愤怒的规劝话，但突然间就嚎啕大哭起来。然后，她坐到椅子里，双手捂住了脸。哈罗德看了她一会，泪水也顺着他自己的脸颊汩汩流下了。他张开双臂来到她面前，扑通一声沉重地跪在地上，啜泣着把她搂住了。

“原谅我，原谅我吧，”他说，“我向你保证，这个再也不会发生了。都是那该死的疟疾！”

“真丢脸啊！”她悲叹道。

他像个孩子那样哭泣着，这个高大、尊贵的男人表现出的自我可怜相有些让人动容。米莉森特抬起头来，他正用恳求的、悔恨的目光看着她。

“你愿不愿发誓再也不沾酒了？”

“愿意，愿意，我痛恨它。”

正是这个时候，她告诉他她怀上了孩子，他陷入狂喜之中。

他们回到了平房。哈罗德洗了个澡，稍睡了会。晚饭后，他们心平气和地谈了很久。他承认，在他们结婚前，他就时不时地饮酒过量——在偏远的驻扎地这种恶习很容易养成。米莉森特提出的所有要求他都同意了。在米莉森特前去瓜拉索洛分娩前的那几个月，哈罗德扮演了一个优秀丈夫的角色，温柔体贴，充满自豪，深情款款，无可挑剔。一艘汽艇前来接米莉森特，她将离开哈罗德六周时间。他向她做出忠实承诺，绝不再沾一滴酒。他把手放在她肩上。

“我从不食言，”他庄重说道，“即使没有这个承诺，你想你在遭那么大的罪，我还能增加你的痛苦吗？”

琼出生了。米莉森特住在驻外代表家里。驻外代表的妻子是个和善的中年女子，待她非常友好。在两人单独相处的漫长时间里，她们几乎无事可做，只有通过聊天打发时间。丈夫过去的酗酒史她终于一点一滴都了解到了。对她来说最难接受的事实是，当时他要保住自己位置的唯一条件是要带回一个妻子，这让她气愤、怨恨不已。当她意识到他过去是一个不可救药的酒鬼时，她隐隐感到不安。她惊恐地想到，在她不在家的这段时间里，他不可能抵御住酒瘾的。她带着孩子和保姆回了家。她在河口待了一个晚上，让一名信使坐上轻舟去通知丈夫。汽艇到达后，她焦虑地扫视了一下码头，看到哈罗德和辛普森先生正站在那里，年轻的士兵整齐地列队站着。她的心沉重起来，因为她看到哈罗德的身子在轻微地摇晃着，像是一个人站在行驶着的船上，努力保持着平衡。她知道他又醉了。

这次回家不能让人愉快。她几乎忘记了母亲、父亲和妹妹正静静地听着。现在她终于清醒过来，意识到了他们的存在——她说的那些似乎太遥远了。

“那时我知道我痛恨他，”她说，“我都想杀死他。”

“哦，米莉森特，不要那样说，”她母亲叫道，“别忘了，他人已经死了，可怜的人哪！”

米莉森特看了看母亲，愤怒使她那张漠然的脸阴沉下来。斯金纳先生不安地走动着。

“继续说。”凯思林道。

“当他发现我已了解到了一切后，他反而释然了。三个月后，他的震颤性谵妄又发作了一次。”

“那你怎么不离开他？”凯思林问。

“那有什么用？要是那样，两周之内他就会被解雇。再说如果离开了，谁来养我和琼？我必须留下来。当他清醒时，我没什么抱怨的。他根本不爱我，但他喜欢我；我跟他结婚也不是因为我爱他，只是因为我需要结婚了。我尽了最大努力不让他沾酒，还设法让格雷先生下令禁止从瓜拉索洛运威士忌过来，但他能从中国人手里买到。我监视着他就像猫监视老鼠一样。但他太狡猾了，不久又发作了一次。对于工作他开始玩忽职守，我担心会遭到投诉。我们离开瓜拉索洛两天，以便进行治疗，但我想这时有了什么说法，因为格雷先生给我发来一封私人告诫信。我给哈罗德看了，他怒骂、咆哮起来，但我看出他有些害怕。在接下来的两三个月里，他没有再喝醉，不过随之又旧病复发了。这样反反复复，直到我们离开那里。

“在我们到这里停留之前，我请求他小心，我不想让你们任何人知道跟我结婚的是个什么样的人。在英国停留期间，他的表现一切正常，在我们乘船离开前，我又警告了他。他越来越喜欢琼，为她感到自豪，琼也对他很依恋，她喜欢他更甚于喜欢我。我问他如果孩子知道他是个醉鬼，他还想不想让孩子长大，我终于找到了控制他的方法。这个想法让他感到害怕。我告诉他，我不允许这个事情再次发生了，倘若他让琼看到他喝醉了，我马上带她走人。你们知道吗？当我说这话时，他的脸一下子变得惨白。那天晚上，我跪下来感谢上帝，因为我找到了拯救自己丈夫的办法。

“他说如果我支持他，他将再试一次，我们决定一起战斗。他做出了艰辛的努力，当他觉得‘必须’得喝点儿的时候，他就来找我。你们知道，他这个人往往喜欢炫耀，但在我面前，他非常谦和，像个孩子一样，他需要依靠我。或许结婚时他不爱我，但这个时候，他是爱我的，也爱琼。过去我恨他，因为那份耻辱，因为他喝醉了酒还故作尊贵威严，让人憎恶，但现在我内心里面产生了一种奇特的情感——它不是爱，而是一种奇异而羞涩的柔情。他不只是我的丈夫了，他还像个孩子，在那些漫长而艰难的日子里，在我心里揣着。他为我感到骄傲，你们知道，我也感到自豪。他说话时的长篇大论不再让我心烦，而他一本正经的说话方式让我觉得滑稽而迷人。最后我们胜利了——有两年的时间，他再没喝过一滴酒，而且酒瘾一点都没了，他甚至能对此开开玩笑。

“辛普森先生那时已经走了，我们又有了一个年轻人，叫弗朗西斯。

“‘我是个改造好的酒鬼，你知道，弗朗西斯。’哈罗德有一次跟他说，‘如果不是因为我的妻子，我早就被开除了。我有个全世界最好的妻子，弗朗西斯。’

“你们不知道听到他说那样的话，对我来说意味着什么。我觉得我过去经历的一切都是值得的，我感到如此快乐。”

她沉默下来——她想起了那条宽阔、浑浊的黄色河流，在它的两岸她生活了如此之久。那些白鹭，羽毛洁白，在悠悠夕阳中闪烁着光泽，沿着溪流成群地飞下来，那样低、那样迅速，飞着飞着便散开了。它们如雪白的音符，甜美、纯粹、山泉一般，被一只无形的手演奏着，又如无形的竖琴上弹出的琴音。它们在绿色的河堤之间飞旋，裹着傍晚时的暗影，像知足的头脑里快乐的思绪。

“这时琼病倒了，有三个星期我们都处于焦虑之中。比瓜拉索洛更近的地方没有一名医生，我们只好将就着让本地的一名药剂师进行诊治。等她痊愈后，我带她去了河口，以便能让她呼吸些新鲜空气。我们在那里待了一周。上次离开是去生孩子，这还是从那以来第一次离开哈罗德。那里有一个渔村，房子都建在木桩之上，离我们并不远，但几乎没人过来打扰我们。我非常思念哈罗德，柔情充溢了整个心胸，我当时就明白了：我爱他。当快速帆船来接我们回去时，我是如此开心，因为我要去把这个告诉他，我想这对他有着重要的意义。我没法告诉你们那时我有多快乐。在我们坐船逆流而上时，船长告诉我，弗朗西斯先生去内地抓捕一个弑夫的女人去了，他已经走了几天。

“哈罗德没有在码头接我，我感到奇怪，因为他对这类事情一直非常在意，他过去常说夫妻之间应该相敬如宾，我想不出有什么事让他不能前来。我爬上了平房所在的小山丘。女仆在后面抱着琼。平房里一片安静，让人奇怪。似乎周围也没有仆人，我不明白怎么回事。我想是不是哈罗德没料到我回来这么早，所以出去了。我上了楼梯，琼感到口渴，女仆带她到仆人的住处找些饮料。哈罗德不在起居室，我大声喊他，也没有回答。我感到失望，因为我希望能在那里看到他。我走进卧室，原来哈罗德根本没有出去，正在床上睡觉。我觉得很有意思，因他总是假装下午不睡觉的，他说白人不需要这个习惯。我轻轻地走到床边，我想我可以跟他开个玩笑。我掀起蚊帐，看到他仰面躺着，除了一件缠腰布什么也没穿，旁边放着个空的威士忌酒瓶，他喝醉了。

“他又开始喝了，我这么多年的努力付诸东流了，梦想被击了个粉碎，一切都变得毫无希望，我怒不可遏起来。”

米莉森特的脸又一次变成了深红色，紧紧抓住椅子的扶手。

“我抓住他的肩膀，使出全身的力气晃动他。‘你这畜生，’我叫道，‘你这个畜生。’我太生气了，我不知道自己做了什么，说了什么，我一直在晃他。你们不知道那一刻他看起来多么让人生厌——一个肥胖的大个子，半裸着身子，几天没刮脸了，脸青紫浮肿。他呼吸非常沉重，我冲他大声叫喊，但他根本没有反应。我想把他拖下床来，但他太重了，躺在那里像块木头一样。‘睁开眼！’我尖叫道。我又开始晃他，我恨他，我比任何时候都恨他，因为一周来，我真心地爱着他，但他叫我失望了，叫我失望了。我想告诉他他是个多么肮脏的禽兽，但无论如何都不管用。‘你睁开眼睛。’我决心要让她看着我。”

寡妇舔了舔干燥的嘴唇，呼吸似乎加快了，但她停顿了下来。

“如果他处于那种状态，我想最好的方式是让他继续睡觉。”凯思林说道。

“床侧的墙上有一把帕兰刀。你们知道，哈罗德对古董有多么喜欢。”

“什么是帕兰刀？”斯金纳夫人问。

“别犯傻了，孩子他妈，”她丈夫生气道，“你身后的墙上就有一把。”

他指了指那把马来刀，但不知为何，他的目光在刀上不知不觉地停留了一会儿。斯金纳夫人猛地缩回到沙发的一角，有点儿紧张地摆了个手势，仿佛有条蛇蜷缩在身边。

“突然哈罗德的脖子喷出一股血来，脖子上有一道很长很深的血淋淋的伤口。”

“米莉森特，”凯思林一下子跳了起来，差点向她扑过去，“你到底什么意思？”

斯金纳夫人目瞪口呆地盯着她。

“墙上的帕兰刀没有了，正在床上放着。哈罗德睁开了眼睛——那双眼睛跟琼的眼睛一模一样。”

“我不明白，”斯金纳夫人说道，“如果他的状态跟你说的一样，他怎么会自杀呢？”

凯思林抓住姐姐的胳膊，愤怒地摇晃着。

“米莉森特，看在上帝的分上，你说说是怎么回事。”

米莉森特挣脱开了。

“帕兰刀本来是挂在墙上的，我告诉过你们。我不知道发生了什么事，到处是血，哈罗德睁开了眼睛，但气若游丝，一句话也说不出，只是微微有些喘气。”

斯金纳先生终于开口了。

“你这个可怜的人，这是谋杀呀。”

米莉森特脸红一块，白一块，带着轻蔑和愤恨看了父亲一眼，他坐回到椅子里。斯金纳夫人喊叫起来。

“米莉森特，不是你干的，是吧？”

米莉森特接下来的表现让他们血管里的血液一下子变得冰冷。她咯咯笑起来。

“我不知道谁干的。”她说。

“上帝。”斯金纳嘟囔说。

凯思林直挺挺地站着，两只手放在胸口，似乎心脏的剧烈跳动已让她无法承受。

“后来怎么样了？”她问。

“我尖叫起来，冲到窗口，把窗子猛地打开，喊女仆过来。她抱着琼穿过院子跑过来了。‘不要抱琼过来，’我叫道，‘不要让她进来’。她叫来厨师，让他抱着孩子。我大声叫他赶紧，她到了后，我把哈罗德指给她看，‘先生自杀了！’我叫道。她尖叫了一声，跑出了房间。

“没人愿意靠近，他们都吓傻了。我给弗兰西斯先生写了封信，告诉了发生的一切，让他赶紧过来。”

“你是怎么告诉他所发生的事情的？”

“我跟他说，我刚从河口回来就发现哈罗德受伤了，脖子划开了。你们知道，在热带地区人死了后必须尽快掩埋起来。我买了口中国棺材，士兵们在‘要塞’后面挖了个坟墓。当弗兰西斯先生到了后，哈罗德已经埋了两天了。他还很年轻，我想叫他干什么都可以。我告诉他我看到哈罗德手里有一把帕兰刀，他毫无疑问是在震颤性谵妄发作时自杀的。我给他看了那个空酒瓶。仆人们说，自我离开前去海边以来他一直在酗酒。在瓜拉索洛我把同样的话跟他们说了。每个人对我都很好，政府给我发了一笔抚恤金。”

短时间里没人开口。最后，斯金纳先生回过神来。

“我从事的是法律职业，我是律师，这件事我有义务过问一下，我们过去的执业经历一直极受尊重。不过，你现在把我置入了一个非常糟糕的境地。”

他搜肠刮肚地搜寻着措辞，但在支离破碎的思绪中，那些话语似乎在跟他玩捉迷藏。米莉森特轻蔑地看了他一眼。

“你要怎么样？”

“这是谋杀，的确如此。你认为我能纵容这件事情吗？”

“别胡说了，爸爸，”凯思林厉声说道，“你想让你的亲生女儿栽进去吗？”

“你把我置入了一个非常糟糕的境地。”他重复道。

米莉森特又耸了耸肩。

“你们让我不得不说出真相。我自己忍受得够久了，该论到你们来忍受了。”

就在这时，女仆打开了门。

“戴维斯把车开过来了，先生。”她说。

凯思林心里有话要说，女仆退了出去。

“我们最好出发吧。”米莉森特说。

“我现在不能去参加晚会了，”斯金纳夫人害怕地嚷道，“我感到极其不安，怎么面对海伍德一家？主教也希望把自己介绍给你们。”

米莉森特冷漠地做了个手势，眼睛里依然带着讥讽的神色。

“我们必须去，妈妈，”凯思林说，“如果不去那就显得可笑了。”她满脸愠怒地转向米莉森特：“哦，我觉得这件事太让人恐怖了，太糟糕了。”

斯金纳夫人无助地看了看丈夫。他走过去抓住她的手，帮她从沙发里站起来。

“恐怕必须得去，孩子她妈。”他说。

“我丝绒帽上的羽毛是哈罗德亲自给我的。”她哀痛道。

他领着她走出了房间，凯思林紧紧跟在母亲身后，米莉森特走在最后面，隔了一两步。

“你们会习惯的。”她静静地说，“起初，这件事在我脑子里一直萦绕不去，不过现在有两三天我没想到它了，似乎并没有什么危险。”

他们都没有回答。四个人走出大厅，从前门出去了。三名女士坐在了汽车后排，斯金纳先生坐在司机旁边。汽车没有自动启动装置，是一辆老款车。戴维斯来到引擎罩前，把车发动了起来。斯金纳先生转过身，焦躁地看着米莉森特。

“你根本不应该告诉我，”他说道，“你也太自私了。”

戴维斯坐上了驾驶座，他们开着车去参加卡农家的花园晚会了。

路易丝

我不明白路易丝为何要打扰我。她不喜欢我，我很清楚，在我背后她总是不失时机地以她温柔的方式说着我的坏话。她做事极灵巧，从不会直来直去地说话，而是通过暗示呀，叹息呀，那双漂亮小手的微微摆动呀，就能把自己的意思表达得清清楚楚。她善用冷冷的言辞夸奖人，在这方面她是个能手。没错，二十五年来我们差不多是知根知底的，但要让我相信她会受到这种长期交往的影响是不可能的。她认为我是个粗鲁蛮横、愤世嫉俗、俗不可耐的家伙，我很困惑她为何不自然而然地同我断交，相反，她从没让我安静过，总是请我吃午饭、晚饭什么的，而且每年都有那么一两次邀请我到她乡下的房子里共度周末。最终我明白了她的动机。她有种不安的猜疑——觉得我不相信她，如果说这就是她不喜欢我的原因，这也同时是她跟我保持熟络的原因：我把她看作是滑稽人物让她恼怒，如果我不承认自己错了，或被她打败了，她是不会安心的。或许她模模糊糊地觉得，我看到了她面具后面的那张脸，而又不愿做出让步，所以她决定，让我迟早也戴上那样一张面具。我不是很确定她是否是个彻头彻尾的骗子，我怀疑的是她在欺骗自己，如同她在完全欺骗这个世界一样；我还在想她内心深处是否闪烁着幽默的火花？倘若如此，那她就是被我吸引到了，因为一对骗子是可以相互吸引的——他们认识到两人之间在分享着一个秘密，而其他任何人都不得而知。

早在路易丝结婚之前我就认识她了，那时她还是个柔弱、娇嫩的女孩，有着一对大大的忧郁的眼睛。她的父母关爱着她——带着点焦虑和娇宠，因为患病的缘故（我想是猩红热），她的心脏功能衰弱，所以不得不极为小心。当汤姆 · 梅特兰向她求婚时，一家人都感到慌乱，因为他们确信，她的身体过于虚弱，无法承受艰苦的婚后生活。不过他们家过得不够富裕，而汤姆·梅特兰是个有钱人，他承诺愿意为路易丝付出一切。最终，他们郑重地把女儿托付给了他。汤姆·梅特兰是高大魁梧的家伙，长相俊朗，身强体壮，对路易丝宠爱有加。由于她心脏不好，他并不指望她能跟他天长地久，所以他决心让她在短暂的一生里能够感受到幸福。他放弃了所擅长的各类娱乐活动，不是因为她不想让他去——她乐意看到他去打高尔夫球或者打猎，而是因为每次他提出要离开她一天时，她总是碰巧心脏病发作。两人间出现意见不一致时，她会立马向他妥协，因为她是个男人所能拥有的最顺从的妻子。但当她的心脏出现问题时，她就会卧床一周，心情轻松，毫无怨言。他当然不会毫无心肝地去惹她气恼了。然后他们就有了很多争执——到底谁应该服从谁，最终他颇为困难地劝服了她，该怎样就怎样吧。有一次，在她特别渴望的一次长途旅行中，她一口气走了八英里，我跟汤姆·梅特兰说，她比所有人想象得都要健康。他摇了摇头，叹了口气。

“不，不，她虚弱得可怕。她去看了全世界最好的心脏病专家，他们说她命悬一线，但她有着不可征服的意志。”

他把我对她耐力的评价转告给了她。

“明天我就会偿还的，”她以哀伤的口吻对我说，“我快走到死亡门口了。”

“我有时想你已很强壮了，想做什么就做些什么吧。”我嘟哝道。

我注意到，如果一场晚会让人快乐，她能跳舞跳到凌晨五点，但如果比较乏味，她就感到很不舒服，汤姆不得不早点把她带回家。我担心她不喜欢我的话，因为她尽管可怜兮兮地朝我微微笑了笑，但从她蓝色的大眼睛里我没看到任何喜悦。

“你不能为了让你自己感到开心而期待我倒地死掉吧。”她回答。

路易丝活得比她丈夫还长。一天他们在海上航行，为了取暖，路易丝用上了所有的毯子，结果汤姆患上了重伤风，不治而亡。他给她留下了一笔充足的财富和一个女儿。路易丝感到极为悲伤，不过令人惊异的是她从打击中挺了过来。她的朋友们都以为她会很快步汤姆·梅特兰后尘走入坟墓，事实上他们已经为她的女儿爱莉斯感到极其难过——她很快就要成为孤儿了。现在他们更加关注路易丝，任何事情都不让她动半个指头，坚持把一切都替她做好了。他们必须这样做，因为要她做那些累活或者不相宜的事情，她的心脏就会不听使唤，那她就真的到死亡门口了。她说没个男人照料她，她会完全迷失掉，但她不知道怎么办好，她的身体如此虚弱，还要抚养她亲爱的爱莉斯。她的朋友问她为何不考虑再婚。哦，在她心里，这根本是不可能的，虽然她亲爱的汤姆希望她这样做，而且假如这样做的话，对爱莉斯也是最好的，但问题是，像她这样可怜的病人，谁会愿意娶呢？但奇怪的是，不止一个年轻人非常乐意承担这个责任。汤姆过世一年后，她答应乔治·霍伯特领着她走上了婚礼的圣堂。乔治是个非常优秀、正直的人，绝非贫困潦倒。但当获准去照料这个病快快的小女子时，我从没见过任何人像他那样心存感激。

“我不会麻烦你很久的。”她说。

他是一名士兵，有着崇高的志向，但他从军队退了役。路易丝的健康状况迫使她冬天在蒙特卡洛度过，而夏天就到多维尔去。在放弃自己的职业时，他犹豫了一下；路易丝起初不同意，但她最终还是屈服了，正如她以前经常做的那样。他打算让自己的妻子人生的最后几年尽可能快乐些。

“不会太久的，”她说，“我尽量不添加麻烦。”

在接下来的两三年里，路易丝尽管心脏依然虚弱，但仍穿戴得漂漂亮亮前去参加那些非常热闹的晚会，到赌场大赌特赌一番，也去跳舞，甚至跟那些细长高挑的年轻人调情。但是作为路易丝的第二任丈夫，乔治·霍伯特不像她第一任丈夫那么精力充沛，他必须得时不时来点儿烈酒才能强打精神，完成白天的工作。就这点来说，路易丝是一点都不喜欢的。但幸运的是，战争爆发了，他又重新加入了军队，三个月便死在了战场。这对路易丝的打击非常大，但她觉得，在这场危机中，她绝不可以屈服于个人的悲伤；假如她心脏病发作了，就没有人知道了。为了转移注意力，她把自己在蒙特卡洛的住宅改造成了军官康复医院。她的朋友们跟她说，那种紧张必然会让她送命。

"当然那会杀了我，"她说，"我知道的，但有什么关系呢？我必须尽我的微薄之力。"

她没有送命，相反她度过了生命中最愉快的一段时光。在法国，没有哪家康复医院比她家更受欢迎了。我在巴黎偶尔碰到了她，她正在一家饭店和一名非常高大帅气的法国士兵共进午餐。她解释说，她来这里是办理跟医院相关的一些事务，还告诉我，军官们极其令她着迷。他们都知道她身体虚弱，都不让她做任何事。他们照料她——哦，好像他们都是她的丈夫一般。她叹了口气。

"可怜的乔治，我的心脏病成那样，他会想到我比他活得还久吗？"

"可怜的汤姆！"我说。

我不知道她为什么不喜欢我这样说话。她凄然地朝我笑了笑，那双漂亮眼睛里噙满了泪水。

"你说话好像总是不愿意让我多活上这几年。"

"顺便问一下，你的心脏现在好多了，是吧？"

"根本没好到哪里去。我今天早上还去看了一名专家，他说我必须为最坏的情况做好准备。"

"哦，不过到现在你已经为那个准备了二十年了，不是吗？"

战争结束后，路易丝在伦敦定居了。她现在已经四十多岁，仍像原来一样消瘦、弱不禁风，眼睛依然很大，面颊苍白，但是她看起来仿佛比二十五岁大不了一天。爱莉斯已经上学了，现在长大了，跟她住在一起。

"她会照顾我的，"路易丝说，"当然，跟我这样的病人生活在一起，对她来说太艰难了，但我的生命已所剩无几，我敢肯定她不会介意的。”

爱莉斯是个懂事的女孩，从小到大一直清楚母亲的健康状况非常危险。孩子的时候，她从不被允许制造出任何噪音，她从来都知道任何情况下都不能让母亲动怒。虽然现在路易丝告诉她，她不希望因为一个令人厌倦的老太婆而让女儿做出牺牲，但女孩就是不听。这个不是牺牲不牺牲的问题，而是能为可怜的、亲爱的母亲做点什么让她感到高兴。在母亲的叹息声中，女儿做了很多很多。

“你不认为她应该多出去走走吗？”

“我经常跟她这样说，我不能让她感到快乐。老天知道，我从不愿意因为我的缘故而麻烦任何人。”

当我规劝爱莉斯时，她说：“我可怜的母亲也希望我和朋友们在一起，或者去参加一些聚会，但不管去哪里，我只要稍一离开，她就会心脏病发作，所以我更愿意留在家里。”

但不久她就恋爱了，我的一个年轻朋友，一个非常好的小伙子，向她求婚，她答应了。我很喜欢这个年轻人，而且让我高兴的是，爱莉斯最终可以得到一个独立生活的机会了，她似乎也从没怀疑过这个可能性。但一天，这个年轻人无限沮丧地来找我，说他的婚姻无限期地推迟了——爱莉斯觉得她不能置母亲于不顾。这事真的跟我没有任何关系，但我还是找了个机会去见路易丝。她总是乐意在吃茶点的时间见到朋友们。现在她年纪大了，跟画家和作家们建立了交往。

“这个情况我不清楚。我希望她尽早结婚，我曾跪下求她不要管我，但她不愿离开我，毅然决然地拒绝了我。”

“你不认为这对她来说太沉重了？”

“很可怕。当然时间也就是几个月，我憎恨让别人为我做出牺牲的想法。”

“我亲爱的路易丝，你已经埋掉了两个丈夫，我根本看不出你有任何理由不会再至少埋葬两个。”

“你认为这很好玩吗？”她尽可能让自己的语气变得杀伤力十足。

“我认为，你一直很强健，任何想做的事情都能做；你脆弱的心脏只是阻止你去做让你生厌的事情，不过这点你从来没有感到奇怪过。”

“哦，我知道，我清楚你一直是怎么想我的。你从来都认为我没什么毛病，是吧？”

我直直地盯着她。

“我从来都是这样想的。二十五年来你一直在虚张声势地吓人，我认为在我所认识的人群中你是最自私、最变态的女人。你毁掉了跟你结婚的那两个可怜人，现在你又要毁掉你女儿的一生。”

这个时候如果路易丝心脏病发作的话，我丝毫不会感到惊讶，我期待她勃然大怒起来，但她只是冲我温和地笑了。

“我可怜的朋友，这几天里你就会为你说过的话感到万分抱歉。”

“你决定不让爱莉斯跟那个年轻人结婚了吗？”

“我祈求她去跟他结婚，我知道这会杀了我，但我不介意。没人喜欢我，我对任何人来说都是个负担。”

“你跟她说这会杀了你吗？”

“她让我不得不说。”

“好像是有人让你做了你自己不愿做的事。”

“如果她喜欢，她明天就可以同那个年轻人结婚。万一这会让我死掉，那我死掉好了。”

“那好，那让我们冒次险，好吧？”

“难道你对我没有丝毫同情心吗？”

“你让我觉得可笑，像你这样的人，人们不需要可怜。”

路易丝苍白的脸颊上微微有些变色，尽管一直在笑着，但她的眼神很冷酷、很愤怒。

“爱莉斯一个月后就会结婚，”她说，“万一我发生任何事情，我希望你和她能原谅你们自己。”

路易丝没有食言。结婚的日子定下来了，订购了丰厚的嫁妆，请柬也发出了。爱莉斯和那个优秀小伙子容光焕发，神采奕奕。在婚礼那天，早上十点，路易丝，这个邪恶的女人，心脏病发作了——然后死了。她死得很平静，是爱莉斯杀死了她，但她原谅了她。

承　诺

我妻子是个非常不守时的女人。本来约好在克拉瑞吉酒店吃午饭的，我晚到了十分钟，结果仍不见她的影子，但我并没感到惊讶，要了杯鸡尾酒等着。现在正是这个季节最热闹的时候，休息室里只有两三个空位子。有些人早早地吃过了早餐，正在啜饮着咖啡，其余人像我一样漫不经心地喝着干马提尼。那些穿着夏裙的女子们看起来快乐而迷人，男人们在旁边大献着殷勤，但在我看来，她们中没有一个长相能够吸引我，让我打发掉需要等待的那一刻钟时间。她们看起来个个身材苗条，让人赏心悦目，穿着光鲜而随意，但基本上属于一个模式，我耐着性子而不是带着好奇心打量她们。两点了，我开始感到饥肠辘辘。妻子跟我说，她不会戴绿松石，也不会戴手表——因为绿松石变绿了，表不走了，她把这些归于命运的不怀好意。关于绿松石，我无话可说，但至于手表，我有时想，如果她能给它上上发条的话，也许就会走了。我正想着这些，一位侍者走过来，低声地、郑重其事地跟我说话（酒店侍者常如此装模作样，仿佛他们要传达的信息比语言本身要坏很多），说有一位女士刚刚打电话过来，说她让事缠住了，没法赶过来跟我一起吃饭。

我犹豫了一会儿。一个人在一家嘈杂的酒店吃饭毫无趣味可言，但到俱乐部去又有些晚了，我决定留在这里，于是大步走进了餐厅。让那些时尚酒店的侍者领班知道你的名字并不能让人感到特别满意（对很多的尊贵客人来说似乎都是如此），但此时此刻，我当然乐于看到不那么冰冷的眼神了，侍者领班正站在那里，面部僵硬，脸色也不够友好，他告诉我说餐位全满了。我围着宽敞而豪华的餐厅无助地转了转，突然看到一个我认识的人，这让我感到很是开心。伊丽莎白·佛蒙特是个老朋友了，她冲我笑了笑。看到她一个人在吃饭，我向她走过去。

“你愿意可怜可怜一个饥饿的人而让他坐在你身边吗？”

“哦，好啊，不过我快吃完了。”

她坐在一张小桌子边，紧靠着高大的柱子。我坐下来后发现，尽管大厅里人满为患，我们这里还是很隐秘的。

“我感到很幸运，”我说，“我快饿虚脱了。”

她非常迷人地笑了——笑意没有一下子将她的脸庞照亮，而似乎一点点地在她脸上弥漫开，并散发着魅力；它先是在嘴唇上抖动着，然后慢慢地扩散到那双忽闪着的大眼睛，柔柔地滞留在那里。没有人能肯定地说伊丽莎白·佛蒙特是用普通模子刻出来的。在她是个女孩时，我根本不认识她，但很多人告诉我那时她极可爱，让人看了都会眼泪汪汪，但我并不相信。现在尽管她已五十岁了，仍无可比拟。她残留的美貌使得那些年轻女人的娇嫩和美丽看起来有些无趣，我不喜欢那种千孔一面、涂脂抹粉的脸蛋——我想女人因滥用脂粉、胭脂和口红而使她们的表情变得呆滞，个性变得模糊。伊丽莎白化妆不是模仿自然，而是超越自然。你不会质疑其所用的手段，但会为其效果叫好。她在化妆品的使用上大胆而张扬，但这凸显了而非减弱了她那张完美无缺的脸蛋的特征。我想她的头发是染过的，乌黑顺滑而又闪烁着光泽。她一直昂首挺胸，仿佛从来没学会懒洋洋地倚着靠着，她的身材也非常纤细苗条。她穿的是黑色的缎料服装，其线条和朴素让人称赞不已。她脖子上挂着一串长长的珍珠，其余唯一的珠宝便是镶嵌在婚戒上的一颗巨大的绿宝石了；婚戒呈现暗红色，使她的手看起来是那样白皙。但正是她那双手（染着红指甲）最清楚无误地泄露了她的年纪，你看着她们，内心里会感到失望，而且无需多久，它们看起来就像是猛禽的爪子一般了。

伊丽莎白·佛蒙特是个不简单的女人。她出身高贵，因为她是圣厄斯七世公爵的女儿。她十八岁时结婚，嫁给了一个大富翁，立即过上了令人咋舌的奢侈放荡、寻欢作乐的生活。她性情高傲，不会谨慎做人，行事鲁莽，不计后果。不到两年便闹出了令人震惊的丑闻，丈夫由此跟她离了婚。随后，她跟离婚案中指认的三名报道记者之一结了婚，但十八个月后，她便脱身而去了。接下来，她有了一系列的情人。从此她因放荡而变得臭名远扬。她的惊人美貌和丑闻使她成为公众关注的焦点，而且从来无需太久，她就会变成绯闻话题。在那些尊贵人士的眼里，她的名声是彻底臭了——一个赌徒、挥霍无度者，还是个水性杨花的女人。尽管她对自己的情人不忠，但她对朋友的友情始终没变，一直跟几个人保持着友谊；不管她做了什么，朋友们都不承认她是个不好的女人。她为人直率，兴致高昂，勇气可嘉，绝不是伪君子，而且慷慨，真诚。正是在这个时期我认识她的；对于当时的那些贵妇，宗教不再是个时髦玩意儿，当她们名誉扫地时，她们便带着谄媚般的心态在艺术中找到了乐趣；当她们在她们那个阶级中受到了冷落，她们就会屈尊与那些作家、画家和音乐家为伍。我发现她是个让人愉快的伙伴，能够给大家带来快乐，会直言不讳地说出心中所想（所以能省下很多有用的时间），而且她的头脑非常敏锐。她总是乐意谈到她耸人听闻的过去（用她让人开心的幽默）。她虽然没受过多好的教育，但谈话很有意思，因为不管怎样，她都是个诚实的女人。

这时她做了件让人非常惊异的事。四十岁那年，她跟一个二十一岁的年轻人结婚了。朋友们都说这是她一生中做过的最疯狂的事。有几个跟她一直风雨同舟的朋友，这一次因为这个年轻人的缘故——因为他是个好小伙子，缺乏人生的经验却被如此利用了——他们拒绝再跟她交往。真是是可忍孰不可忍！他们做出了灾难性的预测，因伊丽莎白·佛蒙特对任何男人的忠诚不会持续六个月，不，这一次他们希望会是如此——对于这个可怜的年轻人来说，这是唯一的机会，因为他的妻子终究会爆出丑闻，他将不得不离她而去。他们都错了。我不知道是否是时间使她的内心发生了变化，或者是皮特·佛蒙特的纯洁和单纯的爱让她受到了触动，反正实际情况是，她让自己成为了他极好的妻子。他们很穷，她很奢侈，但她成为了一名节俭的家庭主妇；她突然间对自己的名声如此慎重，那些传播丑闻的舌头也安静下来。她现在很关心他的幸福，没有人怀疑她深深地爱着他。长久地成为话题中心的伊丽莎白现在没人谈论了，似乎她的故事也讲完了。她已脱胎换骨变成了另一个女人，我快活地想到，当她变成一个极老的老太太时，那么多年的人生里她都极受尊重，但她的过去，那极具戏剧性的过去不仅仅属于她，还属于一个早已死去的人——对于她，她早就记不确切了，因为女人都有着让人羡慕的遗忘的本领。

但谁能说清未来的命运呢？就在一眨眼的功夫，一起都变了。皮特·佛蒙特在度过了十年的完美婚姻生活后，疯狂地爱上了一个叫芭芭拉·坎顿的女孩。她是个不错的女孩，是当时的副外交大臣罗伯特·坎顿勋爵最小的女儿。芭芭拉大致来说是个漂亮女孩，当然跟伊丽莎白女士没法相比。很多人已经知道了所发生的事，但无人知道伊丽莎白是否对此事已略知一二，他们不清楚她会如何面对这一局面——这种经历她从未有过，总是她抛弃她的情人，还没有人抛弃过她。在我看来，她会把小小的坎顿小姐迅速打垮，因为我太熟悉她的胆量和敏捷了。现在我跟她吃着午饭闲聊时，脑子里想着的都是这些。她的举止跟往常一样，快乐、直率，而又充满魅力。一切迹象表明没有什么事情让她心烦。她仍像平时那样说话，对谈到的不同话题，她说起来轻松自如，判断力准确，同时对那些可笑之事有着敏锐的洞察力。我觉得很有意思，得出的结论是，对于皮特的移情别恋她没有丝毫觉察，简直奇迹一般。我给自己做出了解释：她对皮特的爱如此强烈，她想象不到他对她的爱会少上一分。

我们喝了咖啡，抽了几支烟，然后她问我时间。

“两点三刻。”

“我必须要付账了。”

“你不想让我请你客？”

“当然可以啦。”她笑道。

“这么匆忙？”

“我三点去见皮特。”

“哦，他好吧？”

“他很好。”

她微微笑了笑，属于她的那种缓缓的、愉快的笑，但从她的笑意里我看出了一丝讥讽。她踌躇了片刻，又慎重地看了看我。

“你喜欢一些离奇的情形，是不是？”她问，“你根本猜不到我去干什么。今天早上我给皮特打电话，让他三点钟来接我，我要请他跟我离婚。”

“你不会的。”我叫道，我感到自己脸红了，不知道说些什么好，“我想你们一直相处得这么好。”

“你认为全世界都知道的事情我能不知道吗？我没那么傻。”

有些女人你可以跟她说些你自己都不相信的话，但她不是，我也不能假装没听懂她的意思。我沉默了一两秒钟。

“你怎么会让自己离婚呢？”

“罗伯特·坎顿是一个古板的老家伙。如果我跟皮特离婚的话，我非常怀疑他会同意芭芭拉跟他结婚。对我来说，你知道，这件事根本不值一提：只是一次离婚……”

她耸了耸肩。

“你怎么知道他会跟她结婚呢？”

“他非常迷恋她。”

“是他跟你说的？”

“不是，他甚至不清楚我知道这件事。他太不幸了，可怜的宝贝。他总是这么小心翼翼不去伤害我。”

“或许只是他一时的鬼迷心窍，”我斗胆提到，“一切都会过去的。”

“为什么会过去呢？芭芭拉年轻漂亮，人也很好，二人彼此般配。再说，过去了有什么好处？他们现在相爱着，当前之爱才是最重要的。我比皮特大十九岁，如果一个男人不再爱一个足以做他母亲的女人了，他还会再次爱上她吗？你是个小说家，对于人性你一定知道的比这还要多。”

“你为什么要做出这种牺牲？”

“十年前当他向我求婚时，我承诺他，如果他想获得自由，他就可以得到。你知道我们两个人的年龄过于悬殊，我想那样做也是公平的。”

“你是在信守一个他并没有让你信守的承诺吗？”

她那双细长的手轻轻摆动了一下，手上戴着的那颗绿宝石发出幽幽的光，让我感到了一丝不祥。

“哦，我必须那样做，你知道。人必须像个绅士那样为人处世。告诉你真相吧，这也是我今天到这里吃午饭的原因。是在这张桌子上他向我求婚的，我们当时一起吃的晚饭，你知道，我就坐在我现在的位置上。讨厌的是我现在仍然像当时那样爱他。”她停顿了一下，我看到她咬紧了牙关，“哦，我想我该走了。皮特不喜欢让人等他。”

她朝我无助地微微一笑，给我的印象是，她几乎不能够从椅子里站起来。但是她又笑了，突然摆了个手势，一下子站了起来。

“要我陪你去吗？”

“陪我到酒店门口吧。”她微笑道。

我们穿过酒店和休息室，当我们来到门口时，一个守门人转过旋转门走过来。我问她要不要乘坐出租车。

“不，我愿意走一走，天这么好。”她把手伸给我。

“见到你太好了。明天我就出国，不过整个秋天我都会待在伦敦。一定给我打电话呀。”

她笑了笑，点点头，然后转身走了。我望着她沿戴维斯街走去。空气依然温暖如春，房顶之上，片片小块的白云正在蓝天上徐徐飘动。她身子挺得笔直，坚强的头高昂着。她有着苗条、优美的身段，过路人都纷纷向她投去目光。我看到她向一个认识的人优雅地欠身，而那人举起了帽子。我想他永远都不会想到她有一颗破碎的心。我再重复一次：她是一个非常诚实的女人。

珍珠项链

“我被安排在你身边了，真是幸运啊。”我们坐下吃晚饭时，劳拉说道。

“我觉得也是。”我礼貌地回答。

“还需要等等看。我特别希望有个机会跟你谈谈。我有个故事要讲给你听。”

我的心微微有些下沉。

“我宁愿你谈谈你自己，”我回答，“或者谈谈我也行。”

“哦，不过我必须把这个故事讲给你听。我想对你是有用的。”

“如果你一定要讲，那就讲吧，不过先让我看看菜单。”

“你不想让我讲？”她问，感到有点委屈，“我以为你喜欢听的。”

“我是喜欢听。不过，你可以写个剧本，然后读给我听呀。”

“那件事发生在我一些朋友身上，是完全真实的。”

“这没啥。真实的故事根本不比虚构的故事更真实。”

“你什么意思啊？”

“没多少意思，”我承认，“但我想这话听起来还不错。”

“我希望你能让我继续讲。”

“我洗耳恭听。汤我不想喝了，太油腻。”

她不悦地看了我一眼，然后扫了一眼菜单，微微叹了口气。

“哦，那么，如果你打算否认你自己的话，我想我也只能如此。老天知道，我自己的人物我可不能随意处置。”

“你往汤里放了大块的奶油，还有什么汤比这更绝妙的吗？”

“罗宋汤，”她叹了口气，“是我唯一真正喜欢的汤。”

“不要介意。讲你的故事吧，在鱼端上来之前，我们会把食物给忘了。”

“好吧。那事发生时，我实际上也在现场，我在跟利文斯顿一家吃饭。你认识他们家人吗？”

“不，我想我不认识。”

“啊，你可以问问他们，他们会证实我说的每一句话。他们请来了他们的家庭女教师一起吃饭，因为有一位女客人在最后一刻不能前来赴宴了——你知道有些人考虑问题是多么不顾别人——餐桌上应该有十三个人。家庭女教师名叫罗宾森小姐，是个非常好的女孩，很年轻，你知道，二十岁或二十一岁的样子，非常漂亮。就我个人而言，我绝不会聘用一名年轻漂亮的女教师，人们根本不懂。”

“但人都是往最好处想的。”

劳拉没注意到我说的话。

“很可能发生的情况是，她脑子里会想着那些年轻男子，而不是专注于自己的工作。然后等她熟悉一切后，她又要离开去结婚了。不过，罗宾森小姐带着极好的推荐信，我必须承认，她是个非常优秀、受人尊敬的人。我相信她实际上是个牧师的女儿。”

“饭桌上还有一名男子，我想你没有听说过，但他看上去颇有知名度。博塞利伯爵对宝石的了解超过世上任何人，他就坐在玛丽·朗格特旁边。玛丽·朗格特对于自己所戴的珍珠项链相当自负，在谈话中，她问伯爵觉得她那串珍珠如何，他回答说珍珠不错。她对这个回答很是不满，告诉他珍珠至少值八千英镑。

“‘是的，值那个价。’他说。

“罗宾森小姐就坐在伯爵对面，那天晚上她看上去很是动人。当然，我认出了她穿的那件裙子，是索菲穿过的旧裙子；如果你不是事先知道罗宾森小姐是家庭教师的话，你肯定不会想到这一点。

“‘那位年轻小姐戴的项链非常漂亮。’博塞利说。

“‘哦，她是利文斯顿夫人家的家庭女教师。’玛丽·朗格特说。

“‘那个我管不了，’他说，‘不过，她戴的那条项链，就其大小来说，

是我这辈子见过最大的珍珠。一定能值五万英镑。'

"'胡扯！'

"'我向你保证是真的。'

"玛丽·朗格特向前探了探身，发出了尖叫。

"'罗宾森小姐，你知道博塞利伯爵说什么了吗？'她大声叫道，'他说你戴的那条珍珠项链值五万英镑。'

"一时间大家的对话停了下来，因为每个人都听到了。我们都转过身来看着罗宾森小姐。她脸上微微红了，然后笑起来。

"'啊，我还价还得不错，'她说，'因为我只花了十五个先令。'

"'你肯定是的。'

"我们都笑了。这当然很荒谬。我们总能听到一些妻子拿着真正的、价值昂贵的珍珠项链哄骗丈夫说那是假货。这样的故事老掉牙啦！"

"谢谢。"我说，我想起了我自己曾写过的一个小故事。

"真是太可笑了，一个家庭女教师如果拥有一条价值五万英镑的项链，她还会做家庭教师吗？亏他这样想！显然是伯爵犯了大错误。但接下来一件非同寻常的事发生了，一系列的巧合也出现了。"

"不要这样，"我反驳道，"这种写法太老套了。难道你没读过那本迷人的书，叫《英语用法词典》的？"

"我就要讲到精彩处了，我希望你不要打断我。"

但我不得不再次打断她，因为这时一条鲜嫩的烤鲑鱼悄不声地放在了我的左肘处。

"利文斯顿夫人给我们送来了绝妙的晚餐。"我说。

"鲑鱼油腻吗？"劳拉问。

"很油腻。"我吃了一大块鱼，回答道。

"废话。"她说。

"继续讲，"我求她，"一系列的巧合就要出现喽。"

"啊，就在这时，管家在罗宾森小姐身边俯下身，对着她的耳朵小声说了些什么话。我想她的脸变得有些苍白了——不涂点胭脂真是个错误，你永远都不知道大自然会怎样作弄你。她肯定是有些惊讶，向前探了探身。

“‘利文斯顿夫人，道森说，大厅里有两个人现在就想跟我说话。’

“‘啊，那你最好去吧。’索菲·利文斯顿说道。

“罗宾森小姐站起身来离开了房间。相同的想法从我们每个人的脑中划过，但我首先开口道：

“‘我希望他们不是来抓她的吧，’我跟索菲说，‘亲爱的，那对你来说太可怕了。’

“‘你敢肯定那是条真项链吗，博塞利？’她问。

“‘哦，相当肯定。’

“‘如果项链是偷来的，她今晚不大可能有勇气戴的。’我说。

“索菲·利文斯顿化了妆，但脸上仍变得死一般惨白，我看出她在想她的珠宝箱是否安然无恙。我只有一条小小的钻石项链，但出于本能，也把手伸向脖子，摸摸项链还在不在。

“‘不要胡说，’利文斯顿先生说，‘罗宾森小姐怎么可能会偷一条珍贵的珍珠项链呢？’

“‘她可能是接受者。’我说。

“‘哦，她是带极好的推荐信来的。’索菲说。

“‘他们总是如此。’我说。”

我再次毅然打断了劳拉的话。

“你对这个案件似乎并没有持一个积极的态度。”我评论道。

“当然我对罗宾森小姐一无所知，我有充分的理由认为她是个非常好的女孩，但万一发现她是一个臭名昭著的盗贼以及国际诈骗团伙的成员，那会让人非常震惊的。

“就像一部电影，我感到极其害怕，只有在电影中，这类刺激性的事件才会发生。

“啊，我们屏住了呼吸，心神不定地等待着，周围一片安静。我以为能听到客厅的扭打声，或者至少是被压抑的尖叫声。我想这份寂静是非常不祥的。这时门开了，罗宾森小姐走了进来。我立刻注意到她的项链没有了，我能看出她脸色苍白，神情激动。她走到桌子旁，坐下来，微笑着把它扔在了上面……”

“哪上面？”

“桌子上，你个傻瓜。一条珍珠项链。”

“‘这是我的项链。’她说。

“博塞利伯爵向前伸了伸脑袋。

“‘哦，这是假的。’他说。

“‘我跟你说过的，是假的。’她笑道。

“‘这跟你刚才戴的不是同一条。’他说。

“她晃了晃项链，神秘地笑了。我们都被吸引住了。索菲·利文斯顿看到她的家庭女教师如此这般成了大家关注的中心，她极为开心，我不知这究竟是何原因。她提出让罗宾森小姐给大家做一解释，我想她这样做是带着些讥讽和猜疑的。啊，罗宾森小姐说，当她进了大厅后，她看到两个男人，他们说自己来自加洛特商店——她就是在他们店买的项链，像她说过的，花了十五先令。后来，她又把项链送了回去，因为项链搭扣松了，她下午去取回来的。两个男人说他们给她拿错了。有人送到店里一条真正的珍珠项链，请他们把珍珠重新串起，结果店员弄错了。当然我不明白为何有人会愚蠢到把一条真正有价值的项链送到加洛特店去，因为这类事情他们以前做得并不多，甚至连真假项链都分不清，不过你知道女人会有多么愚蠢。不管怎样，那正是罗宾森小姐原先戴的那条项链，价值五万英镑。她很自然地把项链还给了他们——别的她也做不了，我想这尽管让人痛苦，他们把真正属于她的项链交给了她。然后他们说，虽然他们并无义务——你知道男人故作一本正经时的那副愚蠢和自大——他们按照指示，送给她一张三百英镑的支票作为慰问金。罗宾森小姐真的把钱给我们看了，她非常高兴。”

“哇，真是幸运，是不是？”

“当然你会这样想，不过最后的结果是——她堕落了。”

“啊，怎么回事？”

“哦，到放假时，她告诉索菲·利文斯顿，她决定到多维尔待上一个月，把那三百英镑全部花掉。当然，索菲尽力劝阻她，建议她把那笔钱存入银行，但她不愿听，说她以前从来没有这样的机会，以后也不可能有了，她必须过上至少四周的女公爵般的生活。索菲无计可施，只好让步了。她把她不想要的大量衣服都给了罗宾森小姐，她整个季节都在穿那些衣服，烦都烦死了。她说她把衣服送给了她，但我不相信她真的这么做了，我敢说她卖得很便宜。罗宾森小姐一个人出发去了多维尔，你想想在那里发生了什么事？”

“我根本想不出，”我回答，“我希望她在那里过得痛快。”

“啊，就在她准备返程的一周前，她给索菲写了封信，说她改变了计划，已经进入了另一个行业，如果她不能回来，希望利文斯顿夫人原谅她。当然，可怜的索菲很是恼火。实际发生的情况是，罗宾森小姐在多维尔碰到了一个阿根廷人，跟着他去了巴黎。从那以后，她就住在了那里。我在佛罗伦萨见过她，前臂上戴满了手链，脖子上缠着项链。当然，我装作不认识她。他们说她在布洛涅森林有一座房子，还有一辆劳斯莱斯车。几个月后，她抛弃了阿根廷人，又控制了一个希腊人。现在我不知道她跟谁在一起，但简而言之，她显然已成为巴黎最漂亮的妓女了。”

“你说她堕落了，你用的是这个词的纯粹技术意义，我可以断定。”我说。

“我不知道你这样说什么意思，”劳拉说，“不过你不认为你可以围绕这个创作一篇小说吗？”

“很不幸，我已经写过一篇关于珍珠项链的小说。一个人不能老是写珍珠项链。”

“我大致决定了要自己写一篇。只是，当然我会改变一下结尾部分。”

“哦，你怎么写？”

“啊，我会让她跟一个银行职员订婚，该职员在战争中严重负伤，只留下一条腿，或者半边脸被打掉了。他们的生活将极度贫困，多年都结婚无望。他们为能在郊区买上一座小房子而用尽了所有积蓄，交完最后一笔分期付款后，他们就决定结婚了。就在这时，她拿到了那三百英镑，他们简直难以置信，感到如此幸福，他伏在她的肩膀上，像个孩子般哭了。他们终于拿到了郊区的小房子，然后结了婚。他们还把他个子矮小的母亲接过来一起居住。他每天到银行上班。假如她小心翼翼没有怀上孩子，她就可以继续每天去做家庭女教师。他总是生病——由于伤病的缘故，你知道——她就来照料他，生活凄惨、甜蜜而可爱。

“在我听起来，太乏味了。”我不客气地说。

“是的，但很道德。”劳拉说道。

怯 懦

两只快速帆船轻快地顺流而下，前后隔着几码的距离。在第一只船上，坐着两个白人。在江河上航行了七日之后，他们高兴地获悉，今晚就可以住在一所民房里了。对战后一直住在婆罗洲的伊扎特来说，迪雅克人的房子和盛宴当然都没有什么新奇的，但在坎皮恩看来，虽然对这个国家感到陌生，最初的新鲜感也确实让他快乐，现在他急切地渴盼着能有几把可以坐的椅子和一张用来睡觉的床。迪雅克人殷勤好客，但谁也不能说他们的房子会让人感到舒适，他们为客人提供的娱乐也很快变得有些乏味起来。每天傍晚，当旅客们到达码头，擎着一面旗帜的头人，还有该家族的其他重要成员，就会赶到河边来接他们。他们被领着前往那座长长的房子——整个村落实际上都是在同一片屋檐之下，房子都由木桩撑着。要进入长房子，需要爬上大致凿成梯状的一根树干——人们排成长长的队列，踏着锣鼓的节奏沿着树干爬上或者下去。两侧密密麻麻的棕色人群席地而坐，默默地看着白人们从眼前走过。干净的垫子铺展开了，客人们都坐下来。头人带来一只活鸡，抓住它的两只脚，举过头顶挥舞三下，向注视着的人们大声地召唤着灵魂，并发出祈祷声。接下来，不同的人会带着鸡蛋过来。喝的是亚力酒，一个非常娇小羞涩的女孩，有着鲜花般的娇美——不动声色的脸上带着宗教般的神情，她端起酒杯送到白人的嘴唇上，直到他们酒干为止。随之，响亮的呼喊声便从四面八方腾空而起。人们开始跳舞，一个紧随一个，踏着细小的步子，在锣鼓的伴奏下，举着盾牌和帕兰刀翩翩起舞。这些活动会持续一些时间，结束后，客人们会被带进一个房间（房间靠着长长的平台——也就是家族的公共活动场所）。房间里，晚餐已经准备好了。女孩子们用中国勺子给他们喂饭。每个人都喝得有些醉意朦胧起来，所有的人都在说个不停，直到凌晨时分。

现在，他们的航行已经结束了，正朝岸上走去。他们从黎明时就踏上了旅程，那时河水尚浅，清澈、明亮地从铺着鹅卵石的河底流过。树木是向前倾斜的，所以只能看到一条带状的蓝色天空。不过现在，天空变得开阔多了。人们不再使用船杆撑船前行，而是用桨划船。到处都是树木、竹林，还有大团大团像是鸵鸟羽毛的野西米椰子。树木长有巨型的叶子，或者像金合欢、可可树、槟榔树一样的羽毛状的叶子，白色的树干长长的，而又是笔直的。岸上的树木长得密密实实，极其繁茂。到处荒凉而裸露着的，是那些遭遇过闪电或死于老龄的树木的光秃秃的身躯——它们的白色反衬着周围的绿色，极其鲜艳生动。到处还有的是森林中竞争着的那些最高大的树木，巍然高耸于普通的灌木之上。此外，还有那些寄生植物，在叉状的枝桠之间，大片大片生长着丛生的苍郁的绿叶；或者开花的爬行植物，覆盖在延伸着的成片的叶子之上，像是新娘的面纱——有时它们也会缠绕着一颗高大的树干，形成绚烂的护套，把长长的花的臂膀从一根树枝延伸到另一根。在这片一切都在热烈生长的荒野，您能感到有什么东西会让你的心灵震颤不已；它像是在神的队列里发生骚乱的游牧民族那种无畏的狂热。

白天正在慢慢消失，现在高温已经不再让人感到难以承受。坎皮恩看了看自己手腕上的破旧银表，快要到达目的地了。

“哈钦森是个什么样的人？”他问。

“我不认识他，我相信他是个好人。”

哈钦森是驻外代表，他们将在他家里过夜。他们已经派了一个迪雅克人坐上独木舟去通报他们的到来。

“啊，我希望他有些威士忌，亚力酒我喝得太多了，一辈子都不用喝了。”

坎皮恩是名采矿工程师，苏丹前往英国时跟他在新加坡相遇，发现他正闲着无事，便派他去塞姆布鲁，看看那里有没有可以盈利的矿藏。苏丹还给瓜拉索洛的驻外代表威利斯发出指示，要他为坎皮恩提供一切方便。威利斯安排伊扎特来照顾坎皮恩，因为他能像当地人一样既能讲马来语，又能讲迪雅克语。这是他们的第三次内地之行，现在坎皮恩就要带着报告回家了。他们将乘坐苏丹·艾哈迈德号轮船——它在第二天凌晨经过河口，如果运气不错的话，当天下午就能到达瓜拉索洛。他们二人都乐意回到轮船上——在那里可以打打网球和高尔夫球，有台球俱乐部，还有不错的食物以及现代文明带来的各种舒适。伊扎特也很开心，跟坎皮恩比，他还有其他交往，他乜斜着扫了坎皮恩一眼。坎皮恩身材矮小，有一颗硕大、光秃的脑袋。尽管已年届五十，但仍强壮结实。一双蓝眼睛闪烁着敏锐的光芒，还有一把粗短的灰色胡须。那残缺的变了色的牙齿间总衔着根石楠根烟斗。他既不干净也不整洁，穿着的卡其布短裤破破烂烂，汗衫也撕裂了，戴着一顶破旧的遮阳帽。自十八岁以来，他就在世界各地游荡，去过南非、中国和墨西哥。他是个很好的旅伴，擅长讲故事，乐意跟碰到的任何人喝酒，一遍遍喝个没完。两人相处得非常愉快，但伊扎特跟坎皮恩在一起从没感到自在过。尽管他们一起开玩笑，一起大笑，还一起喝醉，伊扎特仍觉得两人之间缺乏亲密感，他们之间的那种热诚也仅仅限于熟人之间，而无其他。他对自己留给别人的印象非常敏感，在坎皮恩的欢快背后，他能感觉到一种冷意——他那双蓝色的闪烁着的眼睛已经说明了一切。此外，让伊扎特隐隐有些恼怒的是，坎皮恩对他是有自己看法的，但至于是什么看法他不得而知。那个小个子的普通男人对自己的评价可能并不高，这让他有些窝火。他希望自己能够受人喜欢和尊重，渴望受到人们的欢迎，甚至巴不得他碰到的那些人对他的喜欢过份些，这样他就可以拒绝他们，或者屈尊赐予他们一点友谊。他想去熟识所有的人，但因担心遭到拒绝，所以对自己有所节制。有时他会不安地意识到，他的如火热情可能会让人觉得惊讶。

他碰巧从未遇到过哈钦森，但实际上两人之间是相互知根知底的——

他们可以谈谈一些共同的朋友。哈钦森过去一直住在温彻斯特，伊扎特很高兴，他可以告诉他他以前曾在哈罗公学读过书……

快速帆船转过了一个河湾。突然，在一个稍高的地方，他们看到了一座平房。几分钟后，他们又看到了码头——上面站着一小群当地人，人群中有一个白人，正冲他们招手。

哈钦森是个高个子男人，身体强壮，有一张红通通的面孔。他的样子会使你想到他是个活泼而自信的人，所以当你很快发现他竟是那样拘谨，甚至有些羞涩时，你会感到极其诧异。在他跟客人们握手时，伊扎特做了自我介绍，然后又把坎皮恩介绍给了他。他领着二人向平房走去。虽然他想表现得客气一些，但发现找到话题甚是困难。他把他们带到了游廊上，他们看到桌子上放着玻璃杯、威士忌和苏打水。几个人舒适地坐在长椅上。伊扎特意识到哈钦森面对陌生人时微微有些尴尬，便一个人高谈阔论起来，整个人显得神采奕奕，口若悬河。他开始谈到他们在瓜拉索洛共同的熟人，并很快地、似乎漫不经心地提到了他曾在哈罗公学读过书。

“你以前住在温彻斯特，是吧？”他问。

“是的。”

“不知道你是否认识乔治·帕克，他属于我所在的那个军团，就驻扎在温彻斯特。我敢说他比你还要年轻。”

伊扎特感觉到他们都在这些特别的学校待过，便使他们之间有了联系，当然坎皮恩是被排除在外的——他显然没法享有这种优势。他们喝了两三杯威士忌，半小时后伊扎特就开始称他的主人为哈奇了。关于“我的军团”，他谈了很多——战争期间，他跟军团里的那些人结识，那些军官兄弟都是多好的人。他提到了两三个人的名字，当然都是哈钦森闻所未闻的。

这类人物坎皮恩也不可能碰到，但当他提到跟其中某个人熟识时，伊扎特的话就会被完全打断了，当然他并不会为此感到歉疚。

“比利 · 梅多斯？多年前我在锡那罗亚认识的一个家伙就叫比利 · 梅多斯。”坎皮恩说。

“哦，恐怕不是同一个人吧。”伊扎特笑着说，“比利算是世袭的贵族了，他是梅多斯勋爵。难道你不记得了，他有一座叫做‘春季胡萝卜’的庄园？”

晚餐的时间快到了。他们洗澡之后，喝了几杯杜松子苦酒，然后坐了下来。哈钦森大半年没去瓜拉索洛了，已经有三个月没见到任何其他白人，因此对来访者极其重视。他无法给他们提供葡萄酒，但威士忌有的是。晚饭过后，他取出一瓶珍贵的本尼狄克丁甜酒，这让他们都很快活，说说笑笑了半天。伊扎特从始至终都感到极为满意，他觉得从来没有像喜欢哈钦森那样喜欢过一个人，他敦促他尽快前去瓜拉索洛，他们将在那里举行一次绝妙的雇工宴席。坎皮恩被二人晾在了一边，没有参与对话——伊扎特有点儿蓄意如此，而哈钦森则太拘谨了。他在那里哈欠连天，不久就提出他要去睡觉了，哈钦森带他去了房间。回来时，伊扎特问他：

“你还不想睡，是吧？”

“绝不想睡。咱们再喝一杯。”

他们又坐下聊起来，两人都有些醉意了。很快，哈钦森告诉伊扎特，他跟一个马来女孩住在一起，还跟她生了两三个孩子。坎皮恩在时，他没让她们露面。

“我想她现在睡了。”哈钦森说，瞥了一眼房门——伊扎特知道那是他们的卧室，“不过，明天早上我想让你看看孩子们。”

就在这时，传来一声微弱的哭声，哈钦森说了声“嗨，小家伙醒了”便向门口走去，然后打开了门。过了一会儿，他从房间里出来了，怀里抱着个小孩子。一个女人跟在后面。

“他在长牙，”哈钦森说，“这让他很烦躁。”

女人穿着当地人所穿的缠腰布和一件紧身的白上衣，赤着脚。她很年轻，有一对好看的黑漆漆的眼睛。当伊扎特跟她说话时，她开心地冲他粲然一笑，然后坐下来点上了一支烟。对伊扎特彬彬有礼的提问，她落落大方地给了回答，但也添加太多。哈钦森问她要不要来点儿威士忌苏打，她拒绝了。当两个男人又开始用英语交谈时，她继续安静地坐在椅子里，轻轻地摇晃着身子，没人知道她脑子里平静地滑过的是什么。

“她是个非常不错的女子，”哈钦森说，“她料理家务，也不给你添加麻烦。当然，在这样一个地方，也就只能做这些了。”

“我自己才不愿做这些呢，”伊扎特说，“无论如何，一个人可能会希望结婚，但随之各种麻烦就来了。”

“不过谁愿意结婚呢？如果是个白人女子那又能怎样？我绝不会让一个白人女子生活在这里的。”

“当然这是个品味问题。假如我有孩子的话，我一定要让他们有一个白人妈妈。”

哈钦森低头看了看怀里的那个深色皮肤的小不点儿，微微笑了笑。

“你会慢慢喜欢他们的，这个过程很有趣，”他说，“只要他们是你自己的孩子，即便是黑人血统，似乎也无关紧要。”

女人看了孩子一眼，站起来说，她要抱孩子回去睡觉了。

“我想我们最好都睡了吧，”哈钦森说道，“上帝知道现在有几点了。”

伊扎特回到自己的房间，把百叶窗打开——窗子是跟他一块旅行的男仆哈山关掉的。他把蜡烛吹灭，以免把蚊子招来，然后在窗子前坐下，看着外面柔柔的夜色。他喝的威士忌让他睡意全无，他不想上床睡觉，于是把帆布裤子脱下来，换上一件缠腰布，点上一支方头雪茄。他的好心情没有了，哈钦森无限怜爱地看着那个混血孩子的一幕让他心烦意乱。

“他们没有权利拥有他们，”他心里想，“在这个世界上，他们根本没有机会，永远没有。”

他若有所思地用手摩挲着尽是汗毛的裸露着的双腿，突然全身颤抖了一下。尽管他用尽了一切手段来锻炼下肢，但它们仍跟扫帚把儿一般，他憎恨它们！一直以来，一想到此他就感到不安。他的小腿跟当地人一样，当然特别适合穿长筒靴。穿上制服，他看起来相当不错。他长得高大强壮，超过六英尺高，留着整齐的黑色胡须和一头光滑的黑发。深色的眼睛好看而灵动。他是个俊朗的小伙子，这个他是清楚的。他也很会穿戴，该穿得破旧时，他就穿得破旧些；该穿得漂亮时，他就穿得漂亮些。他热爱军队，但战争结束时他没法再留在部队，这个打击让他感到痛苦。他的志向其实很简单：一年两千英镑的收入，能够举行可爱的小型晚宴，能够参加聚会，有制服穿。另外，他渴望去伦敦居住。

当然，他母亲住在伦敦，对他的生活方式她是严加约束的。他想如果能够觅到一个家境不错（有点儿钱）的女孩并跟她订婚的话，那会让母亲到底有多幸福呢。因为他父亲过世已久，而且在他职业生涯的后期，一直驻扎在马来亚联合邦最偏远的地方，伊扎特相当肯定，在塞姆布鲁，没有人对母亲有任何了解，但他仍生活在恐惧之中，担心有人会在伦敦碰到她，然后再写信来告诉大家他母亲是个混血儿。当年在政府部门做工程师的父亲跟她结婚时，她很漂亮，但现在是个肥胖的老妇人了，头发已经花白，一天到晚坐在那里吸着烟卷。父亲去世时，伊扎特二十岁，这时，他的马来语已经比英语说得还要流畅。他的一个姑姑愿意出钱让他接受教育，伊扎特夫人便陪着儿子回到了英国。她习惯于居住在带家具的房子里，房间里挂着布料装饰物，发烫的马来银制餐具盖着盖子。她跟女房东们一直别扭不断，因为她总是把烟屁股扔得满地都是。伊扎特痛恨她跟她们的交友方式：开始的一段时间里，她们之间会变得极其熟络，然后就爆发了争吵，在某一个激烈的事件之后，她会突然搬出了房子。她唯一的娱乐活动便是去看电影，几乎一周中的每一天都去。在家里，她穿着俗艳的旧睡衣，但出门时，她就要打扮一番——不过，啊，她的穿着是多么凌乱——色彩是那样夸张，因而对于整洁漂亮的儿子来说，那简直就是一种羞辱。他经常跟她争吵，她让他变得躁动不安，他为她感到羞惭，不过在母亲身上，他还是能够受到那种深厚的柔情，这几乎是一种天然的亲情关系的流露，比普通的母子之情还要强烈。因此，尽管两人之间的难以相处让他恼火，但他仍觉得在这个世界上，母亲是唯一让他感到完全心安的人。

由于受父亲职位的影响，再加上他本人对马来亚的了解——她母亲总是跟他提及，当他发现自己在战后无事可做时，便设法加入到了塞姆布鲁苏丹的服务处。他取得了成功。他擅长参加比赛，身体强壮，是个优秀的运动员。在瓜拉索洛的休息室里，陈放着他在哈罗公学取得的跑步和跳高比赛的奖杯，现在，奖杯又增加了，因为他获得了高尔夫球和网球比赛的胜利。由于他在聊天方面的全面才能，他成了晚会上的宠儿，他的活泼使一切进展良好。他本来是应该感到快乐的，但事实上他感到自己很可怜。他如此渴望得到别人的喜欢，但这时他便有了比任何时候都要强烈的一种印象，那就是他不再受人欢迎了。他不清楚瓜拉索洛曾经跟他如此友好的那些人是否已经碰巧知道他有着本地人的血统。假如他们发现了这一秘密，他非常明白会发生什么情况。那时他们不会再说他是令人快乐的、友好的之类的话了，而是说，他妈的他太熟悉这里环境了，还会说，他像那些混血儿一样效率低下，粗心大意。当他谈到跟一个白人女子结婚时，他们一定会窃笑不已。哦，真是太不公平了！他血管里那一滴本地人的血液带来的差别会有多大呀！不过由于这一点，他们会在关键时刻提防着可能出现的任何失败。每个人都知道，你不可以信赖一个欧亚混血儿，迟早他们会让你失望的——这点他也知道，不过他现在在问自己，如果人人都认为你会失败，你能否不失败呢？问题是，你根本得不到机会，可怜的人啊！

不过这时，一只公鸡尖声鸣叫起来。天一定很晚了，他开始觉得有些寒冷，便爬上了床。第二天早上，当哈山给他端茶过来时，他感到头痛欲裂；吃早饭时，他甚至看不清放在面前的麦片粥、熏肉和鸡蛋了。哈钦森也感觉不太舒服。

“我想我们差点玩了个通宵。”他的主人说着笑了笑，把他的那丝尴尬掩盖起来。

“我感觉如到了地狱一般。”伊扎特说。

“我早餐要喝点威士忌苏打。”哈钦森补充道。

伊扎特没有再要什么饭，看到坎皮恩胃口极好地大口吃肉，他不由得感到一阵阵嫌恶。坎皮恩打趣着他们。

“上帝！伊扎特，你脸色有些苍白，”他说，“我从来没见过这么难看的脸色。”

伊扎特脸红了。他对自己黑黝黝的皮肤一直很敏感，不过他强令自己开心地笑起来。

“你知道，我有一个西班牙母亲，”他回答道，“当我身体不舒服时，这个颜色就显现出来。我记得在哈罗时，我跟一个男孩打架，揍了他一顿，因为他叫我‘该死的混血儿’。”

“你是很黑，”哈钦森说，“有没有马来人问过你是否有当地人的血统？”

“有人问过，该死的，太无礼了。”

一只船载着他们的工具一大早就出发了，为的是赶在他们之前达河口，并通知苏丹·艾哈迈德号的船长——如果他也碰巧已提前赶到，他们已经在路上了。坎皮恩和伊扎特将在午饭后立刻出发，为的是在波尔潮到来之前到达他们要过夜的地方。波尔潮是一种潮汐波，由于地形的特殊性，会使几条河流的河水上涨，他们要经过的一条河流便是其中之一。哈钦森前天晚上跟他们谈起过，坎皮恩从未见过这么个东西，显得很有兴趣。

“这是婆罗洲最好的潮汐波之一。应该看一看。”哈钦森说。

他告诉他们，当地人正等着这一时刻的到来。到时，他们会去尝试征服波浪——以惊人的可怕的速度漂浮在浪尖之上，然后被巨浪托着逆河水而上。他以前亲自试过。

“我不会再去试了，”他说，“我当时都吓傻了。”

“我想去试一下。”伊扎特说道。

“是够刺激的，不过，哎呀，当你坐上那个单薄的独木舟时，你就会明白，如果当地人不能准确把握时机，你就会被抛入那狂暴的洪流中，你百万分之一的求生机会都没有，不，我对体育的理解不是这样的。”

“我以前曾拍过大量激流的照片。”坎皮恩说。

“激流该死！你等着看波尔潮好了，这是我见过的最可怕的东西之一。你知不知道，在这条河里每年至少会有十二个人淹死？”

早上大部分的时间里，他们就在游廊闲逛，哈钦森领着他们看了看法庭。然后，杜松子苦酒端上来了，他们喝了两三杯。伊扎特开始感觉好一些了，当午餐最后准备好时，他的胃口已经变得极好。哈钦森在吹嘘他做的马来咖喱饭菜有多么美味，当热腾腾的多汁的饭菜端在面前时，他们都狼吞虎咽起来。哈钦森给他们劝酒道：

“你们除了睡觉又没事做，干嘛不来个一醉方休？”

让他们这么快就走了他觉得有些受不了，这么久了终于有白人可以说话了，这是多好的一件事！他在餐桌上尽量拖延着，劝他们多吃些。晚上到长房子去吃饭，肯定吃不好，除了亚力酒也无酒可喝，所以最好未雨绸缪。坎皮恩有一两次提出该起身了，但哈钦森，还有伊扎特感觉正痛快、美妙，说放心吧，有的是时间。哈钦森叫人把他珍贵的本尼狄克丁甜酒拿来，昨天晚上他们喝了一点，今天在他们走前把它喝完了事。

终于到了最后，哈钦森陪着他们到了河边，大家都很兴奋，所有人的腿都在晃悠。船的中央有一个亚达遮蓬，在下面哈钦森放了一块垫子。船夫都是囚徒——他们从监狱被打发到这里来帮白人划船的，身上穿着脏兮兮的带有监狱编号的缠腰布，正持桨等着他们。伊扎特和坎皮恩跟哈钦森握了握手，然后在垫子上坐下。船出发了。浑浊的河流宽阔而平静，在这个明亮下午的热风中闪烁着，像是抛过光的铜器。在他们前方的远处，可以看到绿树杂生的河岸。他们感觉有些困倦，不过伊扎特至少找到了一种奇妙的娱乐，当那种沉闷感悄悄向他袭来时，可以让自己抵抗一会，他决心在吸完那支雪茄烟之前不让自己睡着。最后，烟屁股终于要烧到手指了，他才把它扔进河里。

“我要美美地打个盹了。”他说。

“那波尔潮怎么办？”坎皮恩问。

“哦，没关系，我们不用担心那个。”

他大声地、长长地打了个呵欠，感觉四肢像注了铅一般。在那片刻，他还能意识到自己美妙的困意，但随之什么都不知道了。突然，坎皮恩把他晃醒了。

“我说，那是什么？”

“什么什么？”

他恼怒道，因为他仍困意浓浓，但他的目光朝着坎皮恩所指的方向看去。他什么也没听到，但在很远处，他看到顶部雪白的两个浪头正相互追逐着赶过来，不过看起来一点也不惊人。

“哦，我想那是波尔潮。”

“你打算怎么办？”坎皮恩大叫道。

伊扎特仍不是很清醒，坎皮恩焦虑的语气让他笑了笑。

“不要担心，这些家伙懂这个，该如何办他们一清二楚，不过我们可能会被溅湿身子。”

但在他们说着这些话的时候，波尔潮飞快地逼近了他们，发出大海般的怒吼声。伊扎特看到浪头比他想象的高出很多，他不喜欢它们那个样子，便把自己的腰带扎紧了些，这样假如船翻了，他的短裤也不会退到下面。片刻过后，大浪已到眼前，像是一面巨大的水墙，突然矗立在了前面——或许有十到十二英尺高，让你心中顿生恐惧。事情再明显不过了，没有任何船只能够经受住这样的大浪。第一个浪头冲过来，让他们全身都湿透了，灌了半舱的水。然而眨眼间，第二个大浪又袭中了他们。船夫们大叫起来，疯狂地抓住船桨，舵工狂喊着发出命令。但在如此的滔天巨浪中，他们是那样无助，更让人感到恐怖的是，他们马上就要失去对船的控制了。水的力量把船朝舷侧方向推去，船在波尔潮的浪尖上滴溜溜乱转。又一个大浪撞上了他们，船开始下沉。伊扎特和坎皮恩爬出了遮蓬（他们一直躺在它下面），突然间，船在脚下不见了，他们发现自己挣扎在水里，周围巨浪在翻滚着咆哮着。伊扎特的第一个本能便是赶紧游到岸上，但他的男仆哈山大声告诉他抓住船只。一两分钟内，他们都抓住了。

“你行吗？”坎皮恩大声问他。

“行，很享受这次洗澡。”伊扎特说。

他想的是，随着波尔潮不断沿河而上，大浪很快就过去了，至多几分钟后水面就会平静下来。他忘掉了他们正被波尔潮的浪尖推着。浪头不断向他们打来，他们抓住舷侧和支撑着亚达遮蓬的底座。这时，一个更大的水浪打来，船只翻了，他们被罩在了下面，船是没法抓了——除了一个滑溜溜的船底没有任何东西可抓。伊扎特的手从油腻的船体表面无助地滑开了。船只继续翻转，他再一次拼命抓住了舷侧，但随着翻转的继续，他能感觉到船舷也滑出去了；然后他又抓住了遮蓬架，不过船又慢慢地、慢慢地翻了过去；他再一次潜到下面寻找抓手。船一遍遍地翻腾着，很有规律，让人害怕。他想这肯定是因为大家抓的是船的同一侧，他竭力让船员们到另一侧去，但他没法让他们听明白。每个人都在大声叫喊，水浪击打着他们，发出沉闷的怒吼声。船每翻一次，伊扎特就会淹到水里，只有抓住船舷或遮蓬底座时，他才会重新浮出水面。战斗是可怕的，很快他就觉得严重喘不过气来，力量也正一点点离他而去。他知道他不能坚持太久了，不过他并不害怕，因为他现在极其疲劳，发生任何事他都不在乎。哈山就在他的旁边，他告诉哈山他感到非常疲倦，他想现在最好的办法就是游向岸边，河岸看起来不会超过六十码，但哈山求他不要这样做。他们仍被那些狂暴猛烈的大浪裹挟着向前冲去。船只仍翻转个不停，他们攀爬在上面，像笼子里的松鼠一般。伊扎特灌了不少水，他觉得自己马上就要垮掉了。哈山也帮不了他，但有他在身边，对他来说就是个安慰，因为伊扎特知道，他的男仆是个游泳好手，非常习惯于跟水打交道。这时，有那么一两分钟，伊扎特不知道为何船底又朝下了，这样他就可以抓住船舷，机会真是难得——他又可以喘口气了。就在此时，有两只坐着马来人的独木舟正驾浪而来，从他们身边倏地滑过去了。他们大喊救命，但马来人转过脑袋，继续前进。他们看到了白人，但不想招惹可能到来的任何麻烦。看着马来人安然而冷漠地从身边冲过，他们伤心欲绝。但突然，船只又旋转起来，一次又一次缓缓地转动，他们不得不又开始了不幸的、让人精疲力竭的攀爬，心都要跳出来了。不过，这次短暂的休整帮了伊扎特大忙，他又可以坚持上一阵子了。然而，他很快再次感到了严重的呼吸问题，他觉得他的胸膛要爆裂了，身上已没有了任何力量，他不知道还能不能游到岸边。这个当口，他听到了一声大喊。

“伊扎特，伊扎特，救命，救命！”

是坎皮恩的声音，那是痛苦的尖叫声，让伊扎特的每一根神经都感到震惊。坎皮恩，坎皮恩，他管坎皮恩干什么？恐惧攫住了他的心，一种盲目的动物式的恐惧，但让他获得了一种新的力量。他没有回答。

“帮帮我，快，快！”他对哈山喊道。

哈山立即明白了他的意思。这时，一根船桨奇迹般地漂到了离他们非常近的地方，他把船桨推了过来，让伊扎特抓住。他用一只手托住伊扎特的胳膊，他们离开了船只。伊扎特的心脏剧烈地跳动着，呼吸非常困难，他感到自己极其虚弱。浪头击打着他的脸庞，河岸似乎远在天边。他觉得自己游不到岸边了，突然，男仆喊叫起来，说他能触到河底了，伊扎特把腿伸下去，但什么也没感觉到。他又拼命划了几下，眼睛盯住河岸，然后又试了一次，这回，他感觉到自己的脚插进淤泥里，他感到了欣慰。他继续挣扎着，因为还到不了岸边，黑色的淤泥已经裹住了膝盖，他赶紧浮起来，拼命使自己从水里钻出来。最后他终于爬上了岸，看到一块小小的平地，到处长满了杂草。他和哈山跌倒在地，躺了一会，四肢伸着像个死人一般。他们疲惫至极，没法挪动一步，从头到脚覆盖着一层黑泥。

但很快，伊扎特的大脑又开始活动了，一阵精神的剧痛突然间袭击了他。坎皮恩淹死了，太可怕了。他不知道回到瓜拉索洛时如何把这个灾难解释给大家听。他们会谴责他的，他应该记得波尔潮，看到波尔潮过来时，他应告诉舵工把船靠岸，并把船拴好。但这不是他的错啊，是舵工的错，他了解这条河流——上帝啊！他怎么会没想到进入安全区域呢？他难道认为驾驭那可怕的巨浪是可能的吗？一想到冲向他们的那面狂暴的水墙，伊扎特的四肢就不寒而栗。他必须得找到他的尸体，然后带到瓜拉索洛。他不知道那些船夫有没有死掉，他太虚弱了，根本无法行走，不过哈山现在已经能够站起来，把他缠腰布里的水都拧干了。他朝河流看了看，然后迅速转过头看着伊扎特。

"先生，过来一只船。"

白茅草挡住了伊扎特的视线，他什么也没看到。

"跟他们喊话。"他说。

哈山从视野里消失了。他扒开垂在水面上的一颗树的树枝，挥着手大喊起来。伊扎特很快听到了说话的声音，男仆和船主快速交谈起来，然后男仆回来了。

"他们看到我们翻船了，先生，"他说，"波尔潮一过去，他们就赶了过来。河对岸有一座长房子，如果你愿意过河的话，他们会为我们提供缠腰布和食物，我们也可以在那里睡觉。"

伊扎特一时间感觉到，面对一条危险的河流，他无法再对自己充满信心。

"另一位先生呢？"他问。

"他们不知道。"

"如果他淹死了，他们一定能找到尸体。"

"还有一只船到上游去了。"

伊扎特不知如何是好，感到有些木然。哈山用胳膊搂住他的肩膀，帮他站了起来。他穿过厚密的草丛，走到河岸边。在那里，他看到一只独木舟，上面有两个达雅克人。河水现在又恢复了原先的平静和舒缓。巨浪已经过去，没有人会想到，这么短的时间前，这平静的水面竟像暴怒的大海。达雅克人把他们跟男仆说过的话又跟他重复了一遍。伊扎特心神未定，说不出话。他感觉到，倘若他一开口，一定会嚎啕大哭起来。哈山替他做了回答，然后达雅克人回去划船了。他非常希望抽支烟，但他的香烟和火柴放在了屁股口袋里，都浸湿透了。河过得极慢，似乎永远都不能过完。当他们终于到达对岸时，夜幕已经降临，天上最早出现的星星已经在闪烁着了。伊扎特上了岸，一名达雅克人把他带到了长房子。但哈山抓起达雅克人丢下的船桨，和另一名达雅克人一起划着船又返回到河里。两三个人和一些孩子下来迎接伊扎特，在一片叽叽喳喳的说话声中，他往高处的房子走去。他爬上了梯子，被人领着来到年轻人睡觉的地方。他受到了热烈欢迎，人们兴奋地评论着他。地上很快铺上了藤条垫子，可作沙发之用，他坐在了上面。有人给他端上一坛亚力酒，他喝了一大口。酒粗糙辛辣，喝下去，嗓子如同着火一般，但让他的心口变得温暖。他脱下了衬衣和裤子，换上了有人送来的干爽的缠腰布。就在这时，他偶然看到了那弯弯向上的黄色的新月，这带给他强烈甚至刺激的快乐。他不由地想到，在这一刻，他本来可能是随着潮汐漂浮在河面上的一具尸体呀。他从来没觉得月亮像今天这样可爱过。他感到饿了，便要了米饭，一名女子走进房间为他做饭。他现在感觉好多了，又开始想回到瓜拉索洛后怎样做出解释。没有人会真的谴责他，因为当时他睡着了，他当然没有喝醉，哈钦森能为他作证。他怎么去怀疑舵工是个大傻瓜呢？只是自己倒霉罢了。但一想到坎皮恩他就颤抖起来。最后，一盘子米饭终于端上来了，他正要吃，这时一个人匆忙向他跑来。

“先生来了。”他叫道。

“什么先生？”

他跳了起来。门口人声嘈杂，他走了过去。哈山正从夜色中向他快步走来，这时，他听到一个声音。

“伊扎特，你在吗？”

坎皮恩来到他面前。

“啊，我们又在这里见面了。上帝！真是九死一生啊，是不是？你把自己收拾得不错了嘛，看起来很舒服。老天，我喝上一杯也会的。”

他的衣服全湿透了，紧紧贴在身上，满身泥泞，头发蓬乱，不过精神极好。

“我不知道他们到底把我带到什么地方来了。我本来决定在岸上过夜的。我以为你淹死了呢。”

“来点亚力酒吧。”伊扎特说。

坎皮恩把嘴放到坛口喝起来，一下子喝呛了，接着又继续喝。

“什么烂酒，不过劲儿不小。”他看了看伊扎特，咧开嘴笑了，露出破损的、掉了色的牙齿。“我说，老伙计，你洗个澡会更好些。”

“我过会儿洗。”

“好的，我也是。告诉他们给我取件缠腰布来。你怎么出来的？”他没等到回答便继续说道，“我以为我完蛋了，我能活下来全亏了这两位好人。”他愉快地冲那两个达雅克囚徒点了点头，伊扎特模模糊糊地认出他们是那些船夫中的两个。“他们就在我身边，一边一个，紧紧抓住那只该死的船，不知他们怎么看出来的，我马上就不行了，坚持不了一分钟啦。他们跟我打手势说可以冒险游到岸边，不过我想我没有那么多力气了。确确实实，我一辈子都没经历过这种打击。我不知道他们是怎么做到的，但他们抓住了我们用来躺着休息的那条垫子，并把它卷成一个卷儿。他们都是真正的好人——他们只管自救好了，我不知道为什么还要管我。他们把垫子卷儿递给了我，我想这条救生带糟糕透了，但我想到了那条谚语的力量，说是即将淹死的人连一根稻草都会牢牢抓住。我抓住了那个倒霉东西，他们两个一边一个竟设法把我拉上了岸。

死里逃生让坎皮恩兴奋和健谈起来，但伊扎特几乎没去听他说什么。他似乎再次听到了坎皮恩在水里发出的极痛苦的救命声，声音非常清晰，仿佛正从空中传来，吓得他魂不附体，那看不见的恐慌绷紧了他每一根神经。坎皮恩还在说个不停，他是不是在掩饰自己的想法呢？伊扎特观察了一下那双明亮的蓝眼睛，想读出他话语之外的含义——它们有没有在冷漠地闪烁，有没有讥讽和嘲笑？他知不知道，伊扎特对他不管不问，溜之大吉？伊扎特的脸变得通红，不管怎样，在那个情景下他能做什么呢？危急关头，人都是各顾各的，落在后面就会倒霉。但回瓜拉索洛之后，如果坎皮恩跟大家说伊扎特在危难时刻对自己弃之不顾，他们会怎么说呢？他是应该留下来的——他现在真心希望他当时没有逃走，不过当时——当时是无法控制的呀，他是控制不了。会有人谴责他吗？任何人如果看见了那可怕的狂暴洪流，就不会。啊，想想那水呀，那种精疲力竭的感觉！他都要哭出来了。

"如果你跟我一样饿，这盘子米饭你尽管吃好了。"他说。

坎皮恩狼吞虎咽地吃起来，伊扎特只吃了一两口，便发现自己毫无胃口。坎皮恩仍说个没完，伊扎特满腹狐疑地听着。他觉得他必须要保持清醒，他喝了更多的亚力酒，感到有些醉了。

"回到瓜拉索洛后，我就要遭人痛骂了。"他若有所思地说道。

"不知道为何呀？"

"本来是要我照顾你的，但差点让你淹死，他们会觉得我很笨。"

"不是你的错，是那个该死的舵工的错。但不管怎样，最重要的是我们得救了。的确，我认为我完蛋了，我大声叫你，不知道你有没有听到。"

"没有，我什么都没听到，当时太吵了，是不是？"

"或许那时你已经走了，我不是很清楚你什么时候离开的。"

伊扎特迅速看了他一眼。坎皮恩的眼神似乎有些奇怪，这是他的幻觉吗？

"当时太混乱了，"他说，"我差点就要不行了，我的男仆给我扔过来一只船桨，他告诉我你没事，说你已经上岸了。"

船桨！他应该把船桨扔给坎皮恩，然后再告诉哈山——那个强健的游泳好手——去帮助他。坎皮恩似乎用探寻的目光快速瞥了他一眼——仍然是他的幻觉吗?

“我希望我能给你提供更多的帮助。”伊扎特说。

“哦，你能照顾好你自己就不错了，我肯定。”坎皮恩答道。

头人给他们送来更多亚力酒，两人都喝了不少。伊扎特开始头晕目眩起来，他提出该睡觉了。床已经安放完毕，也挂好了蚊帐。第二天一早他们就要顺河而下，去完成最后的旅程。两人的床紧靠在一起，几分钟后，他便听到了他的呼噜声——他一躺下就睡着了。长房子的年轻人和船上的囚徒船夫们还在继续聊着，一直聊到很晚。现在伊扎特头痛得厉害，已无法进行思考。当第二天拂晓哈山叫醒他时，他觉得自己一夜未曾合眼。他们的衣服都已洗过并晾干了，不过当他们沿着狭窄的小径走向河岸时，他们看上去仍湿乎乎、脏兮兮的——河里快船正等着他们。他们慢悠悠地划着船。这是个可爱的清晨，宽阔而平静的水面上，波光在晨曦中闪烁着。

“确确实实，活着是好哇！”坎皮恩说。

他邋里邋遢，脸也没修，呼吸很深沉，半张着的笑呵呵的嘴都扭曲了。你能看出他感觉到空气极好，那蓝天、阳光和绿树则让他心旷神怡。伊扎特憎恨他。他敢肯定他今天早上的态度有些不同，他不知道该如何是好，他有意请求他宽恕自己。他表现得很卑鄙，他为此感到懊悔——如果再得到一次机会的话，他怎么样都行，不过他的做法可能是任何人都会做的，但万一坎皮恩把这些泄露出去，他一切都完了，他就没法在塞姆布鲁待下去了，他的名字将变得一钱不值。如果他向坎皮恩进行忏悔，他肯定会让他为自己保守秘密，但他会答应吗?他看了看坎皮恩——这个狡诈的小个子男人，值得信赖吗?伊扎特想了想昨晚跟他说过的话，那不是真话，但谁会知道呢?无论如何，谁能证明他不是真的认为坎皮恩已经安全了呢?不管他说什么，那都是他的一家之言，自己也有说法呀，他完全可以一笑置之，说当时自己惊慌失措，根本不知道他在说什么。

再说，坎皮恩有没有接受他的说法他不敢肯定，在那场艰难的求生抗争中，一切都是难以确定的。他想重新谈到这个话题，但又怕引起坎皮恩的怀疑，所以他必须守口如瓶，这是他获得安全的唯一途径。当回到瓜拉索洛后，他就先把自己的说法散布出去。

“如果现在有支烟抽，”坎皮恩说，“那我就太幸福了。”

“船上会有些劣质香烟的。”

坎皮恩轻轻笑了笑。

“人啊，真是不可理喻！”他说，“刚开始，我为自己活着而高兴，别的什么都没想，不过现在我开始懊恼丢掉了笔记本和照片，还有我的剃须设备。”

伊扎特产生了一个念头——该念头一直潜伏在他的意识深处，但昨晚一整夜他都不让自己去想它。

“我向上帝祈愿——让他淹死好了，那样我就安全了。”

“它在那儿。”坎皮恩突然大叫起来。

伊扎特向四周看了看，他们已到了河口，苏丹·艾哈迈德号正在那里等着他们。伊扎特的心一沉，他忘记了苏丹·艾哈迈德号有个英国船长，他们的历险故事一定得讲给他听的。坎皮恩会跟他说什么？船长叫布莱顿，伊扎特在瓜拉索洛经常跟他见面，这是个身材矮小、性情直率的人，留着一把黑胡子，举止活泼。

“快点，”当他们排队登船时，他冲他们喊道，“从早上到现在，我一直在等你们。”但等他们爬上了船，他的脸沉了下来。“喂，你们怎么了？”

“让我们来一杯，一切都会告诉你。”坎皮恩呲牙咧嘴地笑道。

“来吧。”

他们在天篷下坐下，桌上放着玻璃杯、一瓶威士忌和苏打水。船长下达了命令，几分钟后，他们便吵吵闹闹地喝开了。

“我们被困在波尔潮中了。”伊扎特说。

他觉得必须得说点什么，他的嘴唇干涩得可怕，尽管已喝了酒。

“是吗？天哪！你们没被淹死算幸运了。怎么回事？”

他在跟伊扎特说话，因为两人认识，不过坎皮恩代他做了回答。他完完整整地讲述了整个事件，伊扎特紧张地倾听着。一开始坎皮恩是用复数代词“我们”来讲的，但讲到落水的那一刻，他换成了单数“我”。一开始讲到“他们”做了什么，现在变成“他”做了什么了，把伊扎特抛在了一边。伊扎特不知道是感到欣慰呢，还是震惊。他为什么不提自己？是不是因为在那生死存亡的关头他只想到了自己——或者是他知道了？

“那你什么情况啊？”布莱顿转向伊扎特。

伊扎特正要回答，坎皮恩发话了。

“一直到了河对岸，我还以为他淹死了呐。我不知道他怎么出去的，我想他差不多已经迷糊了。”

“确实危险哪。”伊扎特哈哈大笑道。

坎皮恩为何那样说？他观察了一下他的眼睛——他肯定那双眼睛里现在正闪烁着快意。心里没底让人感到糟糕，他害怕、羞愧，他不知道是不是现在或以后都没机会来主导对话了，那是坎皮恩回到瓜拉索洛后要说的话吗？它丝毫不会引起人们的猜疑，但就算没有任何人知道，坎皮恩还是知道的，那足以把他杀了。

“啊，你们两个还能活着真是太幸运了。”船长说。

到瓜拉索洛只需很短时间，船只很快驶入了塞姆布鲁河，伊扎特闷闷不乐地看着河岸。两边河堤上是些红树林和浸在水中的尼帕林，后面便是葱郁繁茂的灌木丛。果树丛中这里那里一片片的是马来人建在木桩上的房子。他们停靠码头时，夜幕已经四合，警察戈林登上船来跟他们握手。当时他住在客栈，当见到两位本国乘客时，他告诉他们，一个叫波特的人将要前来，在晚饭时大伙就可见面。男仆们负责照管设备，坎皮恩和伊扎特信步走来。他们洗过了澡，换了衣服，八点半时，四人都来到公共休息室，准备喝杯杜松子苦酒。

“我说，那个布莱顿告诉我，你们两个差点没淹死，是怎么回事呀？”

戈林一进门便问。

伊扎特感到自己的脸涨红了，还没来得及开口，坎皮恩已经说起来。在伊扎特看来，他抢着说话当然是想按照他自己的意思来讲述这个事件。他羞愧得脸上发烫，坎皮恩一句蔑视的话也没说，甚至一句话都没提到他，他整个被抛到了九霄云外，他不知道正在倾听的那两个人——戈林和波特会——不会觉得奇怪。当坎皮恩在讲着的时候，他专注地看着他。他讲得很幽默，对他们当时的险情没做任何掩饰，相反还开着玩笑，逗得两个听者哈哈大笑起来。

"让我感到可笑的是，"坎皮恩说"到达对岸后，我从头到脚都让黑色的淤泥裹住了，我当时真想跳到河里洗一洗，但你们知道我在那条该死的河里已经'洗'得太久啦，我心里想——我不洗，确确实实，脏就脏吧。我到了那座长房子，见到了伊扎特，发现他跟我一样黑，我就知道，他的想法跟我一样。"

他们都笑起来，伊扎特也强使自己跟着笑了。他注意到坎皮恩这次的讲述跟上次讲给苏丹·艾哈迈德号船长听的用词完全一样。这只能有一个解释：他了解——了解一切真相，完全清楚怎样去讲这个故事，他讲得很巧妙，让他丢脸的那一部分他根本没有提及，这只能说明他不怀好意。他为什么要手下留情呢？在那样可怕的危急关头，那个人冷漠地对他弃之不顾，他不可能不感到轻蔑和愤恨的。突然间，他的大脑电光石火般闪现出一个念头：他是等着把真相告诉驻外代表威利斯。一想到要面见威利斯，伊扎特全身都起了鸡皮疙瘩。他可以否认，但否认能起作用吗？威利斯不是傻瓜，他会打哈山的主意，让哈山保持沉默自己没有信心。 他会出卖他的，那样他就完蛋了——威利斯会建议他回家去。

他感到头痛欲裂，饭后便回到自己房间去了，因为他需要独处，以便想出个行动方案。这时一个念头让他惶恐不安起来，他终于明白了，长期以来他一直小心翼翼保守的秘密早已是路人皆知了，对此他一下子肯定起来。自己为何会有那样有神的眼睛以及黝黑的皮肤？为何自己马来语说得那样流畅，达雅克语学得那样快？他们当然是知道的。他竟然认为他们都会相信他的谎言，相信他有个西班牙祖母，自己真是个大傻瓜呀！当他给他们讲那些事情的时候，他们一定在窃笑不已，而在他身后，他们一定会称他是该死的黑鬼。现在又一个念头出现在他的脑海里，让他备受折磨——他在想，坎皮恩在喊救命时，是不是由于他血管里那滴可鄙的本地人的血液让他不愿伸出援助之手？不管怎么说，在那一刻，任何人都会惊慌失措的，他为何要牺牲自己的生命去救一个他毫不关心的人？疯子才会那样。当然在瓜拉索洛，人们会期待他这样做，他们是不会体谅他的。

最后他上了床，辗转反侧了不知多久后终于入睡了，但又被可怕的梦魇惊醒。他似乎又一次掉入到那滔滔狂流中，船一次次地翻转，他拼命地抓住船舷，但又绝望地滑开了，水在头顶怒吼着……黎明前他已全醒了。他唯一能做的就是先去见威利斯，然后由自己把这个事件讲给他听。他反复考虑了要讲的话，措辞都想好了。

他起了床，为避免见到坎皮恩，没吃早饭就出去了。他沿着大路往前走，直到觉得驻外代表应该到办公室了便往回赶。他让人把自己的名字报进去，然后被领进了威利斯的房间。威利斯是一个稍稍上了年纪的人，头发花白面色发黄。

“我很高兴看到你安然无恙地回来，”他跟伊扎特握手道，“我听说你们差点淹死了，是怎么回事？”

伊扎特穿着干净的帆布裤子，遮阳帽一个污点都没有，体形保持得很好，黑发和小胡子纹丝不乱，身材挺拔，举止颇有些军人风范。

“我想最好马上过来跟您说说，先生，因为您让我照顾好坎皮恩。”

“尽管说。”

伊扎特讲了整个过程，轻描淡写地提到他们遭遇的危险。他有意让威利斯觉得事情没那么严重，如果当时出发得早一点，就不会碰到任何麻烦。

“我本来希望让坎皮恩早点出发的，不过他喝了两三杯——事实上，他根本不想动弹。”

“他喝醉了吗？”

“那个我不清楚，”伊扎特开心地笑道，“但我不能说他是完全清醒的。”

他接着讲下去，暗示坎皮恩那时已经有些晕头转向，当然，对于一名游泳技术不咋样的人来说，过河是很危险的。他——伊扎特——对坎皮恩的关心更胜过自己，知道必须要保持冷静。在他们翻船的那一刻，他看到坎皮恩吓坏了。

“这个你不能怪他。”驻外代表道。

“当然我尽了一起努力去帮助他，先生，但实际上，我帮不上太大的忙。”

“哦，不过你们都逃出来了，这就很好。如果他淹死了，我们都会非常尴尬。”

“我想我最好马上过来告诉您这些情况——在您见到坎皮恩之前，先生。我想，他说起这件事一定会非常上火，夸大事实没有好处。”

“整个情况你讲得已经很清楚了。”威利斯轻轻笑道。

伊扎特茫然地看着他。

“今天早上你没看到坎皮恩？我从戈林那里听说你们出了些麻烦，昨天晚上我从‘要塞’吃过饭回家时，顺便去看了你们，不过你已经睡觉了。”

伊扎特感觉全身颤抖起来，不过竭力使自己保持镇定。

“顺便问一下，你是第一个逃出来的，是吧？”

“我真的不清楚，先生。您知道，当时脑子全乱了。”

“如果你是到了对岸的话，就一定比他先出来的。”

“我想是的。”

“好的，谢谢你来告诉我。”威利斯说着从椅子里站了起来。

他站起来时，把一些书碰到了地上，发出砰的一声。这突如其来的声音把他吓了一大跳，他喘了口气。驻外代表迅速看了他一眼。

“我说，你的神经很紧张。”

伊扎特抑制不住地抖动着。

“我很抱歉，先生。”他嘟哝道。

“我想你是受到了惊吓。你最好放松几天，怎么不让医生给你开点药呢？”

“我昨晚没有睡好。”

驻外代表点了点头，似乎明白了。伊扎特离开了房间，正要出去时，碰到一个他认识的人。那人祝贺他死里逃生——这件事每个人都知道了。他向客栈走去，路上把跟驻外代表说的话又给自己讲了一遍。坎皮恩也是这么讲的吗？他一点都不怀疑驻外代表已经从坎皮恩那里了解到了情况，而自己竟睡觉了，真是愚蠢啊！他应该一直盯住坎皮恩的。驻外代表为什么只是听他说话而没有告诉他他已经知道了？他还暗示说坎皮恩喝醉了、头脑不清醒了——现在，他开始诅咒起自己来，他那样做是为了让驻外代表不相信他，但他现在知道这样做有多么愚蠢。威利斯为何提到他先逃离之事？或许是他手下留情，或许是他要进行调查，威利斯是很精明的。不过坎皮恩到底是怎么说的呢？他必须要搞清这个，不管付出什么代价，他都得知道。伊扎特的内心翻腾起来，他觉得简直不能控制自己的思绪了，不过他必须要保持冷静，他现在觉得自己就像一个正在被捕杀的动物。他不相信威利斯会喜欢他，在他的办公室里他有一两次责怪他，因为他的漫不经心，或许他是在等待着搞清所有的真相吧。伊扎特几乎变得歇斯底里起来。

他进了客栈，坎皮恩正坐在一条长椅上，两条腿直直地伸着，读着他们去丛林时寄来的报纸。伊扎特一看到这个将自己控制在其掌心的卑劣的小男人，气就不打一处来。

“嗨，”坎皮恩抬起头来说道，“你去哪了？”

在伊扎特看来，他的眼神里带着一股嘲讽的意味。他攥紧了拳头，呼吸加快了。

“你怎么跟威利斯说我的？”他冷不防地问道。

这句突如其来的问话语气极其刺耳，坎皮恩瞥了他一眼，微微有些诧异。

“我想我没怎么说你啊，怎么了？”

“他昨晚来过这里了。”

伊扎特直直地看着他，当他试图弄懂坎皮恩的想法时，眉毛愤怒地拧在了一起。

“我告诉他你因头痛睡觉去了，他想了解了解我们遇到的灾难。”

“我刚见过他了。”

伊扎特在宽大、昏暗的房间里来回踱着。现在时间虽然尚早，但阳光已经很是毒辣刺眼了。他觉得自己陷入了一张网中，感到怒不可遏，他想上去抓住坎皮恩的脖子，把他掐死，不过他不知道到底在跟什么做斗争，他觉得自己软弱无力——疲惫、恶心、神经紧张。突然，给他带来力量的愤怒一下子消失了，整个人都泄气了。他血管里流淌着的似乎是水，而不再是血液，他的心在下沉，膝盖似乎在发软。他觉得如果不小心一点的话，就会哭出来，他极为自己感到难过。

“该死的，我向上帝祈求再也不要见到你。”他恨恨地叫道。

“到底怎么了？”坎皮恩诧异地问。

“哦，别装了。我们已经装了两天了，我受够了。”他的声音变得尖利起来，这样的声音由一个像他那样健壮结实的男人发出来是有些怪异。“我受够了——我逃走了，我把你留下来等着淹死，我知道我表现得很卑鄙，可我没有办法。”

坎皮恩从椅子里慢慢站起来。

“你在说什么？”

他的语气真的很惊讶，这让伊扎特吓了一跳，一股寒意顺着他的脊柱传了下去。

“你喊救命的时候，我正惊慌失措，我抓住了一个船桨，让哈山把我拉出去了。”

“你的做法是最明智的。”

“我帮不了你，我当时什么也做不了。”

“当然帮不上了，我喊你帮忙也是太傻了，只能浪费气息，气息是我当时最需要的。”

“你是说你不知道？”

“那两个家伙把垫子递给我时，我以为你还在抓着那只船呢。我以为我比你先逃离开的。”

伊扎特用两只手抱住头，发出绝望的嘶哑的喊叫。

“上帝，我真是个大傻瓜！”

两个人站着互相注视了一会，沉默那么漫长，似乎永无止息。

“你现在打算怎么做？”伊扎特终于问道。

“哦，我亲爱的朋友，不要担心。我受过太多的惊吓，如果任何人表现出了自己的怯懦，我都不会谴责他们，我会守口如瓶的。”

“是的，不过你知道这件事。”

“我向你承诺，你可以相信我。另外，我在这里的工作已经做完了，我就要回家了。我希望能赶上下一班去新加坡的船。”坎皮恩停顿了一下，然后若有所思地看了看伊扎特。“只有一件事我想请求你：我在这里交了很多朋友，有一两件事我比较在意。你在跟他们讲述我们翻船这件事时，如果你不让他们知道我表现得很糟糕，我将感激不尽。我不想让这里的人们认为我失去了勇气。”

伊扎特的脸羞成了深红色，他记得曾跟驻外代表说过的话，坎皮恩仿佛全都听到了。他清了清嗓子。

“我不知道你为什么认为我会那样做。”

坎皮恩和气地咯咯笑起来，蓝色的眼珠充满了快乐。

“怯懦。”他回答道，然后露出了那残缺的、掉了色的牙齿，“来根雪茄，老弟。”

图书在版编目（CIP）数据

爱德华·巴纳德的堕落 /（英）毛姆（Maugham，W.S.）著；孔祥立译. —南京：译林出版社，2016.6
（毛姆作品）
书名原文：Collected Short Stories Volume 1
ISBN 978-7-5447-6347-9

Ⅰ.①爱… Ⅱ.①毛… ②孔… Ⅲ.①短篇小说－小说集－英国－现代 Ⅳ.①I561.45

中国版本图书馆CIP数据核字（2016）第092654号

书　　名　爱德华·巴纳德的堕落
作　　者　〔英国〕威廉·萨默塞特·毛姆
译　　者　孔祥立
责任编辑　陆元昶
特约编辑　苑浩泰
出版发行　凤凰出版传媒股份有限公司
　　　　　　译林出版社
出版社地址　南京市湖南路1号A楼，邮编：210009
电子信箱　yilin@yilin.com
出版社网址　http://www.yilin.com
印　　刷　三河市华润印刷有限公司
开　　本　640×960毫米　1/16
印　　张　31
字　　数　326千字
版　　次　2016年6月第1版　2023年10月第3次印刷
书　　号　ISBN 978-7-5447-6347-9
定　　价　72.00元

译林版图书若有印装错误可向承印厂调换